Unicorn
独角兽书系

《回忆，悲伤与荆棘》独立续作

# Brothers of
# The Wind

Tad Williams

# 风之兄弟

[美]泰德·威廉姆斯/著　董宇虹/译

重庆出版集团　重庆出版社

BROTHERS OF THE WIND
Copyright © 2021 Tad Williams.
Maps by Isaac Stewart.
This edition arranged with The Lotts Agency Ltd. Through Andrew Nurnberg Associates International Limited.
Simplified Chinese Translation Copyright © 2023by Chongqing Publishing House Co., Ltd.
All Rights Reserved.

版贸核渝字（2021）第184号

## 图书在版编目（CIP）数据

风之兄弟 /（美）泰德·威廉姆斯著；董宇虹译. —重庆：重庆出版社，2023.11
书名原文：Brothers of the Wind
ISBN 978-7-229-17963-2

Ⅰ.①风… Ⅱ.①泰… ②董… Ⅲ.①长篇小说—美国—现代 Ⅳ.①I712.45

中国国家版本馆CIP数据核字（2023）第173511号

### 风之兄弟
FENG ZHI XIONGDI
[美]泰德·威廉姆斯 著　　董宇虹 译

联合统筹：重庆史诗图书信息咨询有限公司
责任编辑：邹　禾　唐弋淄　陈　垦
特约编辑：邹运旗
责任校对：郑　葱
装帧设计：谢颖设计工作室
版式设计：池胜祥

重庆出版集团　出版
重庆出版社

重庆市南岸区南滨路162号1幢　邮政编码：400061　http://www.cqph.com
重庆出版社艺术设计有限公司　制版
重庆市鹏程印务有限公司　印刷
重庆出版集团图书发行有限公司　发行
E-MAIL:fxchu@cqph.com　邮购电话：023-61520646
全国新华书店经销

开本：890mm×1230mm　1/32　印张：8.625　字数：230千
2023年11月第1版　2023年11月第1次印刷
ISBN 978-7-229-17963-2
**定价：68.00元**

如有印装质量问题，请向本集团公司调换：023-61520678

版权所有　侵权必究

《风之兄弟》世界地图

# 献　辞

　　谨以此书献给我们亲爱的朋友辛迪·严。她与癌症抗争一年之后，于2020年离开了我们。我们这圈子有些人觉得她"忧郁"或"悲伤"，但对每个了解她的人来说，她都是一个出色的朋友。尽管她过早——实在是太早——地撒手人寰，但她的活力和淘气的幽默感，以及拼尽全力过上最丰富人生的决心，确保她没浪费生命中的一分一秒。

　　于是，辛迪成了我们世界中一个重要的组成部分，也在她身边许多人的世界中占据了一大块地盘。由此而来的快乐——这是我们的幸运——在她离开我们后变得尤其明显。再见了，勇敢的辛迪，亲爱的辛迪。我们对你的思念永远不会止息。

　　我还想把这份献辞与辛迪的朋友兼室友马克·甘巴尔分享。他在辛迪最后几个月里无私又无微不至地照顾她。我谨代表辛迪，以及所有同你一样爱她的朋友们，谢谢你，马克。

# 致　谢

一别经年，我终于回归奥斯坦·亚德。此后我所著的每一本书都从一个优秀团队的工作中受益匪浅，难以详述。他们一路扶持我，偶尔还十分正确地把我打倒后再扶起来继续。事实上，对于这个也许算是由我初创的世界，他们可能比我还要了解。

（作者嘛——至少我这个作者是的——不大喜欢反复琢磨以前的创作，总想着"去写下一个故事吧！"）

所以，新的"奥斯坦·亚德系列"作品与原有系列作品间的无缝过渡，主要归功于他们。至于其中出现的任何一条糟糕的歧路，都归罪于我，毕竟作者嘛，有时就得创造点新玩意儿。

无论如何，致谢的名单可以写得无限长，但我会列出在鞭笞泰德的罪行中最该"内疚"的几位：

官方炮手们：亚娃·冯·罗尼森、荣·海德、安吉拉·维塞尔、杰里米·艾尔曼。

我的书本构建支持团队：黛博拉·贝乐（我的妻子、编辑兼正版爱人），加上出版人及隶属出版人的全明星队伍：贝琪·沃尔海姆、希拉·吉尔伯特、约书亚·斯塔尔和玛丽露·凯普斯-普拉特。

其他重要的泰德鞭笞者：莉莎·特维特（tadwilliams.com 的管理员）、TW 消息板和我社交媒体账号上那些友善耐心、乐于助人的网友。虽然等新书等到花儿都谢掉，他们也没群殴我，确实是超耐心、超可爱的一群人啊。

即使说上一千句谢谢，也不足以表达我的谢意。如果要说一百万句谢谢,虽然这比较接近你们应得的回报,但也意味着你们永远没机会看到这个故事了,所以,就一千句吧。

祝福你们所有人。

# 第一章　黑虫

Brothers of
The Wind

现在我要讲述主君哈卡崔的故事，至少是我亲眼见证的部分，但在开始之前，我不禁满心疑惑。想讲述主君的事迹，就得带上我的一些个人经历，但我已经不是长年陪伴他旅行的那个人了。我们的遭遇深深改变了我，正如这些遭遇深深改变了他，现如今，我都不记得当初的自己是个怎样的人了。即便如此，今日的琶蒙·氪斯仍将竭尽全力，讲讲那段命中注定的日子里，昔日的琶蒙·氪斯有哪些所见、所闻和所感。

不知谁能看到这些文字，但我觉得有必要写下来。岁月流逝，死亡终将封住我的眼睛和舌头。如此重要的经历并不单属我一人，而属于失落华庭的所有子孙。

话虽如此，即便躲在名为"诚实"的盾牌下，陈述悲伤的过往仍然令人心痛。我是个庭叩达亚，又被称为"换生灵"，在许多人眼中比我们的支达亚主君低贱得多，他们会因身份而轻视我的话，甚至会被我的故事惹恼，但我恳求各位看官理解，纵使沧海桑田，我依然忠于岁舞家族和阿苏瓦住民。而我表达忠心、纪念主君的方式只剩一个，就是把我记忆中的一切原封不动地记录下来，不管看到实情的人会有多么不快。

"责任即是荣誉，"严厉的父亲以前常对我说，"荣誉更是一切。"

## 第一章　黑虫

但我要修正他的话。我的感悟是，真相才是首要责任，没有真相的荣誉皆为虚妄。

那是更新季初，大蛇月最后几天，天气刚刚开始转变。一切看上去都很平常，就是一年当中该有的模样：一连数日，城市上方的天空清冷而明亮，处处是雀鸟的啁啾。

我起床后，先向失落华庭祷告，然后前往宫中的大马厩，监督他们照料主君的坐骑，查看它们早上进食的情况，观察哪匹马状况良好，哪匹有没有伤病。同往常一样，周围都是级别和地位比我更低的庭叩达亚，多数是马夫和帮工，个个都在辛勤工作。马匹吃完草料，他们还要梳理马儿漂亮的毛发，牵它们去大院的白沙地上锻炼，以及其他上百种小事。阿苏瓦的马厩里满是血统古老又纯正的良驹，照料它们的人同样深感自豪。

我到马厩时，里面只有一个支达亚。她叫幽荷，是主君的弟弟伊奈那岐的扈从——也就是南方凡人所说的"侍从"。幽荷身材苗条，在她族人中间也算纤瘦，两手灵巧有力，总把头发紧紧编成辫子以免碍事。她一边轻声哼着歌，一边给一匹九季大的小马驹套上蛾翼缰绳。我俩对视一眼，她短促地点点头，算是打个招呼。我跟幽荷都是扈从，但从来没有哪个支达亚扈从愿意花太多时间礼待我，而她至少认可我的存在。当然，她那不太友好的态度也算有个借口：头一次给小马套缰绳是个十分微妙的时刻。我们的马不喜欢往脸上戴东西，哪怕是轻巧的蛾翼缰绳也不例外——我永远想不通，凡人是怎么把嚼子放进他们的马驹嘴里的，我们阿苏瓦的好马绝对容忍不了那种东西。我在旁边看了一会儿。幽荷抬起"蛾翼"，展开，每个动作只会微微扯动缰绳。小马驹有些抗拒，但幽荷动作温柔，哼唱的古曲也能抚慰小马保持平静。我回头继续检查主君的坐骑。

# Brothers of The Wind

我替灰白色的"海沫"除去马蹄里的一颗石子，同时考虑是否该找铜匠给它重新打副蹄铁，这时，一个年轻的庭叩达亚帮工从院子那边跑来。是纳笠-云，他兴奋得满脸通红。

"琶蒙师傅，宫里有凡人！"他大声宣布。

幽荷扭头嘘他。"你没脑子吗？"她边说边安抚受惊的小马驹，"别像野兽一样嚎叫！长点儿心，换生灵！"

我把纳笠-云拉到一旁。"宫里什么时候少过凡人了？"我轻声质问，"那帮家伙天不亮就在门前排队，拿各种东西交换或兜售。他们在访客庭周围鬼鬼祟祟，像乌鸦一样冲每个路人叽叽喳喳，想觐见森立之主和守护者，但永远别想如愿。只要踏出内城，我们肯定能撞见几个凡人。这么常见的事也值得大惊小怪？"

"琶蒙·氪斯，您怎么跟棍子一样僵硬啊？"他埋怨道，"我这消息可不常见。"

"在马厩里大吵大闹也一样。"我不想当着幽荷的面批评其他庭叩达亚——那些支达亚扈从本来就瞧不起我们，"你告诉我，有更多凡人来访怎么就不常见了？"

"那是从西边来的一整队凡人。他们请求觐见，阿茉那苏夫人答应了。晨钟敲响时将举行仪式。你得赶快过去！"

"安静，别让我再说第二遍。"幽荷严厉警告他。

我竭力压下对年轻帮工的怒火。"我去干吗？去看几个凡人？又不是什么新鲜事。"

"行吧，但你还是得赶快过去。"他咧嘴笑道，"你主君哈卡崔大人叫你去千叶堂见他。"

"你这笨蛋。"这次我真生气了，"你一开始就该告诉我。"

我立刻把自己收拾干净，迅速赶往千叶堂。胡言乱语的小帮工拖慢了我的速度，等我赶到大堂前厅，其他宫廷成员已鱼贯而入，其中绝大多数是与我主君一样的金肤支达亚，也有少数骨白色皮肤的贺革

# 第一章　黑虫

达亚——支达亚的姐妹种族。我们庭叩达亚也长着金色皮肤，但颜色不如支达亚主君那般浓烈，就像兑了水的葡萄酒。如今阿苏瓦城中没剩多少贺革达亚了，他们大多跟着自封的女王乌茶库北上，去了山城奈琦迦，因此剩下的贺革达亚便在人群中格外显眼，毕竟他们长着黑玛瑙似的眼睛，皮肤像刮过的羊皮纸一样白皙。选择留下的贺革达亚认为，他们在阿苏瓦的生活胜于血缘的牵绊，虽然北方亲族可能会鄙视这种选择，甚至认为他们是叛徒，但他们仍同我主君一族自由自在地往来，仿佛两族间从未有过那么大的分歧。

我进门时，早晨第一缕阳光正穿过千叶堂的高窗，洒在支达亚身上，给他们的衣服和深浅不一的迷幻发色映出千万种色泽。我们头顶高处是神圣穹顶"桠司赖"，无数蝴蝶停在其内侧和修长的屋梁上，已然睡醒，正在缓缓移动，翅膀在阳光下同样映出灿烂的光辉。

露天穹顶下的高台上坐着岁舞家族的领袖们——严格说只是他们中的大多数。首席自然属于森立之主阿茉那苏和守护者伊彦宇迦，我主君的父母。主君的妻子卑室呼也在，怀里抱着他俩的小女儿理津摩押，只是那孩子显得不大情愿。就连主君的弟弟伊奈那岐也已到场，同家人们坐在一起。岁舞家族唯一不在台上的嫡系成员，正是我主君本人。

哈卡崔一般反应很快的……我伸长脖子环视大堂，终于注意到高台脚下跪着六个人，正仰头望向岁舞家族的领袖们，活像乞求慈悲的战俘。这些凡人的打扮正是他们族中男子的常见模样，头发纠结，胡子拉碴，穿着用羊毛和兽皮做成的粗糙衣物。事实上我觉得，那凌乱的头发和厚实的皮毛，让他们看上去就像一群野兽。

其中一人比较年轻，我猜是他们的首领，但也跟其他人一样发须蓬乱，不修边幅。与我主君或我自己的族人相比，他的眼睛细小而鬼祟。另外，他的头发和胡须红如火焰，我很少看到凡人拥有如此明亮的发色，不禁怀疑是染的。我在他的表情里看到了坦然和好学，那是种毋庸置疑的智慧,与其野蛮的外表完全不搭。

"舰船降生"阿茉那苏也在观察这些访客,表情平静温和,像在祈祷一般。身为森立之主,她跟往常一样穿着朴素的灰色长袍,既像雨云,又像鸽子胸口柔软的羽毛,但并不会因此而被人轻视——绝对不会。就连她丈夫,所有支达亚的首席守护者,伟大的伊彦宇迦,在她身旁也像隐没在阴影间。阿茉那苏的面容睿智又温柔,如同黑屋里的烛焰,时刻吸引着人们的目光。

她抬起手,礼堂中人都安静下来。"欢迎你们,来自西方的凡人。"她的音量不比平时聊天大多少,却能传遍整个大厅,"你们是我们家族的客人,不必担心受到伤害。"她转头看向年轻的凡人领袖,"告诉我们你的名字和目的。"

使团首领鞠躬行礼。"感谢您,陛下。您和您丈夫愿意接见我们,令我们不胜感激。能拜见支达亚的国王与王后,是我等无上的光荣。"

阿茉那苏露出温和的微笑,但了解她的人也许能洞见一丝不悦。"年轻人,那些是凡人的头衔,不是我们的。我夫君是岁舞家族的守护者,而我是司礼者。我们的统治只来源于族人对这职位的尊重。"

凡人再度鞠躬。"夫人,请原谅我们的无知。我们已好久没来过伟大的阿苏瓦了,所以并不了解你们的风俗。今日前来烦扰,实在出于我们极度的需要。"

"你还没说你的名字和来历。"她提示道。

"他们想干什么?"阿茉那苏的丈夫常是一副神游天外的模样,即使当着阿苏瓦所有人的面,"我们知道了吗?"

"请原谅,大人和夫人。"男人涨红了脸。在我看来,这情形很是奇怪,就像有人在他体内烧起一把火,火光透过他脸颊和长颈的皮肤。"我是科马赫王子,戈拉赫国王之孙,'伟大的'贺恩的后裔。我国位于西部山脉边缘,就是你们所说的'印·阿佐色'地区。正如诸位大人和夫人所知,你们将那里赐给了贺恩之民,作为我们永久

# 第一章 黑虫

的领地。"

这事发生在许久以前,我只模模糊糊知道个大概,但阿茉那苏点头表示赞同。"对,那是我父母赠予'猎人'贺恩的礼物。"她说,"但这并未说明你们今日来我们宫中的原因。"

"凡人,不要迟疑了,说说你有什么事吧。"伊奈那岐露出灿烂的微笑,"莫非你们觉得,阿佐色山间的气候不够宜人,所以想还给支达亚?"

我主君的弟弟喜欢开玩笑,可他自己被别人开玩笑时又容易生气。"还是说,你们的绵羊从牧场游荡出来,跑进了我们的土地?"

名叫科马赫的凡人似乎搞不清对方是否在嘲笑自己,急忙转头向阿茉那苏澄清。"没这回事!阿苏瓦的大人和夫人啊,我们来到这里,跪在你们脚下,因为我们的处境极度危险,除外没有其他原因。"

"别在意,"阿茉那苏说,"我的小儿子喜欢讲笑话。"她瞪了伊奈那岐一眼,眼神中有怜爱,但也表明她不喜欢捉弄客人——不论凡人还是其他种族。"科马赫王子,请真实地说出来找我们的理由。我保证,从现在开始,我们会礼貌地聆听。"

我和大家一起,专心致志地看着台上超乎寻常的接见仪式,所以有人捏住我的手肘时,吓得我差点叫出声。

"琶蒙,我一直在找你。"我主君哈卡崔如影子般悄无声息地出现在我身旁,轻声说道,"你跑哪儿去了?"

"就在这儿啊。纳笠-云说,您让我过来的。"

哈卡崔大人恼火地摇摇头,随即露出微笑。"我告诉那小混蛋,我在礼堂'外面'等你。我可等了好久。"

"非常抱歉,主君。如果您愿意,我帮您逮住他揍他一顿吧。那家伙像蟋蟀一样不靠谱。"

"啊,"端坐在高台上的伊彦宇迦说话了,"我们家族最后一名成员也到了。哈卡崔,过来跟我们坐在一起。"

7

Brothers of The Wind

"琶蒙，稍后再谈。"主君轻声吩咐，然后穿过聚集的人群走到家人身旁。几个凡人男子毕恭毕敬地看着他经过。这不奇怪，很多凡人都知道我主君，至少听说过他的大名。他本身就很引人注目，身材高挑，风度翩翩，容貌更像他母亲而非父亲。相比之下，伊奈那岐的相貌就更像他们的父亲伊彦宇迦，脸上表情丰富，大大的眼睛有时无辜，有时淘气，不过这两种表情你都不能完全相信。

我主君坐在母亲身旁的椅子里。"很高兴你能来，儿子。"阿茉那苏对他说，"传令官报告说，这些信使带来的消息不可小觑。"

"抱歉，"哈卡崔回答，"传消息的出了点岔子。"

"现在我们到齐了——但为什么呢？"他父亲伊彦宇迦问道，"我们仍不知道这些凡人想要我们做什么。"

"大人，我们乞求你们的帮助。"凡人王子回答，"我代表我们的族人——贺恩之民——而来。你们把曾经属于阿佐色夫人的土地赐给我们，可我们带来的恐怕是坏消息。"他迟疑一下，似乎不愿说出接下来的话。"北方又有一条大虫南下。"

此言一出，令聚在礼堂的听众面面相觑，焦虑不安。

"大虫？"伊彦宇迦反问，"你确定？"

"更有可能是老龙诞下的小崽儿吧，"伊奈那岐做个轻蔑的手势——小题大做，"刚孵化的小蛇而已，凡人没见过，所以受到惊吓。"

"大人，请听我说，"科马赫续道，"尽管我们与令族相比确实短命，但贺恩之民的文化源远流长，许多知识就是从令族这边学来的。那不是刚孵化的小龙，而是条大虫，血统古老。事实上，我亲眼见过它。是条冷龙，披着一身甲虫似的黑壳，从鼻尖到尾尖至少二十步长。如果那是一掌宽的小虫子，我都可以丢下剑盾去做牧师了。我们认为，那就是你们说的黑虫'黑朵荷贝'。"

关于这条大虫的描述在礼堂激起一阵惊讶的议论——没错，惊

## 第一章　黑虫

讶，还有忧虑。旷日持久的屠龙之战在许多个大年①以前就已结束，但我们与那些虫形野兽的纷争还在继续。到了杉纪都②时代，"高个子"哀梭迦曾率领阿苏瓦和安吾久雅的一百勇士，消灭了从北方荒原南下的强大白龙。从那以后，雪原以南再没出现过那些最古老、最可怕的野兽的踪迹。

"不可能，"伊奈那岐叫道，"按你们凡人的纪年方式，那些恶心的怪物已有一百多年没出现了。就算以前，它们也没到过雪原以南。不可能，我相信黑朵荷贝已经死了。"

"我们叫它'铎察莎尔'，我亲眼见过它。"科马赫皱起眉头，"从细节判断，我相信它就是传说中的黑朵荷贝。其他想法只会更可怕，因为那意味着如此骇人的怪物不止一条——愿诸神保佑这种事不要发生！"他摇摇头，"几个月前，那条龙来到我国东部边境，在白银大道旁边的峡谷里做了窝——我们现在叫那地方龙谷。大虫吃光了附近山区的所有活物，为了捕猎，它每天都要去更远的地方。我们放牧的牲畜，珍贵的牛羊，哪怕养在离那可恨山谷数里外的高山牧场上，也照样会被抓走。龙窝周围的人全逃走了，他们甚至不敢在白银大道骑马走路。那头野兽把我们的小国拦腰截断，若不想办法把它杀死或赶走，恐怕我们国人也会遭殃。"

"为何把这消息带到如此遥远的阿苏瓦？"伊彦宇迦微微蹙眉，"为何不去找银色家园的依拿扎希族长？万朱涂③距你说的野兽筑巢之地只有两天路程。依拿扎希是杰出的族长，统御数千民众。为何不去找他们？"

科马赫又摇摇头。"依拿扎希大人不见我们。他和他的族人不喜欢凡人，尤其讨厌我的国民。他只关心自己和族人能否在银色家园的

---

①大年：支达亚的纪年方式，一个大年相当于凡人的60多年。
②杉纪都：阿莱那苏的母亲。
③万朱涂：这个名字就是"银色家园"的意思。

山障之内平安无事。"

伊彦宇迦似乎厌倦了此事。我主君的父亲沉默寡言,向来不喜欢统治事务,更愿意花时间静修冥想。"可这跟我们有何关系?"他问,"你还是没说为何要来阿苏瓦。"

"我想他已经说了。"阿茉那苏说,但她的话似乎没人听见。

"伟大的守护者啊,难道还不明显吗?"科马赫恳求道,"当初阿苏瓦的大人们,您的先人,把那片土地赐给我们。如今我们恳求您去保护它,因为这威胁已超出我们的能力。我们凡人何曾杀死过大虫?我们甚至没人能在它面前幸存下来。"

"你说那野兽如何如何庞大,但我们只听到凡人的一面之词。"伊奈那岐满不在乎地弹弹手指,"你们承认不了解龙,不论它有没有大虫的级别。"

凡人王子转头看他。一时间,这个叫科马赫的家伙似乎快要发飙了,但说话的语气依然平稳。"伊奈那岐大人,人不需要被扎伤,也知道刀刃的锋利。"

伊彦宇迦懊恼地抬起双手。"这些争执毫无意义。我儿哈卡崔,你在讨论中一直沉默不语。你怎么看?"

我猜,我主君之所以沉默,是因为这场谈话令他心生困扰。他站起来回答:"父亲,我认为这是个需要考虑的问题。过去,祖父母确实支持凡人获得阿佐色夫人旧有的土地,在座诸位谁也不能否认这一点。更重要的是,假如那头野兽真是黑朵荷贝——哪怕任意一条大虫——那它对所有族类,不光凡人,都是威胁。但我困扰的是,依拿扎希尊长居然不想参与。"

"依拿扎希就像寄居蟹,只爱捡别人丢弃的壳。"伊奈那岐说,"只要自己受到保护,他不在乎别人是否安全。"

阿茉那苏温和地纠正他:"我儿,银色家园的族长曾多次证明过他的勇气。他亲手杀过巨人,武器仅有一支长矛。他和他家族的勇气

## 第一章　黑虫

不是问题。凡人贺恩的后裔住在我父母赠与的土地上，现在需要决定的是，岁舞家族对此负有怎样的责任。"

"听您定夺，母亲。"伊奈那岐起身行礼，"但在我看来，争论责任与否其实很傻。既然知道有龙闯进西陲，藏在海井群山里，"他张开双臂，像在接受某种荣誉，"那就让我跟凡人一起过去，亲手消灭那头野兽。这任务很适合岁舞家族的子嗣。"他转向科马赫王子，"凡人，我们明天就出发。我自己有矛，虽然它尚未替我挣得什么荣誉，"他瞥了母亲一眼，后者为依拿扎希的辩护似乎令他不快，"但这次，是让它……和我自己大显身手的好机会。"

"坐下，伊奈那岐。"他的守护者父亲毫不掩饰脸上的懊恼，"现在不是吹嘘英雄事迹的时候。"

"只要实现了就不是吹嘘。"伊奈那岐陷入一种古怪的情绪，他的微笑不比龇牙收敛多少，"父亲，您不相信我？您觉得我完不成这样的壮举？"

"你的话恰恰说明你没明白这事的本质。"伊彦宇迦的注意力终于被彻底唤醒，"屠杀大虫可不是狩猎野猪或巨人。现在，坐下，我要同你母亲商量。"

我主君的弟弟重重地坐回椅子，但很明显，伊彦宇迦的话并未浇灭伊奈那岐的怒火，反而挑旺了它。他绷紧英俊的脸庞，咬紧牙关，眯起明亮的金色眼睛。我不禁觉得，他这模样活像一把火绒，一点就着。我主君坐在他旁边，表面上很平静，但哈卡崔向来比他弟弟更擅长隐藏情绪。

"诸位散了吧。"伊彦宇迦宣布，"带凡人去访客庭，好好招待。森立之主和我明早再谈论此事，到时会做出决定。"

※

接见仪式结束后，我找到哈卡崔。他正同"朗目"塔日旗说话。

后者与他同辈,是除弟弟伊奈那岐外与他最亲近的好友。

"你知道的,琶蒙,明天我们出去打猎。"哈卡崔见我过去,说道,"有窝巨人下山闯进柔光,正在速伊岐森林远侧的林间作乱。我的马准备好没?"

"好了,主君。海沫昨天有点跛脚,但我判断只是马蹄里嵌了颗石子。即便如此,我还是觉得您最好改骑'霜鬣'。"

"真希望我的扈从也跟他一样勤恳。"塔日旗哈哈大笑,"或许我也该找个庭叩达亚。"坦白地说,他这话让我颇为骄傲。

哈卡崔拍拍我的肩膀。"琶蒙·氪斯只有一个。"他说,"只属于我。他是头一个拿到扈从资格的庭叩达亚。"

我仍陶醉在表扬中,主君的小女儿理津摩押活蹦乱跳地朝我们跑来,手拿一根树枝,当成剑一样挥舞着追赶一只小鸟。我主君把她抱起来,用脸贴她的脸蛋。她欢快地挣扎着,想要逃离,好去追赶小鸟。主君的妻子"银籿"卑室吁走过来,从他手里接过小囚犯,然后与他指尖相触。在阿苏瓦以外,卑室吁主要以美貌出名,但她其实在各方各面,包括智慧和与之相配的风度,都与她丈夫不相上下。

"夫君,也许你该推迟打猎,"她说,"至少推迟几天,直到接待完这个凡人使团。你弟弟好像很不高兴。必须承认,我也听过那条大虫的传闻。"

主君的朋友塔日旗主动告辞,好让他们夫妻私下谈话。我就不好脱身了,至少要得到主君的批准,但我未能引起他的注意。

"吾爱,"他对卑室吁说,"要是每次伊奈那岐想到什么稀奇古怪的主意,我就得推迟自己的计划,那我什么都做不成了。你我都清楚,我那弟弟每次被父母纠正,都会焦躁一阵子,但很快就会冷静下来。他经常这样。"

卑室吁摇摇头。我觉得她这动作不像反对,更像是忧虑。"希望你说得对。但这并非我请求你等待的原因。我没有你母亲的预见天

# 第一章　黑虫

赋,但伊奈那岐对大虫的评价仍叫我心头一震,以前我从未这样。"她放任小理津摩押爬下手臂。这孩子走到父亲脚边蹲下,开始玩他的靴带。

"一震?"他问。

"片刻的忧虑,却与今天发生的一切一样真实,凝住了我的血液,以致我差点摔到我们的孩子。"

"你忧虑什么?"

"夫君啊,我说不清——我不是先知。但我担心你弟弟,担心那条大虫。"

哈卡崔试图挤出微笑。"你担心伊奈那岐?这可新鲜,通常你的预感都是关于我的。"

夫人摇摇头。"你不明白我的忧虑有多么强烈吗?而且你弟弟出事,你,还有我和孩子,怎么可能不受影响?"

我感觉自己像在偷听,却又无可奈何,只能眼睁睁看着主君牵起妻子的手。"亲爱的,你觉得我会任由他出事吗?你觉得我会袖手旁观,任由你和女儿出事吗?"

"当然不会。"

"那就放下忧虑,给你夫君一点小小的信任……也请相信我的父母,他们不会做出鲁莽的决定。再说了,虫就是虫,不论它有多么可怕。我族已经打败了很多虫。"

她再次摇头,这次似乎是表示顺从。"我担心的并非那条龙本身,而是随之而来的后果。"

"你把我弄糊涂了,"哈卡崔环顾大堂,"你得更清楚地解释一下才行。说到糊涂……我们的女儿在哪儿?"

卑室吁抬起头。"在那儿,台阶顶上。"她叹了口气,"要不把她抓回来,用不了多久,她会跳进三渊池,搅得水花四溅。这事我们稍后再讨论。"

"当然。"我主君目送她去追孩子,她的身姿如被风吹动的迷雾般优雅。"看来我爱人忘记了,我们的旅途只到柔光而已。"过了会儿,他对我说道,但目光一直没离开卑室吁远去的身影,"最多两三天就能回家了。"

"所以我们明天照样出发?"我问。

他点点头。"就算西陲新出现一条危险的大虫,我们也得去教训游荡到我们领土的巨人。按原计划,黎明前在马厩跟我会合,准备好一切。带上野猪矛。"

"那您弟弟呢,主君?"我问,"他跟你们去狩猎巨人吗?"

哈卡崔望向大堂远处。他弟弟虽然受到父亲批评,但没露出明显的沮丧情绪,而是聚起一群好友,嬉笑着表演屠龙之技逗他们开心。可我感觉,伊奈那岐眼中的光芒太亮了,笑容也显得勉强。我主君摇摇头。"你看看他,又灌了多少香料黑葡萄酒?太阳还没爬到中天呢!我怀疑他不会来了。但你知道,我弟弟性格顽固,向来多变。为防万一,建议幽荷为他准备好'青铜'吧,总不会有错的。"

于是我鞠躬告退。主君要伴着初升的太阳去狩猎巨人,我还有很多事要忙。

说起我主君哈卡崔,就很难不提他弟弟伊奈那岐。从许多角度看,他俩都像一体两面。二人小时候几乎形影不离,十分了解对方的想法,以致有时交换一个眼神就等于完成了一次对话。年轻时,他俩会骑着马,肩并肩冲出阿苏瓦城门,骏马相互追逐,二人纵声大笑,散开的浅色头发和斗篷在身后飘扬。看到他俩,岁舞家族的人们会喊道:"风之兄弟来了!"确实,那段时间,他俩可是我们——甚至包括他们的亲族——都遥不可及的生灵。

二人虽紧密无间,但又截然不同。弟弟伊奈那岐如风一样善变。

## 第一章 黑虫

有时他的怒火起得急促而猛烈，简直能威胁到身边所有人；而他欣喜若狂时也只是稍微没那么吓人而已。伊奈那岐经常突发奇想、感情强烈，如火焰般活力四射，变幻无常的情绪能点燃身边的一切，不论好坏。至于我主君，他的幽默就像神圣而永恒的火焰余烬，光芒虽然隐秘，但永不熄灭。

哈卡崔的脸形和四肢都比弟弟宽厚，虽然很多人欣赏他的相貌和身材，但在阿苏瓦，谁都不觉得他是两兄弟中更英俊的一个。每当我想起哈卡崔，总会首先想到他的眼睛，尤其是那金色中透出的一抹大地的棕色，不仅加深了他瞳孔的颜色，也加强了眼神的力量——哪怕是最短促的一瞥。我还必须说说他的善良。他待我总是十分慷慨，甚至超出他的责任所需，但他给我的最大赠礼却是时间与关注。尽管他的同胞大多认为我族不值得如此厚待，他却总能亲切待我，从不背弃承诺。最重要的是，他教会了我荣誉的意义。

事实上，有时我觉得，主君整个家族都受到荣誉的拖累——这个词用在这里虽然奇怪却又妥当。哈卡崔把荣誉像沉重的王冠一样顶在头上，但从无怨言。他父亲伊彦宇迦则把荣誉当成拐杖，有时很难以分辨是谁在支撑谁。伊奈那岐有时会为荣誉疯狂，随时都能骑马出发去履行职责，然后风向一变，他又会藐视它，拿它开些离谱的玩笑，仿佛那只是孩子的童话。至于"舰船降生"阿茉那苏，我主君兄弟俩的母亲，整个卓越家族的主心骨，更是无比看重荣誉，以致只说事实，甚至当她觉得有些事必须说出来时，就绝不会因礼貌或传统而沉默。当然了，即使别人看不清楚，阿茉那苏也总能洞察真相。

这种感受我当年就有，如今尚存。但一个长年受到轻视的庭叩达亚——某些人口中卑微的换生灵——又能对自己不老的主君真正了解多少呢？

第二天黎明之前，天空仍是暗紫色，夜心星还挂在地平线上。我

# Brothers of The Wind

主君和他朋友塔日旗一起来到马厩。见他来这么早,我很惊讶,但也庆幸被他看到我正在查看海沫的马蹄,后者已令人满意地迅速痊愈了。

"看到我弟弟没有?"哈卡崔问,他的语气让我的心猛地一沉。我赶紧穿过马厩,跑到伊奈那岐的坐骑青铜的畜栏前,里面是空的。我心中的不祥感更加冰冷和沉重了。

"正如我担心的一样,"哈卡崔听我回报后说,"他离开阿苏瓦了。愿华庭原谅他的愚蠢和傲慢!"

"也许他只是骑马出去了。"塔日旗试探着说。他号称"朗目",双眼确如翱翔的鹰隼一般锐利,但他只能看到身边人的优点,所以只是我主君的密友之一,而非他最可靠的顾问。"伊奈那岐跟你父母闹别扭时不经常这么干。"

"带着他的盔甲和猎矛吗?"哈卡崔摇摇头,"我见到你之前就问过马厩卫兵。他走了,没告诉任何人。你觉得是什么原因?"

伊奈那岐的扈从幽荷小跑过来,头发没编,双眼睁圆。"主君跟您在一起吗?"她问我的主君,"我找不到他。"

"他好像日出前就骑着青铜独自出城了。"哈卡崔说,"快去城门,问守卫有没有看见他。然后去找他的知心密友霓珠吁小姐,问我弟弟有没有跟她说过什么,能不能解释他出城的原因。"

幽荷转身匆匆离去。

"他不会……不会自己去找那条虫了吧?"我问。

"在他认为自己的勇敢遭到嘲讽的情况下?我相信会的。"看得出,哈卡崔在烦躁之下是深切的焦虑。虽然并不经常流露,但他很疼爱这个弟弟。接下来,他派我去访客庭查看凡人还在不在,问他们有没有听说伊奈那岐的消息。

我疾步穿过宫殿,经过禽院、舞亭和依然残留夜影的烟园,最后气喘吁吁来到访客庭。那里没有伊奈那岐的踪影,凡人们还在睡觉。

# 第一章　黑虫

名叫科马赫的男人跟着我派去叫他们的卫兵跑回来，涨红了脸，不知是因为担忧还是尴尬——当年的我并不了解凡人，辨不清其中的差别。"大人，我发誓，我们对此一无所知。"他告诉我，"我们收到的指示是等待，直到你们的君王决定是否帮助我们。"

"我不是什么大人，"我说，"伊彦宇迦和阿茉那苏也不是我们的君王。他们二位是我们最睿智的长老，学识渊博，目光长远。"但睿智的长老也没能预见伊奈那岐的突然离开，"不管怎么说，抱歉打扰你们了。"

"我们能帮上什么忙吗？我们的马匹都休息好了，可以帮忙去找他。"

想到凡人和凡人驯养的马匹竟想追上风之兄弟，我差点儿笑出声。"谢谢你的好意，但我主君有足够的帮手。请继续等待接见吧。愿命运朝你微笑。"

回到马厩，我沮丧地得知幽荷那边也没有结果。霓珠吁小姐从昨天到现在都没见过伊奈那岐。哈卡崔大人知道他弟弟先行一步，已吩咐马夫把他的两匹坐骑准备好。发现别人做了本该由我负责的工作，让我生出一种迷信似的不安，但我能理解主君焦急的心情。

"扈从琶蒙，"他一边套上巫木盔甲，一边吩咐我，"你骑霜鬃。想追上我弟弟，我得骑速度更快的海沫。"队伍的其他成员业已到达，都在准备出发。他们似乎知道，狩猎巨人被更重要、甚至更危险的任务取代，因此个个都表情严肃，没说一句往常准备狩猎时的玩笑话。

终于，第一缕晨光照亮天际时，我们出发了。我骑着哈卡崔强壮的战马霜鬃，并不指望能跟上主君及其朋友们的脚步，因为哈卡崔最主要的目的是追赶他弟弟。果然，主君和他的狩猎伙伴们如风驰电掣一般，很快就把其他人远远丢下。其他扈从都是年轻的支达亚，是岁舞家族的旁系子孙，他们肯定从幽荷那里知道，这次追逐非同一般，但不会跟我讨论。他们对我最好的态度，也就是简单说几句话而已。

要不是我主君身份尊贵，恐怕他们会直接当我不存在。我看到他们轻声议论，举手投足充满迷惑和忧虑。与此同时，哈卡崔及其同伴正沿着登陆湾的岸边疾速狂奔，离我们越来越远，往西陲大道追去。

※

我知道，有些人，甚至包括我主君的某些家族成员，相信哈卡崔对我的宠爱只是为了在喜爱新奇与独特事物的宫廷中博取关注。没错，我是庭叩达亚，我父亲叫芭蒙·苏。虽说就连支达亚也承认，他的养马技术在岁舞家族无出其右，但他依然只是个马夫而已。早在我出生之前，他已在望乡城各大家族赢得了好评。但我发誓，还是我自己的勤奋用功，加上从父亲那里继承的天分，让我从小在马厩埋头苦干时引起了哈卡崔的注意。他说过好多次，第一次留意到我时，他并不知道我是芭蒙·苏的儿子，只是欣赏我辛勤工作和对待马匹的平静态度。我主君从不说谎，再说了，这种小事他又何必撒谎呢？想当年，在马厩忙忙碌碌的远不止我一个庭叩达亚孩子。那是我族的生存之道：成为对支达亚有用的奴仆。不论是驾驶主君的航船，建造他们的房屋，还是照料他们的孩子，我们海洋之子[①]让做什么就做什么，并且能做得很好。

毋庸置疑的是，哈卡崔确实注意到我了。他看出我也有父亲照料牲畜的才能，就让我做了他的私人马夫。后来，指派给他作为扈从受训的小支达亚令他十分失望，于是他做出个史无前例的决定：选择我做他的扈从兼助手——这还是敝族的头一次。没多久，我不仅要照料他的坐骑，还要陪他打猎或去其他地方。我学会保养他的武器，还能颇为熟练地使用它们。不过哈卡崔的朋友却嘲笑他用换生灵做扈从，并用更委婉的方式表明，他们确实轻视我和我的族人。

---

① 海洋之子："庭叩达亚"的另一个称呼。

# 第一章　黑虫

"别理他们，芭蒙。"他经常对我说，"你努力挣得的名声比残酷的玩笑更长久。"

即使在当时，我也不敢肯定他是对的，但我知道，哈卡崔大人相信这一点，所以我也努力去相信。如今我提起这话，是为表明主君如何看待并礼遇我。事实上，在很多方面看来，他甚至比我父亲待我更亲切——后者对任何不如他刻苦或专注的人都很没耐心。父亲教我勤奋，而哈卡崔大人教我相信，我可以不光是我父亲的孩子那么简单。

成长过程中，我还学了战争技能与战斗技巧，哈卡崔亲自教我，岁舞家族的其他老师也会教我。我和其他支达亚贵族子弟一同受训，他们有的也在接受扈从训练，有的将凭本事成为"游侠贵族"。有段时间，我主君的弟弟伊奈那岐也跟我们一起训练。那段日子，我平生头一次觉得自己可以跟支达亚平起平坐。那种感觉令人心醉，却也危险，因为我很快就在同学的窃窃私语和偷瞄的目光中明白，很多支达亚并不乐意看到庭叩达亚突破我族惯有的限制。

很快，我发现自己并不是个出色的战士。我手臂很长，对需要思考和理解的事物学得很快，但速度、敏捷和强壮方面比不上任何一位支达亚年轻贵族。但我依然努力，尽量掌握阔剑和快剑的使用方法，学习战士之道，只为至少能用有经验的眼光照看我的主君。至于岁舞家族的年轻贵族们，尽管他们先前讨厌我，但在看清我永远威胁不到他们勇武的名声后，对我的态度也缓和了不少。他们绝不会让我融入他们的圈子，但至少认可我的存在，当然了，我觉得那在很大程度上是因为我主君备受尊崇。

的确，不论当时还是现在，阿苏瓦守护者和森立之主的长子哈卡崔大人，不仅受到我，也受到他所有同胞的尊敬。就连与他同辈、想与他竞争的年轻游侠贵族们也忍不住佩服他。这不奇怪，因为他完全值得钦佩。我从没听主君说过谎，连想都不会想——在这方面，他真不愧是他母亲的孩子——我也没见他拒绝过任何需要他帮助的人。他弟弟常为此责怪他，因为伊奈那岐认为这是种缺点。"你跟所有人做朋友，"他说，"那你对亲人和陌生人就没有差别了。"

哈卡崔对这抱怨只是摇摇头。"如果我仅凭血缘或亲疏决定帮助谁，那就算不得游侠贵族，充其量只是个先做好盘算再决定帮人多少的出纳官。"

那段时期，失落华庭的各个家族都能和平共处，所以在年轻的支达亚贵族中间，最受欢迎的角色莫过于游侠，它意味着用好名声、判断力与技能去帮助有需要之人，不论对方是被巨人侵扰的农夫，还是受到盗贼威胁的村落。我主君远近闻名，就连千里之外的凡人都会跑来阿苏瓦求他帮助。伊奈那岐跟我说过此事，可我说不清他是觉得好笑还是心烦。

"你主君在凡人眼里就像神，"他对我说，"他们在阿苏瓦城门口摆上贡品献给他，仿佛那里是他们的神庙。"

"大人，他帮过很多人。"我指出。

伊奈那岐久久地看着我，但我不太明白其中的含义。"对，"最后他说，"但我担心，他终有一日会因帮助那些流浪汉付出代价。希望我是错的。"

我主君和他弟弟真是一对奇怪的兄弟。哈卡崔黝黑高大，如石柱般结实，兴致好时活泼而健谈，但多数时候沉静而深思熟虑——哪怕其他人都处在无忧无虑的情绪当中。伊奈那岐的身高与哥哥相仿，但身材要瘦削得多，所有支达亚都认为他长得更加英俊。哈卡崔更喜欢跟一两个朋友一起读书或聊天，伊奈那岐则喜欢同一大群人说笑、唱歌。弟弟的诙谐能活跃整个房间的气氛，他的怒火也同样猛烈，能在瞬间扫空欢庆的聚会。他们说，从出生那一刻起，伊奈那岐就比任何一位同族燃烧得更加明亮，也更灼热。

两兄弟虽迥然不同，感情却十分深厚。他俩有时也会像其他兄弟一样吵架，尤其是因为，伊奈那岐觉得哥哥常把他当成小孩而非同

## 第一章 黑虫

辈,老给他提意见,拦住他这样或那样做的冲动。但从更多方面看,他们就像两副躯壳拥有同一个灵魂,找到一个,多半就能在附近找到另一个。

※

哈卡崔和狩猎队很快把我们远远抛在身后。我们走在一条繁忙的大道上,不知主君他们会不会转弯跑上岔路,我和其他扈从只能保持速度,穿过陡坡起伏、森林茂密的守护者猎场,一连经过好几个小时,才跑到西陲大道,踏过小红河的浅滩。夜幕降临,我们仍未停步,支达亚可以不眠不休骑行数日,我却只能尽量安全地骑在马鞍上,一直熬到朝阳照亮东方的天空。

中午时分,我们穿过大红河上的一座桥,下到红隼裂谷。这里是平地,一边是河,另一边是日阶山脉以南一片叫做白醒高地的山区。支达亚不太需要睡觉,但他们的坐骑需要休息和进食,哪怕阿苏瓦马厩养出来的毅力惊人的骏马也不例外。我们继续走到闪亮的星星挂上天幕,才停下来给坐骑喂食喂水。我安顿好霜鬓,感恩地睡了几个小时。已经过去两天了,我们仍没看到哈卡崔及其同伴的踪迹。

第三天,我们继续穿越红隼裂谷。四周的广阔大地一马平川,草地上点缀着生机勃勃的报春花、蓝铃花和石竹花。我们一口气跑到夜幕完全降临,于午夜时分抵达山区外沿沼泽地里的白银大道入口。即使我那些扈从同伴目光锐利,此时赶路也太过危险,于是我们停下来生起篝火。当年的红隼裂谷有巨大的恶狼出没,且刚刚过去一个漫长而饥饿的冬天,四野荒凉,就算支达亚也不敢麻痹大意。

组成"鹿押萨之杖"的星星爬上西南夜空,支达亚扈从们围坐在篝火前,唱起从华庭流传下来的歌谣。尽管我们两族都称那里为诞生之地,但我们都没见过那片失落的土地。所以我觉得有些奇怪,不是因为支达亚对它如此了解,而是我自己对它知道得太少,为什么会这样呢?

"芭蒙,你从来不唱歌。"幽荷对我说道。离开阿苏瓦后,她还是头一回跟我说话。"你们从不纪念失落的家园吗?"

"请不要嫌弃我的沉默。若我知道方法,我会纪念它的。"我回答,"可你唱的这些歌,我从来都没学过。"

"怎么会?"

因为我父亲芭蒙·苏从不教孩子唱歌,而我母亲恩菈在我四岁时染上热病去世了。关于庭叩达亚的起源,我只记得母亲跟我讲过梦海,说那地方永远是我的一部分,可惜我不太明白她是什么意思。她去世后,我问父亲,为什么母亲说梦海流淌在我的血液中。他却生气了。

"不能让主君听到你这么说。"他斥责我,"你说这种话,会让主君觉得我们忘恩负义,而且迷信。"

"可梦海到底是什么?"

"那是关于失落华庭的传说,愚蠢而古老。你母亲不该给你讲这些。"

父亲言尽于此。对我来说,梦海如同母亲的遗物,却因父亲的拒绝而无法得到,所以我很伤心。但我再没提过它,即使跟其他熟络的庭叩达亚也没有,于是记忆渐渐淡去。后来我长大了,开始明白,我的同胞之所以对这类事噤若寒蝉,是因为害怕惹恼支达亚主君。

"芭蒙,你在听我说话吗?"

我这才发现自己迷失在回忆里。"请原谅,幽荷,你说什么?"

她看了我好久,搞得我心里发毛。"不知本族渊源的感觉一定很怪。"最后她说。

但我知道自己的渊源,我心想。我不是普通的庭叩达亚仆从,而是杰出的哈卡崔大人的扈从兼助手芭蒙·氪斯。我相信,敝族鲜有成员能达到比这更高的地位了。当然,这些话我不会说出口。

# 第一章　黑岜

※

第二日上午稍晚，我们赶路时听到响亮的马蹄声，似乎身后的白银大道上有许多骑手正在追近。我和扈从们调转马头，做好迎击准备，因为我们不确定，那是阿苏瓦派来、叫我们回家的信使，还是传闻中盘踞在裂谷外幽暗高地里的凡人强盗——尽管我从未听说过凡人敢袭击一队武装支达亚。结果都不是，那是一支凡人队伍，从东边过来，从旗帜上看，他们正是去阿苏瓦请求守护者帮助的西陲凡人使团。

他们跑到我们跟前，名叫科马赫的男人勒马停步。"听说令族有支队伍在前面，我们想赶上来，差点儿没把马跑死。"他说，"可是看啊！你们的马连粗气都没喘。"

我微微一笑。"我们并不急着赶路，不过阿苏瓦养出的骏马轻轻松松就能走得很快。"

"只是没想到，你们的队伍人这么少。"王子说，"我讲过那头威胁我们的怪物，难道令族不相信？"

在我们队伍中间，尽管我主君是长子，但我不是支达亚，所以领队默认由伊奈那岐的扈从幽荷担当。幽荷对他说："凡人，主君跑在我们前面，他们抵达后会等我们。虽然那条龙吓到了你们的族人，但我们不确定他们是不是去杀龙的。"

科马赫恼怒地瞪她一眼。我忍不住对这年轻凡人另眼相看：他显然自视甚高，几乎敢与支达亚相比。"这位扈从，你说得好像只有我们凡人才会害怕似的。等你们见到那条大虫，听到它那粗哑的呼吸声再说吧。到时候让我们瞧瞧，你们精灵是什么表现。"

他的话似乎激怒了幽荷，但身为伊奈那岐的扈从，她倒不像其主君那么任性，只是摇摇头说："直到日落之前，谁都不知道自己会如何看待黑夜。"

我们讨论一会儿,决定一起行动,直到赶上狩猎队或不再同路为止。幸好我们没再浪费时间争论,等沿着白醒高地地势较低的边缘又跑了很长一段路后,我们终于在当天傍晚赶上了主君等人。他们聚在白银大道与一条陡峭、狭窄的山谷的交叉处。不光我主君哈卡崔,连他弟弟伊奈那岐也在,显然他俩正在激烈地争吵,我却感到难以言喻的宽慰。哈卡崔很生气,甚至不愿意搭理我。幽荷想给她的游侠主君问安,但伊奈那岐狠狠地挥挥手,拦住了她。

"哥哥,你这话毫无意义。"伊奈那岐抿着嘴说,"我出来只想看看那怪物的模样。要是它跟我猜测的一样弱小,或许我可以顺手解决它,帮这里的凡人解除威胁。这种侠义之举,就连父亲也不会反对。"他露出微笑,但那闪亮的白牙在我脑中映出的画面,就像隐藏在冬日黑湖里的一片透亮的薄冰。我不禁猜想,伊奈那岐心中的郁闷和怒火究竟有多深?但话说回来,他的情绪变化很快,希望能快点转进更加理智的状态。

"你是在犯傻,"哈卡崔低声告诉弟弟,"你让大伙很担心。"

与此同时,狩猎队的其他伙伴都在一旁等候,没有参与两兄弟的争执。我们打听到,队伍从中午就停在山谷入口,哈卡崔一直想带伊奈那岐回去,但被后者坚定地拒绝了。

"尊贵的大人们,我无意干涉你们的争论。"凡人王子科马赫说,"但你们也知道,这里是龙谷的入口,是大虫的巢穴所在。它很少在白天出来,但晚上会到山区各处牧场捕食牛羊,甚至人。所以这里绝非争论的好地方,尤其你们的分歧没法尽快解决的话。"

很明显,自称贺恩之民的凡人不喜欢这里。必须承认,我自己也相当忐忑。峡谷两侧都是岩石嶙峋的高山,太阳即将落下,阴影正在绿草山坡上蔓延,整个地方阴恻恻的。我完全听不到雀鸟的啁啾,只有长草中几声蟋蟀叫标志着夜晚即将降临。而我绝非唯一焦虑之人,主君的好几个族人都忧心忡忡地看着峡谷入口。

# 第一章 黑虫

"我们不会逗留。"哈卡崔告诉凡人王子,"我们要回阿苏瓦——所有人一起。闹成这样,我父亲会十分生气,就连我母亲也会失去耐心,但我们会想办法弥补因你任性妄为造成的麻烦。"

"任性妄为?"伊奈那岐闭上双眼,仿佛耐心正受到不公平的考验,"凡人带着致命恶龙的消息来阿苏瓦求助,于是我想出城看看。现在我们就站在怪物家门口,你却要回去?这么做对凡人有何好处?"他指指科马赫及其胡子拉碴的随从们,"他们会学到怎样的教训?莫非岁舞家族的勇气都消磨殆尽了?"

"我们不是来学什么教训的,大人。"就连科马赫似乎都对伊奈那岐生气了,"我们是来寻求帮助的。"

"对啊。你听到了吗?"伊奈那岐说,"哥哥,他们只想要一点点勇气而已。"

"这事跟勇气无关,要看守护者与森立之主的意愿。"我主君回答,"你不等父母做出决定就离开了,像个厌倦上课而溜到阳光下玩耍的孩子。"

一时间,伊奈那岐的怒火仿佛要失控了,他瞪着哥哥,眼神如此狂暴,让我觉得他随时会打马狂奔而去。但他的表情很快就变了,怒火也许平息、也许隐藏起来了。"哥哥,你这话说得太迟了。"他放缓语气说道,"也许我确实莽撞。也许我有错——华庭在上,有时我会对父母的过分谨慎失去耐心。可现在,我们已经到这儿了!最起码,我们应该追踪那头野兽,了解它的大小和本性,然后才能计划如何对付这不请自来的怪物。"

两兄弟还在争论,但与其他人稍微拉开些距离。科马赫等一众凡人开始生火,比支达亚和我昨晚生的火大得多。我们一起等待我主君和伊奈那岐接下来的决定。

等哈卡崔走到营火前,时候已过了午夜。"等到早上,我们往峡谷里走一小段,尽量调查一下凡人口中霸占这里的大虫。"他轻声吩

25

咐我,"我骑霜鬃,以防万一。"

所以主君的弟弟赢了。我并不意外。正如他们父亲常说的,伊奈那岐就像守护自家地洞的獾一样固执。听说要进这鬼气森森的峡谷,不禁让我有些遗憾,光凭看到的情况,我就很不喜欢这里。当晚剩下的时间,我大多用来打磨主君的矛尖和剑刃,确保它们如寒风一样锐利。

※

我不喜欢峡谷入口,对峡谷本身更是不愿多看。伊奈那岐大人和我主君骑在最前面,幽荷和我紧随其后,接下来是其他游侠贵族及其扈从,最后是科马赫王子和他的随从们。峡谷细长,峭壁高耸,所以我们不需要向导。谷口附近散落着断裂或倒下的大树。我看到主君跟他弟弟交换一下眼神。面对哥哥严厉的注视,伊奈那岐没坚持多久就躲开了。

谷底有许多纵横交错的小溪,以致地面全是沼泽,各处偶尔长出些树木,或是突出几块岩石,让前路更加危机四伏。也许是峡谷两侧都是峭壁的缘故,阴沉的天空仿佛紧紧压在我们头顶,从第三个方向逼来,让我们有种囚犯被押往刑场的错觉。

尽管这里有水、有土,也有新生的青草,但整个峡谷奇怪地了无生气。昨天傍晚我没听到雀鸟的啾鸣,今天也没有,甚至连蟋蟀都安静下来。唯一的声音只有我们发出的动静、偶尔的鸦叫,以及山蝉的嘶鸣——它们只关心自己在阳光下的短暂生命。

太阳不停地在多云的空中爬升,我却丝毫感觉不到温暖。流淌在谷中的小溪不时交汇,聚成一大池脏水。半淹在泥水里的树木伸出枝丫,活像溺水者的手臂。两侧悬崖上长满厚实的植被,所以我们的少许声响没能形成回音。我不禁觉得自己像个入侵者,趁夜溜进别人的房子,只为查明他们为何而来,然后抢在屋主醒来前尽快逃走。

# 第一章　黑虫

伊奈那岐突然抬起一只手。他哥哥、幽荷和我全都勒马停步，默默等待。他伸出一根手指，指向我们前方不远处：沿着我们所走的路，穿过泥泞的沼泽峡谷，地势渐高，两侧各长着一株高大的赤杨树。起初我没明白他那手势的意思——在我看来，前面的景象跟后面没什么区别——但我主君应该看到了弟弟指的东西，脸色令我不敢言语。哈卡崔跳下霜鬃，把马缰绳交给我。伊奈那岐也下了马，把青铜交给幽荷。

"早知道该带上猎犬。"伊奈那岐悄声告诉哥哥。

"我们又不是冷漠的贺革达亚，"我主君轻声回答，"才不会派动物或奴隶去自己不敢去的地方送死。"

我看着他俩伏低身子，贴地前行。奇怪的是，他们都没拔出武器。为了更好地安抚主君的两匹坐骑，我甩镫下马，终于看清伊奈那岐发现了什么：前方的泥泞小径上横躺着一个圆柱形的黑影，刚才我还以为，那是粗大的树根或原木，但它突然动了一下，我这才明白那并非树根，而是一条尾巴。

毋庸置疑，那是条相当粗的尾巴，显然属于某只冷龙，或者格外壮硕的沼泽巨蟒。不过从我的位置看去，它远远不如我听完凡人的故事后以为的那么大，所以我的心脏虽在狂跳，人却稍微松了口气。我自觉地解下主君的野猪矛，随时准备交给他，然后留下海沫，牵着霜鬃打算跟上去。可我主君和伊奈那岐走得飞快，此时已领先我数十步，正稳定而缓慢地靠近那条一动不动拦在路上的黑色条状物。

我一手牵着霜鬃的缰绳、一手拿着沉甸甸的猎矛站在后面看时，只觉时间仿佛一把点燃的稻草，正在半空中悄无声息地烧成灰烬。黑尾巴往前一滑，几乎消失在视线之外。我主君和他弟弟紧跟其后，希望能看一眼尾巴的主人。队伍其他成员在后面沿着高坡小径站立。突然，一阵吵闹的哗啦声顺着我们身边的树木一路传来，随即，我身后响起一声突兀而恐惧的叫喊。我转过身，刚好看到一道黑影从歪斜的树木间猛扑出来，把一个支达亚猎手连同其胯下尖嘶的坐骑一起撞翻在地。这一下快得无法形容，我过了好一阵子才反应过来：扑倒那骑手的既不是熊，也不是野猪那种寻常的大型野兽，而是一颗长在畸长脖子上的硕大头颅，而那怪物的其余身体仍藏在路边纠缠的树木中间。

听到惊叫，主君哈卡崔等人也转回身。伴着越来越响的碎裂和咔嚓声，巨龙的蛇形身躯出现在我们身后小路旁的高坡上。我们刚才看到的尾巴确实不算大，因为那只是尾尖而已。大虫一直栖在凌乱的沼泽里，舒展身躯，与小径平行地躺在高坡上，隐在厚密的灌木和树丛之间。我们刚刚就从它脑袋前面经过，而它一直在监视我们。

硕大的黑龙朝马匹爬去，后者惊叫着扬起前蹄，像老鼠般一哄而散，逃往各个方向。有些惊马直接陷进黑水没了顶，另一些恐慌地人立起来，将骑手甩出了马鞍。这条虫前爪很短，像南方的鳄蜥一样弯曲着，但移动起来速度惊人。长颈上的头颅左右摇摆，如愤怒的蝰蛇般攻击它能碰到的一切。怪物的全貌我只看到片刻，但那第一眼给我留下的印象永不磨灭。黑虫的头部披有甲壳，喙部圆钝而有锯齿，像只乌龟，但乌龟哪能长这么大？它的眼睛随着脑袋左摇右晃，我只看到黑色的圆球中间有金色环纹。它全身长满一圈又一圈平行的哑光黑色鳞片，动起来如蚯蚓般涟漪起伏。

方才的寂静已然化作我此生再也不想听到的喧嚣：马匹和骑手痛苦的惨叫声，落木的撞击和碎裂声，怪物厚重的上下颚咬穿盔甲、血肉和骨头，发出沉闷又惊悚的嘎吱声。

我用眼角余光看到主君，听到他大喊：“矛！琶蒙，我的矛！”我抬手把矛扔给他，但我几乎没意识到自己在做什么，一边投却一边喊道：“不要啊，主君！这野兽太大了！”哈卡崔没听我的警告，反而双手持矛冲过我身旁，把它刺进冷龙身侧。矛头深深埋入扭动的漆黑龙身，一直没到青铜包裹的矛柄。然而那怪物好像根本没注意到，

# 第一章 黑虫

过了一会儿,它的长条身躯往旁边一抽,将哈卡崔扫飞进树丛。

"主君!"我大叫道,一时忘记了大虫对我造成的压倒性震慑,扔下霜鬃的缰绳,跑出小径,在断树和浮木间挣扎着朝他的方向扑去,很快陷入深及臀部的泥水。我身后是狩猎队此起彼伏的惨叫,但那黑虫一直古怪地闷声不吭。我回头看了一眼,只见那硕大的钝头高高扬起,在半空中抖动,把某个曾经有名字、有历史的人甩成碎片,鲜血如细雨般洒在小径上。我转回身,浑身抖如筛糠,却坚持着寻找我的主君。

我终于找到哈卡崔。他半个身子沉在一个黑水池里,纠缠在断树碎枝中间,脸露在水面上,虽有呼吸却没有一丝生气,对我的摇晃毫无反应。身后的恐怖喧嚣还在继续,狩猎队嘶哑的惨叫声,矛杆碎裂、树木折断的噼啪声,夹杂着其他令人头皮发麻、无法描述的动静。我抱住哈卡崔,把他拖到高地上,惊慌失措地拍他、拉他,想把他唤醒。最后他睁开了眼睛。

"起来!"我喊道,"主君,快起来!那怪物要把我们杀光了!"

"我的矛。"他勉力转眼看着我,"矛丢了。我的矛在哪……"

什么矛都阻止不了那可怕的怪物——扎几十支矛也没用——但我不想浪费时间跟他争执,而是用最快的速度把哈卡崔继续往高处拖。沿路每根枝丫和树根都在拉他,与我争抢。有匹马踉踉跄跄从我旁边经过,朝芦苇丛跑去。我一把抓住马具,是霜鬃。它的眼珠转个不停,眼白都快翻出来了,但身上并无伤痕。我大声求助,但此时除了龙的抽打声,再无其他声响。我只能用尽全力,把主君托到马鞍上。哈卡崔自己也很卖力。终于坐上马鞍,他伸手把我提起,坐到他身后。

"伊奈那岐呢?"他含糊不清地问道,似乎还在眩晕,"我弟弟在哪儿?"

"不知道,主君,黑虫攻击前大家就散开了。"树干破碎折断的响声越来越大，我们胯下的战马被逼近的野兽吓得纵身一跃，转眼就踏上坚实的地面。然后，不论怎样拉扯缰绳都无法拖慢疯癫的霜鬃，就连哈卡崔也别无他法，只能牢牢抓住马鞍，我则死死地抱住他，任由霜鬃从一个小丘跳到另一个小丘，穿过沼泽谷底，绕过黑虫攻击我们的位置，返回小路。那边已有几个人，全都在小路上狂奔着冲向谷口，完全顾不上我们，正如我们顾不上他们一样。伊奈那岐也在其中，满身污泥和血痕，但四肢健全。我好像看到了海沫，它的腹带断了，马鞍拖在身后的地上。我主君根本不用使劲拉缰绳，霜鬃便跟着其他幸存者一起逃出了龙谷。

残余队伍跌跌撞撞冲出山谷，跑上宽阔的白银大道，凡人与不朽者混在一起，被刚才发生的一切震惊得忘记了身份的不同。我主君迅速统计了伤亡情况。

"塔日旗在哪儿？"哈卡崔的嗓音嘶哑而走调，"有人看到他没有？"

"他和另外几人不见踪影。"一位支达亚回话。

"但愿他还活着，已经死了好多人。"伊奈那岐眼中没有泪水，但面容憔悴而忧伤，"包括忠诚可靠的幽荷。她是我的挚友和伙伴，今世的生命被夺走，我们甚至无法安葬她。"伊奈那岐转头望向哥哥。我从未在支达亚脸上见过如此茫然失措的表情。"我眼睁睁看着她死在冷龙爪下。这怎么可能是真的？她从小就跟着我。这种事怎么可能发生在她身上？"他用双手按住胸膛，似乎是要挡住跳出的心脏。

幽荷之死对我也是一记重锤。她和我从来不是朋友，但我出生就认识她了，从未想过她会死在今日。不到一个小时，整个世界就倾覆了。

"我也哀悼幽荷。"哈卡崔说，"'诗人'厉鲁末也死了，他的诗

# 第一章 黑虫

歌全部止歇。塔日旗和另外几个挚友失踪。弟弟，相信我，我很想仰天咆哮，但我们必须留着力气照顾生者。很多同伴受了重伤。"

"我看到塔日旗大人了！"一个扈从叫道，"他牵着一匹马，马鞍上横搭着两个人。"

"赞美巫木林！"哈卡崔喊道，"离他最近的快去帮忙，帮帮他带回来的人——如果还有救的话。"

伊奈那岐的关注点却完全不同。"那个凡人王子呢？"他一边东张西望一边问道，眼神悲伤又狂乱，"那个叫科马赫的家伙在哪儿？"

"我在这儿，伊奈那岐大人。"科马赫正跪在地上查看一个贺恩人。他坐直身体，两手都是血。

伊奈那岐走向凡人王子。即使在这愁云惨雾中，大家依然担心地看着他的举动。我主君哈卡崔连站都站不稳，却也摇摇晃晃跟在弟弟身后，随时准备出手拦他。在科马赫焦虑的目光中，伊奈那岐走到他身前站定。"把手给我。"

科马赫疑惑不解地伸出手。伊奈那岐单膝跪下，用凡人王子的指节贴住自己的额头，像宣誓忠诚一样——我怀疑，这一幕从未在支达亚与凡人中间出现过。科马赫的手在伊奈那岐眉间留下一抹血迹。"凡人啊，我是个傻瓜。"我主君的弟弟说，"凡人和支达亚都为此断送了性命。我错了，不该嘲讽你。那怪物毫无疑问是大虫之一，黑朵荷贝。"

"大人，我说对了，但并不因此感到自豪，尤其令族与我族都损失惨重。"科马赫似乎对伊奈那岐的意外表态不知所措，"正如我先前所说，我见过那头野兽，在那之前还跟踪过它的痕迹好多天。"

伊奈那岐放开凡人的手。"若非我冥顽不灵、鬼迷心窍还自以为是，亲爱的幽荷仍能陪在我身边。我的余生都将背负这一耻辱，至死方休。"我从未见过他的表情如此悲痛、迷惑和绝望。他这模样，我心想，几乎疯透了。

"朗目"塔日旗和前去帮助他的人已经走到大道上。"哈卡崔大人，这里还有两个伤员。"塔日旗喊道，扈从们从他马鞍上抬下两个软趴趴的身体，"是露齐瑶和乌霭。他俩伤得很重，断了很多骨头，乌霭流了好多血。"

"啊！"我主君哀叹道，"华庭在上，今天真是个可怕的日子。幽荷和厉鲁末牺牲，众多同胞重伤。"他悲上心头，沉默了好一阵子，然后抬起头，仿佛听到远方号角的鸣鸣，表情变得坚毅。"我们必须尽快赶回阿苏瓦。乌霭和其他伤员需要医师。我们还须用最快的速度找到守护者和森立之主，报告我们发现的怪物，但我的谓识掉在污秽的沼泽里了。"没有龙鳞制成的传话镜，我们只能派出信使，花费几日时间。

"你随意吧，"伊奈那岐说，"但我不回阿苏瓦。"

哈卡崔看着他，眼神十分古怪，半是愤怒半是担忧。"弟弟，你必须回去。别担心，我保证会替幽荷和其他伙伴报仇。我们会率领更大的队伍，消灭这头邪恶的野兽。"

"我也是。"伊奈那岐不再多说。我完全不明白他在想什么。

塔日旗跛着脚走到我主君身旁。"哈卡崔，回阿苏瓦的路很远，至少要跑两天两夜，可能还要更久，毕竟我们损失了好几匹马，还得抬着重伤员。"

哈卡崔没答话，但我能看出他脸上的悲伤。"能跑多快是多快，"最后他说，"我们不能再等了。"

"也许可以把伤员带去银色家园。"塔日旗提议，"那边比阿苏瓦更近，依拿扎希族长有很多医师。"

伊奈那岐在他坐骑旁踱步。"讨论、讨论，还是讨论。幽荷死了！我们浪费时间讨论这些废话时，更多同胞还在受苦和死去！"

"做好选择、避免坏事的时间还是有的。"我主君说。

伊奈那岐怒气冲冲地爬回马鞍。"那就选择吧，哥哥，"他说，

# 第一章　黑虫

"就算所有伤员都能康复,我的失败也够惨痛的了。我无法站在这里目睹更多死亡——我担心自己会疯掉。"

"不好意思,大人们。"科马赫走到他们跟前,"容我提醒一句,银色家园的依拿扎希跟我们说过,不想跟猎龙扯上任何关系。"

"当时黑虫尚未杀害支达亚。"塔日旗回答,"不管怎么说,可怜的乌霭和其他伤者需要救治,他总不能拒绝吧。"

"即便如此,"哈卡崔说,"骑马翻山的路也太长、太难走了。"我很少看到主君如此沮丧,"再说了,科马赫王子,你也有好多属下受伤了,对吧?依拿扎希族长在最好的情况下也容易喜怒无常,何况他不喜欢凡人,很可能不愿意帮助你们。"他摇摇头,"我们去找敦鸦狄,他是岁舞家族坚定的盟友,住在桦树岭,距此只有几小时路程。他会欢迎我们,可能也愿意招待凡人,只是他家人口不多,我记得只有一位医师。"

"天镜湖如何?"科马赫问。

哈卡崔抬起头,惊讶得仿佛挨了记耳光。"当然可以!那儿比敦鸦狄家还要近些。可那里欢迎令族吗?"

科马赫点点头。"我们常跟天镜湖的希瑟做生意。"

我糊涂了。"我没听过这个名字。'希瑟'是谁啊?"

"哦,这是我们贺恩人对你支达亚主人的称呼。"科马赫告诉我,"葳娜妲塔夫人管辖那座位于银色家园旁边丘陵上的支达亚小城,我们常跟他们做生意。"

"他们的医师够吗?"塔日旗问。

"够,而且我相信,他们会像帮助你们一样救治我们的伤员。我们视葳娜妲塔为朋友。"

"好主意,科马赫王子。"我主君恢复了一些信心,"我们往东,去天镜湖。"

我们把从龙谷带出的伤员和逝者——凡人与不朽者一起——聚拢

起来，想办法让还活着的同伴走路舒服些。身后可怕的沼泽里躺着更多遗体，但那怪物还活着，我们什么都做不了。

骑马离开时，我向华庭祈祷，愿主君的族人终有一天能收回逝者的遗体，并为他们举行体面的葬礼。但我也希望自己永远不要再回这里。

※

白银大道与天镜湖间的路在山区蜿蜒穿行，不算陡峭，许多地方是开阔的平路。坐骑驮着沉重的负担，仍然跑得很快。我一边骑马，一边打量周围正抽出绿芽的树木，心中不禁疑惑，在这么一个恐怖透顶的日子里，世界为何还能如此生机盎然、满怀希望。

我们从两座险峻的大山间穿过，进入一条悠长的峡谷。先前我们仓皇逃出龙谷时，太阳还没到中天，此时正往群山背后滑落，很快将峡谷笼罩在暮色当中。我主君、塔日旗和凡人王子领着大家疾速赶路，伊奈那岐独自跟在队尾。天镜湖地形修长，沿日阶山脉山脚延伸将近一里格，银光闪闪的湖水随着日落渐渐黯淡。没多久，我们就看见了那座小城。即使在暮光之下，它依然令我十分惊讶。与我见过的所有支达亚城市不同，它的住宅和其他建筑都没用石头堆砌，甚至没用木头，而是用色彩缤纷的布料在树木间搭成；不论望向哪里，最坚硬的物品就只有成捆的芦苇堆成的桩子。每一阵微风都能把松松垮垮的"墙壁"吹得荡漾起伏，以致整个城市更像盛开着巨型花朵的花园，而非生活居所。

"怎么像是刚刚住下一样？"我问。

"别乱说，葳娜姐塔的族人在湖边住了好多个大年。"主君告诉我，"他们沿用古法建造家园。我们乘坐八艘舰船第一次抵达这片土地时，所有族人都用这个方法建造住处，以便整个城市都能靠人随时背走。"

# 第一章 黑虫

靠近小城时，塔日旗说看到一队骑手正向我们迎来。但在渐渐拉长的阴影中，我却看不到任何人。很快我们知道，塔日旗说对了：大概二十来名支达亚快步朝我们走来。哈卡崔大人抬起手，队伍收起缰绳，停步等候。

对方的首领是位女子，虽然相貌年轻，但指挥坐骑和手下的气度显得从容不迫。她打手势让队伍停下，自己走上前来。

"这位肯定不是葳娜姐塔吧。"塔日旗说。

"大人，这位是她女儿葳娜菊。"科马赫告诉他，"不过，我很少见到她如此严肃和威武的模样。"他高举双手，好让过来的骑手看见。葳娜菊身穿巫木胸甲，手持尖矛。"葳娜菊小姐，您好！"他喊道，"在下是贺恩之地的科马赫，您的几位同胞与我同行！"

"真没想到。"离我主君及其同伴还有几步远，葳娜菊收缰停步，露出灿烂的微笑，"哈卡崔大人？真是你吗，与贺恩之民一起旅行？"

"是我。"他回答，"这位是我战友，'朗目'塔日旗。我弟弟伊奈那岐也来了。我们被一条恐怖的大虫袭击，损失了好几名同伴。我们带来了伤员，其中几位伤得很严重。"

葳娜菊立刻收起笑容。"那就不要浪费时间了，跟我来。"她调转马头，我们踢马跟上。

我们很快走进天镜湖飘扬的布墙当中。城中居民出来迎接，看到队伍的惨状，问候迅速变成悲哭。伤员被紧急送往各位医师的住处，逝者则被恭敬地送到另一个地方。

说真的，那晚的情景我记不太多。安置好所有需要立刻照料的伤员，葳娜菊领着其他人，前往母亲葳娜姐塔夫人所在的飘舞大帐。天镜湖女族长满头白发，身材高挑，嗓音轻柔而有力，但我坐得太远，听不到她说了什么；而且我筋疲力尽，周身酸痛，甚至不记得自己吃喝了什么，也不记得主君他们如何讲述在那可恨峡谷发生的一切。最后，哈卡崔发现我累得直打瞌睡，就叫我先去休息了。

葳娜姐塔家的仆从带我来到安排给我主君的帐篷房间,让我睡在一张小床上。我一躺下就立刻睡了过去。真不错,我太累了,所以一宿都没做梦。

※

"跟你说了,哥哥,我不回阿苏瓦。"伊奈那岐摇摇头,毫无表情的面庞僵硬得像是节庆面具。他生闷气或开心跳脚的模样我见过很多次,但这次略有不同。"想把沉痛的消息带给父母,你可以自己去。我当着所有族人的面,发誓要消灭那条虫。在那野兽丧命之前,我不能回家。"

这里是哈卡崔的帐篷房间,晨光照在布墙上,映出彩色的光辉。伊奈那岐和其他幸存者都聚在这里。我主君提议,把伤者留在天镜湖,直到身体恢复到能自行回家为止,其余队员今天就骑马返回,但伊奈那岐的回答震惊了所有人。

"你说什么疯话?"哈卡崔质问,"弟弟,你亲眼看到黑朵荷贝了。那是屠杀数千生命的巨虫耿鲁卡玛的孩子!就算去六十个骑兵,也只能稍微阻拦那条黑虫,而我们剩下的队员里只有十来个还能战斗——还要算上我们的扈从。没有援兵,我们不能再去招惹它。无论如何必须回阿苏瓦送信,告知伤亡者的家属。"

"你去告诉他们呗。"伊奈那岐看都不看他,"我办不到。我也不会去。我们都知道,是我的骄傲自大、任性愚蠢导致了这场灾难。"他顿了顿,抬起右手做个发誓的动作,"你们听我说。我以我祖先和华庭的名义起誓,我不会返回阿苏瓦,直到黑虫死掉为止。"

在场的支达亚惊得鸦雀无声。我只感到一阵冰冷的绝望。

"这是个不祥的念头,说出来就更糟了。"哈卡崔对弟弟说,"真希望你没说过这话。"

"但我说了。"伊奈那岐回答,"无论如何,哥哥,这是我的誓

# 第一章 黑虫

言，不是你的。你可以按你认为最好的方式去做。"

我主君摇摇头。"这样的誓言往往会变成诅咒。"他只说一句，但我看得出他忧心忡忡，甚至怀有恐惧。

塔日旗等人纷纷央求伊奈那岐收回誓言，但他不为所动。我以前就见识过他的顽固，但从未在如此可怕的情况下发生。哈卡崔也想说服他，然而最掏心掏肺的劝说也无法改变弟弟的心意，最后只能把他赶出自己的房间。

伊奈那岐走后，我主君愁容满面。"我不能把他单独留在这儿。同胞之死令他过于愧疚，为了弥补过错，他早晚会跑回去，试图杀死那条大虫——单打独斗，不带任何帮手——然后死在那里。"他转头对我说，"当时我该更仔细地听听卑室呼的担忧。我也是个傻瓜。"

"不论谁的过错，你刚才对他说的话都是对的。"塔日旗反对道，"我们人数太少，去猎虫等于自寻死路。"

"老朋友，你回阿苏瓦吧。"哈卡崔对他说，"告诉我父亲，派战士来支援我们。"

塔日旗疑惑地看了他一眼。"叫我去说服他们，留下你跟伊奈那岐进沼泽？你知道的，他在这种情绪下会恣意妄为。"

"要能在附近找到一支足够强大、能与黑朵荷贝抗衡的队伍就好了。"哈卡崔说。

"还记得吗，敦鸦狄大人住在附近。"舒妲说。她是我主君的晚辈，新近才加入他的狩猎队，"我们可以去那里求助。"

"敦鸦狄的家族很小，"哈卡崔站起来，"天镜湖这边却有很多同胞，葳娜妲塔夫人也很睿智。我去找她谈谈。"

天镜湖小城的女族长正在吃早饭，和蔼地邀请我主君和塔日旗与她一道用餐。虽然她没明确提到我，但我紧跟在主君身旁，于是她的仆从也为我摆了个碟子。我吃着面包和甜黄油，听主君讲述他面临的困境。

"所以，你想在不回阿苏瓦的情况下召集一支战队？"她皱起眉头，"三天前我刚派一大群战士去了东边。当然，所谓'大'是以我们的标准来说，不是阿苏瓦。柔光有巨人闯入。"

"我们知道。"我主君回答，"在我弟弟脑子一热跑来找黑虫之前，我们本来要去那里。"

"不管怎么说吧，我派去的队伍还不到十二人。"她说，"就算他们没走，也不足以杀死一条如你所说那么可怕的虫。"葳娜妲塔露出真诚的遗憾表情，"恐怕我帮不了你，哈卡崔，除非他们回来，但我估计得等到下个月。"

哈卡崔闭了一会儿眼睛，仿佛在为心中的想法难过，然后突然睁开双眼。"依拿扎希！"他说，"他是银色家园的族长，麾下有足够多的战士。"

葳娜妲塔的瘦削长脸露出犹疑的表情。"他会帮你吗？他对你父母和阿苏瓦没什么好感。科马赫王子跟我说，先前凡人向他求助抵御大虫时，他就拒绝了。"

"但我们并非凡人，而是他的同族。"我主君说，"试试无妨。无论如何，这样也能让我弟弟忙上一阵子。我去告诉他。明天傍晚我们就能赶到万朱涂南门。"

"既然你决心要去，我有更快的办法。"葳娜妲塔说，"让我女儿带你们走条密道，改去银色家园东门。"她吩咐一个仆从去请葳娜菊。

年轻的支达亚小姐很快来到母亲房间。她已解开战斗发辫，发丝如轻纱般披在肩头，盔甲也已卸下，身上穿着与其他天镜湖支达亚一样的粗布衣裳。"母亲，什么事？"

"请带哈卡崔大人前往银色家园东门。你认得路。"

"遵命。"她女儿应道，"现在就走吗？"

哈卡崔起身向葳娜妲塔鞠躬行礼。"夫人，感谢您的所有善举，但我必须先说服我弟弟和我们同往。"他转头对葳娜菊说，"半晌午

# 第一章 黑虫

左右,我们就可以出发。"

"我等你们。"葳娜菊对他说,脸上露出自信的微笑。看到她的笑容,我心想:看来这位小姐很渴望来场小小的冒险啊。

太阳爬上东边山峰时,我们出发了,这次是步行。我主君、他那脸色阴沉的弟弟,还有我,跟在一头蓝发的葳娜菊身后,走上一条崎岖的小路。它夹在天镜湖一侧湖岸和山脚之间,时常隐没不见。我们先是紧贴水边,一直走到湖尽头。我不明白这怎么会是前往万朱涂的捷径,就连我主君也一脸疑惑,但葳娜姐塔的蓝发女儿领着我们,沿潮湿的湖岸一路走,直到它的东边尽头。

等到中午时分,太阳挂到头顶,我们终于在一个吵闹的地方停步。这里有两条河从高处坠下,汇成一条大瀑布,砸在天镜湖尽头的池子里,水波翻滚,成为湖水的源头。葳娜菊带我们来到翻腾的白浪边上一个小码头前,那里绑着几条浅底圆头的小船,样子十分古怪:船身不是朝天敞开,而是从头到尾一点不落地盖在弯曲的船篷下。船篷用上过漆的树皮做成,架在细长的木柱上。

伊奈那岐指着带篷小船说:"湖之子啊,我们像是怕晒的人吗?"

葳娜菊冲他咧嘴一笑:"大人,这话说明你从没走过蕨光隧道。"她指指一艘更小的船,"伊奈那岐大人、哈卡崔大人,还有你,扈从,请上船吧。"

全员上船后,我主君询问是否需要他和弟弟帮忙划船。葳娜菊摇摇头。"谢谢,虽然你们有智慧也有技巧,但我担心你们会帮倒忙。坐着看我怎么做吧,你们会明白的。只希望你们不要觉得伤到自尊。"

我主君微笑应道:"不会,我没理由这么想。"但我感觉伊奈那岐可不好说。

出乎我的意料,葳娜菊根本不用船桨,而是从船底捡起一根长杆,往岸上一撑。小船滑离湖岸,穿行在逐渐浓密的雾气和水沫中,正对着咆哮的大瀑布而去。这一举动在我看来简直莽撞得要命,但我

# Brothers of The Wind

主君似乎毫不担心，我只能竭力模仿他的样子。小船在汹涌的波浪间起伏、摇晃，葳娜妲塔之女就用长杆阻止它的过度摇晃。

我很快明白为何葳娜菊要自己驾船了。我们离轰鸣的水墙越来越近，她把长杆当成长臂，引导小船避开一块接一块暗礁。它们都被翻腾的水沫遮挡在水下，越是靠近瀑布就越隐蔽。此时此刻，太阳高挂，飞溅的水珠在空中映出数道彩虹，令我想起第三代华庭诗人对这情景的描述："阳光唱出不同的色彩。"正当我以为我们要被冲下来的大水砸沉时，葳娜菊蹲下身，将长杆一头探入水面，撑住河床，然后弯腰优雅地一撑，将我们送进了大瀑布里。

水敲打着脆弱的船篷，声音震耳欲聋。我相信船篷随时会裂开，压到我们身上，或者霸道的水劲会把我们锤入旋转的涡流。但不到十来下心跳的时间里，我们耳中的雷声便消失了，小船瞬间停止颠簸，像树叶般轻盈漂浮。我们穿过了瀑布，驶入它背后隐秘的洞窟。

我望向两位大人，伊奈那岐咧嘴笑了，哈卡崔依然淡定。我坐在船首，转身看到我们穿行其间的并非普通洞窟，而是山底岩石间一条又高又暗的裂缝。光源只有身后瀑布漏进的阳光，照亮了粗糙的岩壁。我们漂行的暗河比那两条冲下山坡、汇成大瀑布遮挡入口的河平缓多了，它流入天镜湖的水势如此温柔，以致没人能猜到它竟隐身在狂暴的瀑布背后。

"现在你们眼前的就是蕨光隧道。"葳娜菊说。

我们渐渐离开洞口，光线越来越暗，最后几乎在完全的黑暗中行驶，但葳娜菊不知用了什么法子，小船一直没有搁浅。很长一段时间内，我看不见也听不见，不禁幻想头顶的岩石间爬着什么怪物，或是僻静的河面下游着什么东西。当我真的快被自己吓坏时，隧道再次明亮起来，随即听到河水泼溅的声响。

"这是隧道里的第一个花园。"葳娜菊宣布。这时，一束束阳光从上方的石缝间投下，其中很多缝隙在淌水，有些只是涓涓细流，另

# 第一章　黑虫

一些则像蜿蜒小溪。由于我们在寂静中漂了很久，现在听到水流声，感觉不比那条大瀑布小多少。光线恢复后，我看到许多高大的蕨类植物在轻轻摇摆，与其他绿叶植物一起长满两边河岸。另外还有藤蔓伸出，沿着洞壁攀爬，有几处甚至覆盖了整个隧道的洞顶。

我们继续掠过懒洋洋的河水，又经过几个类似的阳光花园。有些地方很狭窄，有水帘从上方垂下。起初，伊奈那岐被意料之外的美丽花园深深吸引，赞赏不已，还哼了几段古老的歌谣。过了一阵儿，他就变得跟我主君哈卡崔一样沉默，只是散发着一种巴望旅途赶快结束的气息——至少我是这么认为的。

葳娜菊驾着小船，终于载着我们驶出隧道，进入一个宽敞的地底洞窟，洞窟被广阔的黑水湖泊占满。这地方埋在深山之下，没有从天空漏进的阳光，却有几点零星的灯光照亮了几处水面。它们来自跟我们类似的小船，船里是葳娜菊的族人，船头挂着一盏提灯。黑湖远处的对岸上有座奇异的发光拱门，仿佛悬浮在微波荡漾的水面上空，将温暖的光辉洒在粗糙的洞壁上。

"这是无星湖，"葳娜菊介绍，"远处那道明亮的拱门是老门。祖父曾告诉我，万朱涂是以一艘舰船为基础建造起来的，那扇门是船体的一部分。"

她边说边放下长杆，拿起一支船桨。水面如此平静，她只划拉几下，我们就滑离了蕨光隧道，很快驶到嵌在高墙里的闪光拱门之下。

墙壁又高又平，略微倾斜地向上伸展成一道柔和的曲线，消失在我们头顶上方。想到眼前就是传奇舰船之一的遗骸，让我深受震撼。这座庞大而平整的建筑不像简单地靠在岛上，更像从石头中生长出来，以致虽有拱门的光照，也很难看清哪里是岛的边界，岛外是否还有湖水。葳娜菊所说的老门用水晶砖砌成，发出玫红和暖黄的光。拱门中间有扇大门，高度是我们的数倍，门板似乎用巫木制成，铰链则是金属。

# Brothers of The Wind

葳娜菊就把我们送到这里。我主君向她致谢,她浅笑着鞠躬回礼,然后转身离开。不过她划船掠过湖面时,依然转身望向我们,目光却没停在哈卡崔身上,而是久久地看着伊奈那岐。后者站在岛上,抬头打量巨大的拱门,完全没发现她的注视。这样的情形我见得多了。伊奈那岐的优雅和英俊俘获了好多女子的心,无疑还会俘虏更多。

我们踏上岩石岛岸,朝宏伟的老门走去。旁边有扇小门打开,一队银色家园的战士走出来迎向我们。他们认出了两位大人,虽然对这次意外到访明显感到一丝不安,但礼数周到,引着我们走进城中,并派信使前去传话。我们骑马穿过万朱涂。脚下是宽阔的鹅卵石街道,每个交叉路口都用与城门一样的玫瑰色和琥珀色水晶照亮,所以,虽然深在岩石山腹中,但整座城市都闪着柔和的光芒,仿佛笼罩在黎明的天空之下。街上有许多银色家园的族民,多数会礼貌地同我们打招呼,另一些则忙着唱歌与聊天,因而没注意到我们。我们被领到谓识堂,安静地进入大门,停在昏暗的圆形大堂外沿等候。谓识堂的墙壁上布满繁复的雕刻,用笼统抽象的艺术手法描述着万朱涂的悠久历史。大堂很宽敞,呈碗状,围绕中心一圈圈摆放了数百条石头长凳。但我第一次进去时,眼里就只看到主谓识本身。那是一大块不规则长条形的水晶,闪闪发亮,名为"砂断",散发出的奶色光辉朦朦胧胧照亮了房间中心众人的脸庞。在场大概有二十个支达亚贵族,簇拥着一张石头宝座,里面坐着一位支达亚,只能是依拿扎希。作为银色家园的族长,他身材高挑,脸庞瘦长而冷峻,表情如栖在树枝上的鹰隼一般严肃。他是我主君一族最高龄的长老之一,只有不死的乌荼库、"舰船降生"阿茉那苏等少数几位元老比他年长。

同依拿扎希一起坐在谓识堂中央的,还有另外一个身影,就在他石座后面几步外的一张凳子上。我吃惊又迷惑地发现,那个弯腰驼背的瘦小身影居然不是支达亚,而是跟我一样的庭叩达亚。我们这些与

# 第一章 黑虫

支达亚相处时间最为长久的换生灵，形貌会变得跟他们十分相似。我是如此，那个佝偻的身影也是这样，不过我从没见过哪个支达亚会露出如此脆弱和泄气的姿态。

"那是谁？"我悄声问我主君。

"铠-恩羽，银色家园的另一位统治者。"他回答，"琶蒙，现在别说话。恐怕这次觐见对任何人都不是幸事。"

依拿扎希的传令官呼唤我主君和他弟弟一起上前，走到砂断的光辉下。哈卡崔和伊奈那岐唱起尊请六歌。伊奈那岐挺胸昂头，我主君的姿势则比较正常，但依拿扎希做个简洁的手势示意他俩停下。名叫铠-恩羽的庭叩达亚紧盯着自己互握的双手，似乎根本没听。若那其貌不扬的身影真是依拿扎希的统治伙伴，那他似乎只满足于唯支达亚族长马首是瞻。

"我不会问你们来这儿的缘由，"依拿扎希说话酸溜溜的，不是寻常礼节该有的语气，"因我已经知道。葳娜姐塔和她那群湖民肯定向岁舞家族投诉了我的一些举措，所以你们奉命来这里批评我，把我当成犯错的孩子，而非我们家族的族长。"

"当然不是，依拿扎希尊长。"我主君赶忙解释，"住在印·阿佐色的凡人前往阿苏瓦求助，说有条龙杀害了他们许多牲畜和一些族人，然后我们一队人前去查看。昨天，那条龙袭击了我们，杀害几名队员，还弄伤了好多人。"

按理说，依拿扎希应该露出惊讶的表情，说些安慰或伤感的话，但他没有。"所以，你们来这里不是代表你们父母，而是要为凡人说话？好吧，这也没什么惊讶的。要不要我告诉你，那些凡人头一次带着要求来找我时，我都说了什么？"

听到这番突兀的回应，哈卡崔很惊讶，但也点点头。"当然可以，依拿扎希尊长。"

"我派信使告诉他们，我不会派遣本族军队去对付那条沼泽之虫。

而他们回答我的仆从说:'那我们就去阿苏瓦,希望能从令族的国王与王后那里得到更亲善的对待。'"依拿扎希朝我主君探过身子,双眼明亮,肩膀缩起,更像一只捕猎的猛禽了,"支达亚的国王与王后?年轻的哈卡崔,这就是你父母现在为自己塑造的形象吗?"

"尊长,您知道不是这样。这只是凡人与我族之间的语言误会,与阿苏瓦和我父母无关。"

依拿扎希坐直了,后背贴紧石座椅背。"既然不要求我向阿苏瓦及其统治者屈膝,那你们为何而来?"

"尊长,我们是来请求帮助的。我弟弟……"哈卡崔迟疑片刻,"我弟弟和我带着一支小型狩猎队前往龙谷,不是为了与那条虫交战,只想看看并打探它的情况。但在沼泽谷地,它突然袭击我们。现在已毫无疑问,那怪物就是大虫之一,致命的黑朵荷贝。对我们这支小小的狩猎队来说,它太大、太凶猛。我们希望能在您的帮助下,阻止它夺走更多生命。"他交织手指,结成一个代表亲缘关系的礼仪手势,而这个手势可不常见。

"夺走更多生命?它并没有伤害我们银色家园的人。"依拿扎希语调平静,但我能听出声音里隐藏着怒气,"他们全都平平安安住在山里。除了白银大道,我们还有其他进出路径——听说你们来这儿走的就是其中一条——所以我们不用害怕大虫或其他什么东西。"

"这么看来,尊长,您还真是一位罕见的领袖,"伊奈那岐尖刻地说,"对臣民的安全如此确信,甚至毫不介意家门外住了条龙。"

哈卡崔飞快地朝弟弟送去一个警告的眼神,然后继续对万朱涂城主说:"依拿扎希尊长,大虫是所有活物的敌人,它不在乎种族家族之分,不在乎受害者是凡人还是不朽者。消灭它符合我们双方的共同利益。"

要说依拿扎希的脸色有什么变化,那就是变得更加冷漠而疏远。"共同利益。真是高尚的情怀。"他突然对闷声不响坐在石凳上的庭

# 第一章 黑虫

叩达亚说话,"听到了吗,铠尊长?您怎么想啊?"

铠-恩羽抬眼看了依拿扎希片刻,垂下目光,挥手做了个我没见过的手势。

"铠尊长与我意见一致。"依拿扎希说,"没错,你的'共同利益'是非常高尚的情怀——只要忽略岁舞家族过去是如何实践它的话。"

"侮辱,"伊奈那岐喃喃说道,"这老朽的暴君只会侮辱我们。哥哥,我们在浪费时间。"

"尊长,我不明白您的意思。"哈卡崔急促而大声地说,也许是为岔开弟弟的低语,"阿苏瓦城主如何辜负您了?银色家园的求助何时遭到过忽略?"

依拿扎希紧紧捏住宝座的两边扶手,仿佛是为阻止自己跳起来。"何时?哈,不就是印·阿佐色的土地被送给凡人的时候吗?就是你们跑来这里想要协助的那帮人。那帮自称'凡人'的家伙当然会跑去阿苏瓦求助,因为打一开始,就是你们的祖先让他们成了那片土地的农民——那里本该是银色家园的家族领地。"

我主君一定早就知道依拿扎希族长积怨的原因,而我听到这里才恍然大悟。早在我出生的好久好久以前,阿佐色夫人就在那片山岭安了家,而依拿扎希显然也希望得到那里。阿佐色是最年长、最杰出的支达亚之一,虽是依拿扎希的族民,却与之不和。当初,八艘舰船之一在日后建起万朱涂的地方停靠,她便离开族人,独自闯荡新世界。也许正因如此,阿佐色在最后的弥留之际,要求把自己的土地赠给"猎人"贺恩及其率领的凡人家族。银色家园一族质疑她没有权力这么做,纷争闹到当年阿苏瓦的森立之主,也就是我主君的外祖母杉纪都面前,由她进行决断。杉纪都裁定,阿佐色先在那里安家,银色家园后在承载全族的舰船骨架上建城,所以依拿扎希的家族没有权力获得阿佐色的土地。

# Brothers of The Wind

那场争论已是数百年前的事了，所以我觉得，不论我主君还是他弟弟都没法平息依拿扎希的愤恨。但片刻后，我又想到一个比较开心的念头：我主君刚刚说过，一支小队是杀不死那条大虫的，既然依拿扎希不肯帮忙，那我们就只能无可奈何地返回阿苏瓦了。

这时，族长宝座旁的另一个支达亚开口说话了。按支达亚的标准，他很年轻，但语气坚定。"父亲，那场陈年争执不该影响此时需要解决的问题。那条虫是我们大家的敌人……"

"闭嘴，乙阵市。"他父亲呵斥道，"你还不是这里的统治者。若你如此软弱，愿意放弃自己与生俱来的权利，那你永远成不了任何地方的统治者。我已做出决定，我们会礼待阿苏瓦的访客——这是我们血缘的要求——但我不会派出任何一名战士去冒险追逐那只怪物。哈卡崔大人，既然你说它威胁到篡夺我们土地的凡人，就叫凡人帮你们森立家族的战士去杀它好了。"说完，他在身前摊平双手，示意觐见到此结束。

"铠尊长呢？"我主君问道，"他还没说话。"

依拿扎希恼怒地看他一眼，嘴唇却挂着嘲弄的微笑。"啊，对，间吉雅娜①留下的神圣遗产，我的统治伙伴。"他转头望向铠-恩羽，后者在他的瞪视下缩成一团，如同滚烫石头上的肉片，"铠尊长，您同意吗？我的决定是否让您满意？"

庭叩达亚久久地低着头，不与他对视。终于，他说话了，声音极低，犹如风吹树叶的沙沙声，只有砂断附近的几人能听见。"满意，依拿扎希尊长。"

"听到了？年轻的哈卡崔，现在你也满意了？"依拿扎希逼问，"一切都是按照你们岁舞家族先辈的要求做的。万朱涂的两位统治者合作无间。"说完他站起身，刚起来时晃了晃，却挥手拒绝了儿子的

---

①间吉雅娜：号称"夜莺"，是哈卡崔的高祖母。

# 第一章 黑虫

搀扶。"我还剩几个大年的寿命,"他说,"不用扶,我也不用听我孩子的教训。"他裹紧身上的长袍,缓缓穿过谓识堂,身后跟着他的臣民,修长的双腿和蹒跚的步伐令我想到在水波中跋涉的水鸟。万朱涂城主高昂着骄傲的头,直至走出宏伟的大堂,消失在我们视线之外。过了一会儿,两个支达亚守卫走上高台,分别扶住铠-恩羽的两边手肘,同样离开了谓识堂。在我眼里,后者的模样更像囚犯,而非统治者。

※

"刚才是怎么回事?"后来我问主君,"我明白依拿扎希为凡人的事怨恨您的父母,但铠-恩羽又是什么人呢?"

"琶蒙,真希望你没问这个问题。"他说,"这事说来让我难堪,而且宴席在等我们了。"哈卡崔两兄弟今晚受邀,到银色家园一个贵族家中做客——城里并非所有贵族都跟城主一样讨厌岁舞家族。请客的贵族族长是贡铎阁下,他给我主君和伊奈那岐送了许多华丽的衣物,当然没我的份儿。

若是其他时候,主君不愿意说,可能我就放弃了,但砂断前发生的古怪一幕让我迷惑而不安。"求求您,主君,给我讲讲吧。"

他叹了口气。"你知道'决裂'吧,那一次,乌荼库率领贺革达亚与我们支达亚分道扬镳。"

"当然知道,主君。"我回答。不过,跟许多支达亚历史一样,我知道那件事是因为听别人说过,而不是自己学过。

"当时,我高祖母间吉雅娜把九城中的三城交予你们庭叩达亚掌管……"

我震惊得居然打断了他。"我的族人?主君,'夜莺'把统治权交给了我的族人?"我从没听说过这件事,也从没想到敝族曾在世上站到如此高位。

哈卡崔点点头。"是啊，决裂时，各方同意让他们统治北方的万朱涂、弘勘阳，以及海岛城市津叁门。但间吉雅娜的裁决……呃，事情并未按她的意愿发展。"

早在我出生前，"柱城"津叁门就在一场强烈的地震中沉没于南方大海。同一场地震也摧毁了传说中的刻蔓拓里。但另外两座城市屹立至今，此时我们就身在其中之一。"主君，发生了什么？"

他显然不愿再说下去。"芭蒙，这是个悲伤的故事，且对我来说甚为羞耻。在弘勘阳，庭叩达亚一开始就遭到忠于乌荼库的贺革达亚的反对。那时乌荼库已自封女王。他们试图推翻庭叩达亚领袖，差点儿就成功了。于是城中大多数贺革达亚离开了那里，搬去乌荼库的王城奈琦迦。时至今日，我们只有少数族人还留在那座城市，它已失去昔日荣光。"

"另外两个呢？"

"津叁门实行得比较好，在贺革达亚和支达亚两方协助下，那里的庭叩达亚以合作的方式进行统治。后来灾难降临到他们头上，城市毁灭了。"

"您还是没说万朱涂。"我追问。

"因为这是最难讲、最讨厌的故事。"他说，"简单地说，银色家园的支达亚从未完全接受过间吉雅娜的统治，所以，等依拿扎希从他父亲手中继承了整个家族，就从庭叩达亚那里夺回了权力。"

我又一次大惊失色。"违抗间吉雅娜的意愿？"

"当时夜莺已魂归华庭，而我先祖明确表示，他们不支持依拿扎希夺权。然而，唯一能阻止他的方式是起兵征讨，攻打自己的同胞。"

我沉默了。如此不公，让我难以理解。"您是说，阿苏瓦没采取任何措施阻止他？"

主君的回答略显激动。"芭蒙，他们并没有坐视不管。他们抗议了，迫使依拿扎希把前任庭叩达亚统治者奉为第二城主，但那只是个

## 第一章　黑虫

象征而已——依拿扎希并没有分权。万朱涂的庭叩达亚没有权力，也很少受到咨询。"

此时再想起铠-恩羽那哀伤、沮丧的表情，我明白原因了：被迫一次次当着全体银色家园市民的面证明自己无权，其实比无权更加耻辱。我默默无言地帮主君穿上贡铎族长送来的华服。

※

若是换个夜晚，我应该很乐意坐在一旁，观察万朱涂贵族的聚会。但这一晚，我坐立不安，怒气冲冲。我也不太明白是为什么，只觉得最有意思的闲聊也失去了吸引力。

我越来越焦躁，以致等不及宴会结束，就跑到主君身边，轻声央求他准我去城里散散步。

"当然可以，琶蒙。"他回答，"只要记住，我们明天一早就离开。"他停顿了好一会儿才继续说道，"不过我提醒你，不要去最靠近矿场的城区，那边是庭叩达亚的住处。"

"为什么啊，主君？您忘记我也是庭叩达亚了吗？"这样跟主君说话是很出格的，但我从未如此心烦意乱。

"当然没忘，"他说，"但那地方有时很危险。"

我从没听说家乡阿苏瓦或任何一座大城市会有危险。换作别的晚上，我会远离那样的地方。可眼下我心浮气躁，简直是故意违逆。我找到一个同族的年轻仆从，打听到矿场的位置——他也提醒我远离那里——然后故意朝那方向走去。

我走在地底城市的宽阔大道上，头上是高远的洞顶，心里想着刚才听说的依拿扎希和银色家园前任庭叩达亚统治者的过往，心情沮丧，没怎么留意周围。后来我了解到，万朱涂几乎完全由我的族人、抵达这块新大陆的第一代庭叩达亚建成，更让我觉得铠-恩羽的待遇大失公允。

大道上有许多平民支达亚,聚在石灯照耀的饮水池和公共广场上欢声笑语,跟我刚才离开的宴席上的贵族没多大区别。很少有支达亚留意到我,让我的心情更加阴郁。对于我主君的先祖,我除了他们的名字外所知不多,但我熟悉阿茉那苏和伊彦宇迦,就像熟悉我自己的父母;想到他们居然容许针对我族人的罪行不受惩罚,我就心疼难忍。我一直认为他们善良正直,尤其是阿茉那苏夫人,我主君也有同样的品德,但这些都没法解决我见到的冤屈。无论我在脑海里如何翻来覆去地琢磨,都找不到让自己满意的答案。

我太过专注于这些思绪,没意识到石灯的间距越来越长,街道交叉处不时出现插着火把的支架,就连酒馆招牌上的标记都变了,用的不再是我能看懂的支达亚文字,而是我不认识的符号。我漫步到一间昏暗酒馆前的街边站定,心不在焉地看着五六个瑟缩在门外的庭叩达亚年轻人,这时,感觉有人在拉扯我的衣袖。

我这才惊觉自己在茫然地乱走,低头看到一个同族小女孩仰着脏兮兮的脸看着我。她说了句话,但我没听懂,于是如实相告。

"别去那里。"她换成笨拙的支达亚语。

我看着那个酒馆。"我没打算去。怎么了?"

"他们打你。"

她盯着酒馆门外那群年轻的庭叩达亚。我问:"你说那几个家伙?他们为何打我?我也是庭叩达亚。"

她摇摇头。"衣服不行。"

"我的衣服有什么问题?"

"直立者的衣服,"她又扯扯我的袖子,"高个子的衣服。你马上走。"

话音未落,那群庭叩达亚已穿过街道朝我们走来。这一带比贡铎族长的府邸周围昏暗许多,但在唯一一支火把的映照下,我也能看出,他们的姿态都很奇怪,个个弯腰驼背,有些弯得都快断了。

## 第一章 黑虫

"走,"她更加着急,"留下会受伤。"

那些年轻人的表情告诉我,她说得对,但我仍不理解是为什么。我转身奔向银色家园的城中心,奔向安全的贡铎家族府邸。

回到那里,我一边等待主君,一边渐渐明白发生了什么。女孩说我穿着"高个子"的衣服,意思是说我穿得像个支达亚贵族。我觉得很荒谬,因为我穿的仍是先前跟着葳娜菊踩过泥巴、钻过灌木丛的破衣烂衫。可对那个小女孩和那群年轻人来说,我穿得仍跟主君们一样,而不是身材弯曲变形的普通民众——毫无疑问,那是在万朱涂矿场辛勤工作的缘故。

这下我明白了,我自己的同胞将我视为敌人,全靠一个孩子的善心,才把我从一顿狠揍或更可怕的遭遇中解救出来。

等我主君终于离开宴会厅,我还在外面等候。我跟着他,一路沉默不语,回到主人为我们安排的高大石屋最顶层的卧室。上床后,我辗转反侧好一阵子才睡着。

※

哈卡崔一定在贡铎族长家找到了能用的谓识,因为他第二天告诉我,他同母亲阿茉那苏夫人谈过话。不知夫人具体说了什么——以我的身份不该询问——但主君的表情暗示,对话一定很不愉快。他肯定把有同胞牺牲在龙谷的事告诉了母亲,他俩一定都很难过。但他不知道,接下来还有更糟糕的消息。

在万朱涂城内,会用敲响著名的召集钟的方式标志山外世界的黎明。听到钟声后,我们下山回到老门外,穿过地底湖,这次撑船送我们从蕨光隧道返回的不是美丽的葳娜菊,而是天镜家族的一位年轻人。回去后,我们在葳娜妲塔夫人的住处,与"朗目"塔日旗等龙谷幸存者一起吃了顿饭,然后塔日旗准备带其他支达亚返回阿苏瓦,我主君两兄弟起身同他们道别。葳娜妲塔夫人带来许多族民,祝愿他们一路顺风。

队员们纷纷上马准备回家时,塔日旗把我主君拉到一旁。他的脸平时开朗活泼,此刻却被担忧的阴云笼罩。"我的朋友啊,我再次恳求你,"他说,"伊奈那岐钻了牛角尖,就把他留在这儿好了,湖民会照顾他的。我们可以从阿苏瓦带回足够的战士,保证杀死那条冷龙。"

哈卡崔摇摇头。"你对我弟弟的了解不如我。处在这种状态下,他什么事都干得出来。还记得他小时候吗?因为库日因尊长一句无心的玩笑话,伊奈那岐就觉得受了侮辱,发誓要与他一决高下。我永远感谢'高骑'库日因不肯向缺乏战斗经验的对手举剑,否则我弟弟肯定会被他打成重伤。所以,不行。葳娜姐塔和她全体族民加一起,也拦不住狂暴发作的伊奈那岐。他那黑暗的誓言依然悬在他——和我们所有同胞——头上,我必须留在这里,阻止他做出无可挽回的蠢事。所以,老朋友啊,我恳求你,替我向我妻子保证,如今我很重视她的预感,而且我会万事小心。"

"这么重要的话,我相信卑室吁夫人更希望从你口中听到,而不是由我转达。"

"没办法啊。"

塔日旗叹了口气,他极少如此坦率地表达不快。"所以,不论伊奈那岐要留下的决心,还是你要陪他留下的决定,都无法改变了。"

哈卡崔摇摇头。"老朋友,我弟弟给我出了道难题,我暂时还没找到解法,但我不会放弃希望的。"

塔日旗做了个依依惜别的手势,翻身上马。"那我就祈求,等候我们所有同胞归去的华庭并不渴求岁舞家族两位年轻大人的陪伴吧。亲爱的伙伴,再见!"

科马赫王子麾下的贺恩伤员在天镜湖医师的治疗下逐渐康复,他心满意足,正准备离开葳娜姐塔帛墙飘舞的小城。他看着哈卡崔,表

# 第一章 黑虫

情迅速变换。凡人都这样,表情如风吹涟漪般变来变去。他看了好一阵子才开口:"哈卡崔大人,当然还有伊奈那岐大人,你们本来不需要帮助我们,但还是伸出援手。我们贺恩之民永远不会忘记这份恩情。虽然我担心,你们需要的不仅仅是运气,但我还是祝你们好运。"

葳娜妲塔夫人走上前去。"岁舞家族的哈卡崔啊,你知道的,我很担心伊奈那岐的危险誓言会把你们两兄弟都裹挟进去。"她看到后者冲她怒目而视,便对他说,"年轻的大人,不论我的话是否中听,我都只能坦诚相告,而且我恳请你不要轻视我的建议。我希望你们兄弟俩都能平安无事,既是为了你们的父母,也是为了我们全族。如果你们真的下定决心,不等阿苏瓦的援军便去挑战大虫,那我希望你们先去找鸦栖堡的仙尼箴尊长谈谈。他是少数几个知道如何屠龙的在世族民之一。"

"仙尼箴那个贺革达亚?"伊奈那岐不喜欢这个建议,"号称'放逐者'的家伙?他有什么本事,值得我们像乞丐一样去求他?他曾无礼地羞辱我们的父亲。事实上,他在某次觐见时羞辱了整个阿苏瓦宫廷,所以被驱逐出境,再也不准回去。"

"我听说,他羞辱的人远远不止这些。"葳娜妲塔夫人露出似笑非笑的冷淡表情,"除了我们的各大家族,还有他自己的贺革达亚同胞,很多很多,甚至包括乌荼库女王本人。所以他才被称为'放逐者',永远不能返回奈琦迦。"

"请原谅,夫人,但我认为这建议很傻。"伊奈那岐轻蔑地摆摆手走开了。

天镜湖女族长摇摇头。"那就看你了,哈卡崔大人,你来决定我的建议是否值得一试。仙尼箴在这片山区的北边尽头安家,在名为'灯塔'的山峰上建起一座高山堡垒。我的族民都会避开那里。我们与他井水不犯河水。"

"夫人,我们贺恩人也会避开那个地方。"科马赫王子说。

"那很明智。"她回答,"至于你,哈卡崔大人,你也许可以冒一下触怒'放逐者'的风险。如果有人能给你提供与龙有关的知识,那就是仙尼箧了。当今世上没人能比他更了解龙的习性和屠龙之法。"

"感谢您的建议,夫人。"我主君鞠躬行礼,"我保证会认真考虑。"

"那就祝你们两兄弟好运。"说完,葳娜妲塔转身离开,她的族民跟随在后。

"我哀悼您的损失,与哀悼我自己的损失一样。"科马赫对哈卡崔说,"再次感谢您的相助。"

他的话显然让我主君很不自在。"年轻的王子,你不用感谢我,我只是为了照顾头脑发热的弟弟罢了。到目前为止,我们还什么都没做,更没能解决你的问题。"

"我来求助的远远不止是一个问题,"科马赫回答,"而是一条龙,最古老、最致命的龙。也许终有一天,我们可以携手猎杀它,并能取得更好的结果。"

"也许那天会比你意料中来得更快。"哈卡崔说,"到那时,我会去印·阿佐色找你。"

"我们现在管自己的土地叫贺恩岭。"科马赫伸手拍拍我主君的手臂。这个动作让哈卡崔有些意外,我这辈子也没见过有凡人能在面对我主君及其族民时如此轻松和开朗。"只要我还活着,那里都会欢迎您和您弟弟。"

※

我主君认为葳娜妲塔夫人的建议很好,伊奈那岐不同意,却也提不出更好的主意。由于意见分歧,我们当天只沿离开天镜湖的路走了一小段,到达它与顺着山势延伸的西木小道的交叉路口,停下来决定该往哪儿走——往北是仙尼箧的高山堡垒,往南则是白银大道和

# 第一章 黑虫

龙谷。

若在平时，我会觉得再没有别的事能比这两兄弟的争执更重要，但我今天心乱如麻。谓识堂那一幕仿佛嵌入皮肤、再也无法拔除的裂片，深深困扰着我。而刚才的下午，葳娜姐塔夫人祝愿两兄弟好运时，提也不提，甚至都没看我，仿佛我是马驹或猎犬般的动物。依拿扎希也就算了，他毕竟是个乖张的老暴君，但葳娜姐塔却以睿智和亲善著称。我是隐形的吗？我是否在不知不觉间冒犯了她？或者我根本就不值得她理睬？

不论我心中如何思考这些疑问，都想不出有用的结论，只能努力把它们塞到角落。但我就算把注意力转到两兄弟的对话上，也打不起什么精神。

哈卡崔还在恳求伊奈那岐收回那个欠考虑的誓言，但他和我都明白，这种事绝不可能发生。我主君说服不了弟弟，只好坚持他俩应该听从葳娜姐塔的建议，去找贺革达亚的"放逐者"仙尼箎。

"那家伙能给我们什么帮助？"伊奈那岐质问，"自从'放逐者'一气之下离开奈琦迦，就再没人见过他。大家都说他是半个疯子，说他不想跟华庭的任何族裔打交道，不论罕满堪还是森立。"

"我不在乎别人怎么说，"哈卡崔回答，"我只关心仙尼箎知道什么。他是我族最后一个亲手屠过虫的人。你草率地做了个承诺，它像一根绳子，至少把你我绑在了一起，说不定还会绑上更多人。既然你如此坚定要去履行它，那我们就必须尽可能了解那条庞大又致命的虫。既然你的固执和莽撞的誓言不让你回家，而我的责任又不让我离开你，那我们除了想办法消灭黑虫就没别的选择了。"

"别拿你所谓的责任羞辱我，"伊奈那岐愤愤地说，"你坚持把我的誓言变成你的，又凭什么来指责我？不管怎么说，屠虫还能有什么秘诀，是除了一个被逐出奈琦迦的贺革达亚小贵族外谁也不知道的？"

"比如保命的技巧。"哈卡崔回答。他的怒火并不比弟弟少，但说话的语调就比较克制，"你和我都看到了，龙谷里的怪物那么长，就算跳进三渊池，也没法一口气将整个身子探进去。你又不肯回阿苏瓦，本来我们可以在那儿搜寻全族的记忆——不管生者还是逝者——寻找答案，可以找其他战士帮忙猎杀怪物。可现在呢，除了去问'放逐者'，我们还有什么选择？"

"我不需要……"

我主君没让他说完。"你不需要。你不愿意。弟弟，你还会说别的话吗？"我很少看到哈卡崔气成这样，"你觉得我们为何会落到这种地步？为何你亲爱的幽荷——连同其他六名同胞——会曝尸在那恶臭的沼泽？就因为你只想着你自己——你的愤怒、你的自尊。"

"哥哥，别用他们的死斥责我。"在那充满愤怒的语气中，我还听到悲痛得超乎我预料的绝望，"别误会，我知道那是谁的错。我知道为何那些好人会死掉。若不是心知犯下如此可怕的错误，你以为我为何发下那种誓言？但其他人无需为我那可耻、草率的猎虫决定受苦，你不需要，'朗目'塔日旗和你其他朋友不需要，所有人也都不需要。我会独自承担这份重担。我也不需要找个贺革达亚来给我提意见。"

"那你就是个傻瓜。"哈卡崔愤怒地说。

"说得对。"他弟弟露出痛苦而扭曲的微笑，让我别过脸去不忍直视，"我这辈子经常做傻瓜，你已经指出很多回了。所以，像个傻瓜一样死去，对我再合适不过。"

他俩争得太久，以致我听到睡着了，再醒来正是夜最深的时候，我恰好听到结论：伊奈那岐依然不肯收回誓言，但哈卡崔说服他可以去找弃族者仙尼箴求助。我稍微安下心来：以往他俩的分歧都是这样解决的。事实上，我觉得伊奈那岐通常愿意让哥哥决定如何行动，以便自己随心所欲地争取想要实现的或勇敢、或报复、或愚蠢的目标，因他心知哈卡崔的做事方法更稳妥，最终能取得成功。然而今晚，两

# 第一章　黑虫

兄弟都明白——我也明白——驱使我们走向前方未知命运的，依然是伊奈那岐在愤怒中不加思考发下的誓言。

我们在晨光中骑马向北，沿西木小道在日阶山脉的山脚下蜿蜒前行。大山如一团凝固的雷雨云，压在我们头上的天空。我们要去这一带最北边的山峰——灯塔峰。更新季虽已到来，但仍未触及这片地区。天灰蒙蒙的，蓄满水分，随时能来场短暂又冰冷的阵雨。山风似乎没法决定该往哪个方向吹，不论我怎么调整斗篷都觉得冷。

第一晚，我们在一个峡谷过夜。这地方让我想起龙谷，不过两地最大的相似之处只有笼罩其间的寂静，就连能抚慰心灵的群星也被包裹一切的迷雾遮住。伊奈那岐的誓言及随之而来的可能后果沉甸甸地压在所有人心头。过夜时，两兄弟几乎没再交谈，只是凝望着营火，直到我断断续续睡着后很久。

我们又走了几天，多数时候默默无言。荒凉的群山一直耸立在左边，直到我们抵达山区最遥远的边缘。

日阶山脉的北边高地岩石嶙峋，十分陡峭。除了没完没了的石楠、苔藓和蕨类，地上经常光秃秃的，只有最高的山坡上有几棵树。迷雾从地上升起，紧贴在斜坡附近，飘得不远。我们常要穿过浓密、黑沉的雾气，我除了前方两兄弟的坐骑外什么都看不清。我们来到最后一片山峰前，灯塔峰是其中最高的一座。然后我们走上一条更窄的山径，绕着陡峭的山坡上行。骏马小心翼翼迈开脚步，避开马车轮留下的深辙。

主君告诉我，最早进入这片空旷大地的支达亚曾在山脉最高处建起瞭望塔，里面燃着熊熊烽火。当时第一批凡人刚从未知的西方航行至此，于是最早的支达亚山民建起守卫据点，不过那些早期堡垒早就荒废倒塌了。弃置许多年后，一些支达亚和贺革达亚贵族重新发现这里，在峰顶周围定居下来。与此同时，凡人则在山下的荒野中扩散。我猜，住在这里的不朽者大多不太需要伙伴吧，只是他们的理由并不都像灯塔峰的现任堡主这么明显。可话说回来，虽然气候严酷，地处荒凉，但这地方有种奇特而原始的美感，从我第一次到访就一直印在心里，至今难忘。

而我们要去拜见的臭名昭著的贺革达亚贵族仙尼箴·杉-罕满堪，我原本不太了解，只知道他是乌荼库女王的远亲——那位女王在独子离世后又活了太久太久，以致所有在世的亲戚都是远亲了。后来我才得知他的更多情况。仙尼箴在他本族中出名，是因为一首被称为《放逐函》的复杂长诗，是他离开奈琦迦之前写下的。乌荼库的臣民禁止收藏、阅读，甚至提及那首诗，却阻止不了凯达亚①的两个分支——贺革达亚与支达亚——的众多成员知道它，尤其是无需害怕因承认它而遭到处刑的我主君的族民。仙尼箴在诗中讲到，一位原本公正善良的君王堕落后，满怀仇恨和戾气，朝廷亦随之腐坏，族民在这种情况下会过着怎样的生活。虽然他在诗中从未提到君王的名字，背景的设定显然也天马行空——或许是因为，仙尼箴对自己的罕满堪亲族依然怀有一丝小小的怜悯吧——但所有人都明白他抨击的对象是谁。随后"放逐者"抢在女王之牙②卫士奉命前去逮捕他的一个小时前，逃出了奈琦迦的石头堡垒。他流浪多年，我主君的族民也不愿接纳他，最后便在灯塔峰定居下来，重建了名为鸦栖堡的古老堡垒。他还结了婚，此事在我主君的族民中间引起许多讨论和闲谈。不过我们骑马走在高地的蜿蜒山路上时，我还不明白他娶妻一事为何会在支达亚中间引起如此热烈的关注。

我们在山里越爬越高。我开始喘不过气，但海沫一如既往地不知疲倦。我们经过几个在山坡上开垦出来的阶梯农场，还有许多放养牲畜的高山牧场，但没见到凡人的踪迹，仿佛访客在这片高山里不仅罕

---

①凯达亚：一起坐着八艘舰船从华庭（望都沙）逃出来的支达亚和贺革达亚的统称。

②女王之牙：乌荼库的贴身护卫。

## 第一章 黑虫

见,还很吓人。阴沉的天空和山坡上的迷雾掩盖了所有色彩,很容易让人产生一种走在异界、无人理会的错觉。

鸦栖堡方方正正地蹲伏在一块高起的山岬上,那也是最早的守卫塔和警示灯塔曾经伫立的位置。它的窗户黑漆漆、空荡荡地俯瞰着铺展在山脚下的阴沉草场,屋顶的板岩砖块即使在迟午的昏暗中也闪着雨水的微光。后来我才发现,如果有敌人从北方的奈琦迦——仙尼篱曾经的家园——方向望来,这座堡垒会显得更加森严。但鸦栖堡害怕的似乎不光是敌人,还有所有访客。它遗世独立,黑色石墙毫无装饰,墙里耸立着孤零零的主塔,如同一张在门上窥探的怀疑脸庞。城墙上有几个披甲卫士,是我们数日来头一次见到的与自己相似的生灵。他们默默地看着我们骑马走向大门。

我惊讶地看到,走出门房的卫兵竟是凡人。主君两兄弟亮明身份,他们让我们等了好一阵子,才拉起吊闸放我们进去。门里的院子十分狭小,同城墙一样朴素。高大的石塔也没多少欢迎人的感觉。

一小队卫兵领着我们来到通往大堂的门前。门开后,一个身影走出来迎接。一开始,我以为对方是位支达亚贵族女子,可离近之后,我看出她的肤色与哈卡崔或伊奈那岐的金色相比浅了许多,才明白她既不是支达亚,也不是贺革达亚,而是我的同胞庭叩达亚。她的长袍是简单的手织品,但气度犹如贵妇,让我无法把目光从她身上移开。她的气质甚至让我想起主君的母亲阿茉那苏夫人,不是她的容貌像,而是指她的平和与镇定。

"哈卡崔大人、伊奈那岐大人,请进。"她说,"欢迎各位贵客光临。我是女主人飒-努言·盎娜。我夫君很快会下来相见。"她露出微笑。我差点以为这是给我的笑容,但我知道自己一定看错了。她做个手势,示意我们跟她走进昏暗、简朴的大厅,安排我们坐下,又派仆从去拿茶点。为我们送上食物和酒水后,她说自己有急事要处理,但她丈夫很快会来见我们。接下来我吃惊地看到,她直接望向我说:

"同样欢迎你,华庭之子。Din so-nosa beya Vao-ya ulluru."

我没听懂最后一句,只能目瞪口呆地看着她离去。

伊奈那岐对我主君说:"以前就听说'放逐者'娶了海洋之子为妻,还以为是瞎编的故事。不过她确实很漂亮,换我也不会把她赶出卧室。"

哈卡崔皱起眉头。"弟弟,我们才是客人。"

伊奈那岐还来不及回答,大厅内侧一扇门里走出一个高挑的身影,旁边跟着几名士兵。伊奈那岐一跃而起,差点伸手去握剑柄,但被哈卡崔按住手臂压下。

"仙尼箆尊长,您好。"我主君起身鞠躬,"我和弟弟感谢您的招待和接见。"

"到目前为止,我只不过给你们送上面包和盐罢了。"新来者嗓音低沉,语速缓慢,"至于其他,取决于你们要说什么。"

仙尼箆是我见过个子最高的人之一。他披着白发,头顶比我主君兄弟足足高出一掌,而他俩在族民中间已经相当高大了。仙尼箆全身黑衣,拥有贺革达亚一族死白色的皮肤,白得像雪,且十分纤薄,近乎透明,表明他的年纪已经很大,但举止却让人惊异地年轻,每个动作都精准而优雅。他示意哈卡崔和伊奈那岐坐下,自己依然站立。"好了,"他说,"说吧。你们是不是觉得我冒犯了你们的家族,特地来此申述?"

伊奈那岐发出近似嗤笑的声音,但哈卡崔没理他,回答道:"尊长,我们对那些老旧的冒犯和抱怨不感兴趣。我们来拜见您,是因为听说您能帮助我们。"

仙尼箆兴致缺缺地看着他。"我表示怀疑。不管怎么说,我并不想帮助森立家的子嗣。"

"我们来此不为家族事务,"我主君回答,"而是关乎所有活物的问题。仙尼箆·杉-罕满堪尊长,我们需要您的智慧,因为有条大虫

# 第一章 黑虫

侵入此处南方的土地,已经夺走许多生命,其中既有凡人,也有凯达亚。"

仙尼篪翘翘嘴唇。"只有一个家族有求于另一个家族时,'凯达亚'这个古老的名词才会被翻出来,抖抖上面的灰尘。某种程度上还挺好笑的。但你们清楚,你我早已不是一族,我也不效忠任何一方。"

"我们听说了。"伊奈那岐说。听到他的语气,哈卡崔又捏了捏他的手臂,但他不予理会。"他们说你自称'放逐者',不愿跟我们或你自己的家族扯上任何关系。"

"那又如何?"仙尼篪的态度如这寒风呼啸的山峰一样冰冷,"我住的这个地方,既不在他们的领土,也不在你们的,除非岁舞家族两位多管闲事的族长要把这里收为他们的领地。如果没有别的事要讨论,请两位支达亚小主君赶快上路吧。"

听到他的语气,我焦虑地望向站在门口的卫兵。他们也是凡人,虽然我对此有些奇怪,但他们看上去武装精良、身体强壮、毫无怯意,哪怕对手是我主君和伊奈那岐这么赫赫有名的两位黎明之子。[①]

"我为舍弟的莽撞言辞道歉……"哈卡崔开口道。

"不要代表我道歉!"

我主君只当伊奈那岐没说话一样续道:"……可是,仙尼篪尊长,正如我刚才所说,我们来此不是为了翻旧账。黑朵荷贝已离开北方南下,天镜湖的葳娜妲塔夫人告诉我们,当今在世的所有族民当中,您是最有能力指点我们如何对付那头野兽之人。"

"我靠的可不是勇敢的冲锋和激越的歌声。"仙尼篪说,"不对,我没东西能教你们森立家的人。但你们可以在这儿住一晚。下山的路太陡、太危险,到了夜里,就算走路下山也很难。"

"谢谢您,仙尼篪尊长。琶蒙,你去看看怎么安排。"哈卡崔盼

---

[①]黎明之子:"支达亚"的意思是"黎明之子"。

咐我。

城堡女主人就在大厅外的房间等候。我向她鞠躬行礼,询问该把主君的行囊放在哪里。她却盯着我许久不说话,让我浑身很不自在。

"Yanum dok sin ro danna bir？" 最后她说。

可我完全听不懂。"抱歉,夫人,我听不明白。"

"不好意思。"她说,但她的表情让我觉得古怪而不安,"我问的是,你叫什么名字？"

"我叫琶蒙,夫人。"

"不是你的姓氏,而是你的名字。"

我很意外。就连我主君,也只会用我的家族姓氏呼唤我。"夫人,我叫氪斯。"

"我为刚才盯着你看的行为道歉,因为我很久没见男性同胞了。我刚才说的是我们本族——也是你的本族——的语言,毕竟我们是同族。"

"必须坦白,我听不懂。"

"真奇怪……氪斯,你和你侍奉的主君们不是从阿苏瓦来的吗？"

"夫人,我要澄清一下,我侍奉的是两兄弟当中的哥哥哈卡崔。不过,是的,阿苏瓦是我们的家乡。"

"那里的同胞不说我们庭叩达亚从华庭带来的语言了？"

我耸耸肩。"夫人,我并不怀疑仍有同胞在说。那里生活着很多庭叩达亚,可他们很少提及过去的日子和事情。至于我,我从来没学过这种语言。而我父母,就算他们会说,也没教过我。"我感觉拘束难安,突然为某个不能怪我的错误感到有些羞愧,"据您先前所说,这一带庭叩达亚十分罕见吗？"

"这里是的。你也看到了,我们的所有仆从与卫兵都是凡人——日暮之子。"

我很好奇,以致做了件平时很少做的事:向她提了个普通仆从不

# 第一章　黑虫

该向贵族女子提出的问题。"夫人，这是出于您的选择吗？"

她摇摇头。"不是，是我夫君的决定。但我觉得他是为了我才这么做的。他觉得我不想看到自己的同胞侍奉别人。"

"凡人仆从会让您更安心吗？"

她做个手势，虽然我不认识，但记忆里似乎有些模糊的印象。"这个问题不好回答。你呢，氪斯？你侍奉黎明之子——支达亚——觉得快乐吗？"

我斩钉截铁地告诉她，主君一直对我非常好。

"你没回答我的问题，可我不想失礼，"她说，"让我换个问法吧。你过得快乐吗？"

我大为震惊。"当然快乐！夫人，我跟您说了，我的好运在我的族民——我们的族民——当中简直无人可比。而且，请原谅我说句僭越的话，看来您也是如此啊。"

"僭越？"她朗声大笑，可我不明白她在笑什么，"是啊，我猜我在这个世界上确实活得不错——我找到一位不嫌弃我血统的伴侣。不过他的族民就没这么宽容了，所以我们得住在这么一个离世独立的地方。"

"我听说，云之子①将您丈夫逐出了奈琦迦。"

"是啊，不过，氪斯啊，你的支达亚主君们同样不接纳我们。我夫君和你主君的族民曾经生活在一起，但他们两族从未真正接纳过与我们一族的通婚。"

我不知该说什么。我从没考虑过这类事情，直到这一刻，我也想象不出不朽者为何会跟我族的女子成婚，而不是选择他们自己的同胞。"夫人，这些事情我不懂。"我只说这么一句。

"恐怕我让你难受了吧。"她露出伤感的微笑，"可我还想再问一

---

①云之子："贺革达亚"的意思是"云之子"。

个令你不安的问题：你为什么要侍奉哈卡崔大人和他弟弟？"

"因为他们待我很好。"我说完，又修改为，"哈卡崔大人一直待我很好。"我不知自己为何要修正前一句回答。一直以来，伊奈那岐对我也足够好了，同他对待任何下属——无论支达亚还是庭叩达亚——都一样。

"是啊，可你为何要侍奉他？为何哈卡崔是主君，你却是仆从？"

我再次无法理解她的提问。"因为我们海洋之子一直都侍奉黎明之子啊，从华庭就是如此。"

"哦。"她点点头，"而你主君的黎明之子一族尊崇华庭的记忆。尽管离开华庭多年，他们依然纪念它。"她凑近些，脸上露出古怪而热切的表情，"然而，我们一族就是华庭。"

我还来不及细品这句话，她丈夫仙尼箧就和我主君及伊奈那岐一起走出城堡大厅，似乎还在争执。

"我没亏欠任何人任何事，更别提岁舞家族。"仙尼箧一脸挖苦之色，"不管怎么说，我跟大虫争斗的日子已经过去了。"

"所以你失去勇气了吗？"伊奈那岐的俊脸气得发红，金色的脸颊染上一抹落日的红色。

"弟弟，请你安静。"哈卡崔的语气轻柔而严厉，"不要冒犯主人。"伊奈那岐似乎还想再说什么，但两兄弟交换了一个眼神，弟弟别过头去。"仙尼箧尊长，"我主君续道，"请原谅。我们刚才失礼了。我们不是请您同去，只想听听您的建议，学习您的智慧。您的英勇事迹众所周知。歌谣里说，您独自与号称'狡虫'的火龙战斗，仅凭一支巫木长矛就杀死了那只可怖的野兽。我们能向您请教吗？"

仙尼箧静静地看我主君良久，又看看伊奈那岐。后者站在一旁，打量着墙上绘有枝头雀鸟图案的挂毯，仿佛它是许久以来最有吸引力的东西。

"跟我来吧。"仙尼箧终于说。

# 第一章　黑虫

哈卡崔打个手势，叫我跟上他们。仙尼箴的妻子鞠了一躬，离开了。

我们跟随"放逐者"出了城堡，往马厩走去。我们的坐骑和堡里的骏马都在那里。一时间，我以为仙尼箴要命令我们骑马离开，但他却指了指马厩上方高耸的倾斜屋顶。那儿的屋椽上挂着一根霸气的巫木长矛，矛杆与我主君强壮的前臂一样粗，长度是他身高的两倍。

"看到矛杆上的黑色污痕没？"仙尼箴问，"那就是狡虫的血。虽然已过多年，但我相信，你们现在拿起那杆长矛，上面的干血仍能烧伤你们的血肉。所以它被挂在那里，不准任何人碰。还有，你们看出那矛有多沉、多粗吗？"

我主君和他弟弟仰面望着那支黑长的武器。"好一件威风凛凛的兵刃。"哈卡崔最后说。

"那当然，即便如此，它仍不够强韧。当时我两脚撑地，挺住长矛，而那野兽离我特别近，使得矛杆像弓一样弯曲，直至它临死之前，把满嘴臭气都喷到我脸上。我能站在这里，完全是因为狡虫喷光了龙焰。即使是那样，我还是被烧伤了。"他解下一只护手，抬起手臂。它已经变了形，白色的皮肤上布满一道道绳状的红色伤疤，最小的两根手指像烛蜡一般融在一起。"几滴龙血就弄成这样。它们烧穿了我的铁护手，仿佛那是最薄的羊皮纸。龙血烧不坏巫木，但能烧坏其他一切——包括你们。"

"但您还是杀了它。"伊奈那岐望向仙尼箴的手，眼神里更多的是着迷，而非恐惧，"这才是最重要的一点。您杀了狡虫。如果你帮助我们，我们就能杀死黑虫。"

仙尼箴摇摇头。"狡虫很年轻，身长只有十步左右。但黑朵荷贝是金龙耿鲁卡玛的后代，危险至极。哪怕伟大的'斩虫'罕满寇亲自动手，仅凭一柄巫木长矛也杀不死它。"

向来情绪激烈的伊奈那岐叫道："但你自己说了，你用一根长矛就杀了龙!罕满寇肯定比你厉害!"

此言一出,仙尼箆又恢复了冷漠和平静。"对,我不怀疑这一点。然而'斩虫'明白许多你这位年轻的真相大师不明白的事——我也一样。"

哈卡崔拦在弟弟与主人之间。"所以,求求您,把您掌握的知识告诉我们吧!我们的族民有危险。那头野兽杀害了银色家园附近和北方一带的许多生命……遇难的不光我们本族。很多和您仆从一样的凡人也在怪物嘴下受苦、死去。"

仙尼箆的冷酷面容第一次软化下来,尽管只有一点点,但他的语气依然严厉。"凡人?你们会关心普通的凡人?"

伊奈那岐发出厌恶的声音。

"我不会站在一旁,眼睁睁看着他们被邪恶的野兽杀害。"我主君说,"他们不是我的同胞,但也有生存的权利。"

仙尼箆凝视他许久,以致我猜测他是否再也不打算开口了。"那好吧,"他终于说,"我可以把我了解的情况告诉你们。首先最重要的一点是:罕满寇、当年华庭的其他斩虫者,还有我都知道,虫尚年幼时,鳞片之间仍然柔软,用一杆锐利的长矛就能刺穿,尤其是野兽自己使出全力,以全身的重量扑向长矛时。然而随着它们的成长,龙皮会越来越坚韧,到最后,它们全身,甚至鳞片之间都会变得像青铜盔甲一样。"他又指指马厩的屋顶,"罕满寇也许也用过长矛,但面对臭名昭著的黑朵荷贝那种活了许多年的大虫,那杆长矛也会像干枯的树枝一样断掉,就连'斩虫'本人也会沦为虫食。所以我们说的都是废话。所有你们能舞动的长矛都不够强韧,没法穿透它的血肉。"

说罢,他转过身,带我们离开马厩,回到堡垒中。

※

我主君一族几乎不用睡觉,不过他们决定睡下,或因筋疲力竭被

## 第一章　黑虫

迫睡下时，可能又会睡上很长时间。但我不是他们，几乎每晚都要睡觉，所以在鸦栖堡度过的第一个夜晚对我便是十分新奇的体验：我彻底失眠了。让我辗转反侧的不止一个念头，而是好多好多个：凶残的大虫，被依拿扎希羞辱和嘲讽的铠-恩羽，只因为我穿得像支达亚贵族就想伤害我、身材弯曲歪斜的庭叩达亚的愤怒面容。还有盎娜夫人，她用我听不懂的语言跟我说话，却说那是我族自己的语言。她就像条亮丽的彩线，把所有记忆串联起来。每次我迷迷糊糊沉入类似睡眠的状态，很快又浮了上来，回到清醒的小房间。

如此煎熬了几个小时，我终于从床上爬起，望向主君的卧室，发现他还醒着，正在阅读仙尼箴尊长给他的一堆卷轴。他抬起头。"芭蒙，有没有看到我弟弟？"

"没有，主君。"

他的目光落回卷轴。"如果看到他，叫他明早来找我。我有事跟他商量。"

"遵命，主君。"

主君继续阅读，似乎没其他吩咐了，于是我悄悄走出客房，用斗篷裹住自己，爬上楼梯，经过几个打着瞌睡的凡人哨兵，朝堡垒天台走去，因为我需要站在天空下，让自己醒醒神。可我走到顶楼平台时，差点撞上两个黑乎乎的身影。他们紧贴在一起，一开始我还以为惊扰了一对情侣。

其中较为高大的身影转过来面对我，是伊奈那岐。过了一会儿，较为矮小的身影试图溜走。伊奈那岐伸手拦住那人，继续挡在我身前。那个身影披件刺绣斗篷，戴着兜帽，应该是位女子，可能是盎娜夫人本人。想到这儿，我既震惊又担忧，一时不知该做何反应。我呆呆地看着她时，主君的弟弟再次将她拦在原地。我觉得自己必须做点什么。

"大人。"我大声说道。

"什么事,琶蒙?"伊奈那岐的语气单调而刺耳,望向我的眼神好像在看衣服上的污渍。

我做了以前从未做过、以后也绝不会做的事:故意对主君的家人撒谎。"您哥哥有急事找您。"

"真的?现在?"

我不敢看他的眼睛,胸中的勇气只够让我点点头。

伊奈那岐弹弹手指,做个表示心烦的手势,转身离开那个兜帽身影,从我旁边走下楼梯,头也没回。等我转过头时,女子的身影已沿着走廊迅速离开,"吱呀"一声拉开一扇门,进去后关上。

我不太确定自己撞见了什么,也担心主君的弟弟发现我撒谎会有什么后果,于是继续往上,走到堡垒屋顶。

外面的山风清새又强劲,已经把迷雾吹散,露出璀璨的群星。我有时会想,不知道失落华庭的星空会是什么模样?当然了,我知道那里很多星星的名字,因为我主君的族民谈论它们的次数跟谈论眼下所处世界的星星一样多,类似古老家族聚会上的谈话会把在世与离世的家人名字混在一起的情况。比如,华庭有颗叫"欢乐之光"的星星,我很想知道,它真如最年长的支达亚所说的那般耀眼吗?抑或只是因为喜爱之情为它的记忆增添了光彩,就像我自己的童年回忆由于已经失去而变得更加温暖和神圣一样?

这时,一个庞大的黑影掠过我头顶的天空,挡住了它身后的星光,吓得我从塔墙前连退好几步。在这惊恐的片刻之间,我疲倦又紧张的大脑将它想象成了长着翅膀的龙。但它不是,只是一只大乌鸦从我上方低低飞过,落在几步外,大摇大摆地转着圈,发出不满的叫声,然后张开宽阔的翅膀抖了抖,掠过塔顶,朝远处的胸墙飞去。夜色中,我看不清它落在哪里,只听到几声嘎嘎叫,估计它在那边加入了同伴。

我站在那里,听它们叫了一会儿又安静下来。我又站了很长时

# 第一章 黑虫

间，享受宁静。夜风吹凉了我的脸，似乎也安抚了我纷乱的思绪。我的心跳刚恢复到正常的速度，身后便传来说话声，把我吓了一跳。

"扈从芭蒙，你在这儿啊。"

我主君一族如果愿意的话，可以如阴影般悄无声息。我就像个偷吃水果被逮住的内疚小孩，不敢看伊奈那岐的眼睛，但还是强迫自己转过身去。"大人，有何吩咐？"

"我哥哥真派你来找我？"

"大人，我是这么以为的。如果我弄错了，那只能请求您的原谅⋯⋯"

"他跟我说，他想明天早上见我。不是今晚。"

他的口吻不像我担心的那么生气。从我们刚才在楼梯口说话到现在，似乎有别的事分了他的心。"抱歉，大人，一定是我理解错了。"

"当然，当然。"他的语气说明并不信服，"不过，芭蒙，你在这里等一会儿。"

然后他沉默良久，搞得我忐忑不安，心里害怕不知会发生什么事。以往伊奈那岐除了给我下命令，或问我哈卡崔想要什么、说过什么之外，基本不会搭理我。所以我觉得，此刻他把我留下，除了是要惩罚我刚才的干扰，不会有别的理由。

"我哥哥⋯⋯"他终于开口。奇怪的是，他显得不情愿。"我哥哥不能⋯⋯芭蒙，你若关心他，就必须说服他返回阿苏瓦。"

我惊呆了，他并没有因我在楼梯上的打扰而大发雷霆，却给我安排了这样一个不可能的任务。"我？大人，我没有那么做的资格。您可以劝他，但我⋯⋯"

"不行，我说服不了他。"伊奈那岐苦涩地说，"你以为我没试过？他不听我的。他下定决心要保护我，免得我被自己的傲慢和愚蠢伤害。"

"他爱您。"

"这不是他去送死的理由。"

我既震惊又心寒。我从未听过主君的弟弟用这么亲近的方式跟我说话,仿佛我是他的家人。这更像一个不祥的预兆。"大人,千万别说这种话!"

"没办法——我想不出别的法子了。自从我发下那个受诅咒的誓言,我就觉得厄运盘旋在我俩头上。"

"那就收回誓言吧,伊奈那岐大人。"

他哈哈大笑,但这笑声一点儿也不好听。"没那么简单。当你向照管这个世界——所有世界——的力量宣告了自己的决定,就没法简简单单转身回来说:'我不是认真的。忘掉我的话吧。'命运,或被你叫成其他名字的力量,已经听到你的话。驱使我们行动的力量如奔涌的河水,推动的巨大磨石已经开始碾磨,想让它停下可没那么容易。"

"可您为什么替他,替我的主君担忧?莫非您走进梦境之路,看到了什么凶兆?"

星光之下,我只看出伊奈那岐在缓缓摇头。"不用走进梦境之路,我也能看到征兆,它们就在我们周围。看看这地方!活像帷幕后的死亡殿堂。到处都是厄运的黑鸟,还有空寂、荒芜的土地……"这一刻,我仿佛听到彻底绝望的呐喊,"还有这城堡的主人,把自己包围在一群最终会夺走我们土地的凡人中间,仿佛是为提醒他自己,记住我们一族的最终命运。"

"大人,我不明白您的意思。凡人怎么了?"

他转脸看着我,好像刚刚才想起,我是个实实在在的血肉之躯,而非黑暗里的一个声音。"是啊,扈从琶蒙,凡人,这些生灵终有一天会把整个世界据为己有。你也跟我一样,清楚地看到这一点了吧。"他刺耳地大笑起来,"毕竟长老们都说,你们一族擅于预见未来。"

"也许吧,但我没有这种天赋。"他的话把我为自己的忧虑转变

# 第一章 黑虫

成某种更锐利、更冰冷的情绪,"虽说您哥哥对我的关注远超我的期望,但我要他离弃您,他是不会听的。您了解他,大人,一旦他下定决心去做一件事,就不会改变。"跟您一样,伊奈那岐大人,我心想,虽然哈卡崔不会如此轻易……或者愚蠢地陷入这样的境地。然而此时此刻,尽管我十分埋怨伊奈那岐连累了我敬爱的主君,却也没法生他的气:他显然已为自己引起的一切追悔莫及。"您真的不能收回誓言吗?"

伊奈那岐再度沉默。"走吧,"最后他说,"我本以为也许你能理解,但我错了。"他做了个简单的手势,命令我退下。

我回头走向楼梯井。躲在石头墙里的乌鸦发出睡意蒙眬的咕咕声。

我走下塔楼屋顶,只觉脑袋像发烧一样昏昏沉沉。伊奈那岐自己都改变不了命运的轨迹,那他还能指望我做什么?我觉得,他来找我说话,也许不是因为他相信我真能说服他哥哥转身回家,而是从某种角度讲,到了这一步,我对发生的所有事都已承担了一部分责任。于是,我向华庭——既是一个地方、也是一种信念的神圣华庭——祷告。

请保佑我主君。请不要让他在这场始于一个自负而危险的誓言、且毫无必要的可怕追猎中丧命。请不要让哈卡崔死去!

日后我常常怀疑,后来发生的一切是不是该怪我的祷告?

※

我走在幽暗的要塞里,有点迷路,想不起主君的房间在哪层楼了。这时,我听到轻柔的脚步声。我转过屋角,与一个身穿连帽长袍的娇小身影面对面——正是先前在楼梯井见过的同一个身影。她的脸只露出一部分,脸色苍白。我依然以为她是堡主夫人,于是单膝跪下。

"夫人，请原谅。"我说，"先前我不是故意打扰您的。我本来要上天台。"

"啊，是你！"她说，"我的游侠贵族回来了！"不是飒-努言·盎娜的声音。"阁下，我要感谢你把我从困境中解救出来。"

我吃惊地盯着这个陌生女子，听到身后又传来脚步声，转身看见盎娜夫人本人走过来。她穿着睡衣，但也披着厚厚的斗篷——鸦栖堡的夜晚很冷。"看来我不是唯一一个失眠的。"她说，"韶丽，这就是你办事这么拖拉的原因吗？"

"夫人，我正往回赶。"前一位女子回答，"然后这位阁下不知从哪儿冒出来，单膝跪在我面前。他这么年轻，还真会献殷勤。"

我这才醒悟自己还跪着，连忙起身。"抱歉，盎娜夫人，"我说，"我从外面吹完夜风回来，迷了路，把这位小姐错当成您了。"

"韶丽，听到没？"盎娜说，"这是个完美而合理的解释。好了，你给我拿葡萄酒回来没有？"

"拿了，夫人，"女子回答，"恐怕是最后一瓶红酒佳酿了。"

"那等下次有货车来时，我们再订一些吧。在那之前，喝普通葡萄酒也可以。"她转头对我说，"琶蒙·氪斯，你也来喝一杯吗？韶丽会陪着我们，所以你不用担心自己的荣誉或名声。"

我还没从刚才与伊奈那岐的谈话中缓过神来，但面对这位女性同胞，一时想不出拒绝的理由。事实上，与她的第一次谈话让我有些怕她。这听起来很奇怪，因为她并没说过太让我难堪的话。也许是种感觉吧：自从我们离开阿苏瓦去找伊奈那岐，平时被合情合理掩藏起来的问题纷纷浮上水面，以致继续无视就不安全了。

我跟随盎娜夫人和韶丽小姐穿过走廊，来到一个休息室。盎娜亲手点灯，摘下厚实的斗篷兜帽，露出睡觉时披散下来的银色长发。韶丽消失在旁边的房间里，很快用一个托盘端着三个杯子和一个陶瓶回来，放在一张小桌上。她也脱掉斗篷，露出一头松散的白色长发。她

# 第一章 黑屯

穿着一件厚实的睡袍,样式像有褶边裙摆的漂亮睡衣。

"你可能发现了,"盎娜说,"灯塔峰的野兔月更像豺狼月。我夫君选择这里安家,看中的是它的偏僻,而非舒适。"

"我不怕冷。"我告诉她——这是我在一个小时内说的第二个谎话。其实我和伊奈那岐说话时,大半时间都在瑟瑟发抖,尽管原因不光是冷风。

盎娜夫人倒出葡萄酒,把第一杯递给我,第二杯递给那个年轻女子。这时我有机会更加仔细地观察韶丽了,尽管我竭力表现得不要太明显,但还是难免看呆。她的长相与盎娜夫人差异甚大。后者五官精致,鼻子高挺,脸颊和下巴恰到好处,完全可以冒充我主君的族民。而韶丽长着圆圆的脸,可能因为刚喝了几口酒,或是刚从寒冷的走廊逃进来,脸蛋红扑扑的,鼻尖稍微翘起,形成一种淘气感。与此同时,她那较宽的眼距,浅金色的皮肤,以及握住酒杯的修长手指,令我确信这位韶丽小姐是庭叩达亚,同盎娜夫人一样。同我一样。

"对,"盎娜仿佛听到我心中的想法,"我的侍女也是海洋之子,与你我一样。她是图尔家族的。"

"夫人,我和你不完全一样啦。"韶丽轻松地说。她的皮肤和言谈表明她比盎娜夫人年轻许多,但对盎娜的态度像是平辈,"我家是 Sha-Vao。"

最后那个词我听不懂。盎娜看出我的迷惑,轻轻笑着,温柔地说:"韶丽,我们的新朋友氪斯不会说古语。"

"真的吗?"她望向我的吃惊表情让我再次心生羞愧,"请原谅,我们一族是观海者[①]。"

"你是呢斯淇?"我的惊讶比刚才的她更甚,因为我认识的观海者身上都有些我熟知的特征,可这位韶丽身上一点都没有:她的手臂

---

[①]观海者:又称"呢斯淇"、"唱海者",其歌声能驱逐海怪淇尔巴。

并不比我和盎娜夫人长，皮肤也没有常见的粗糙感。"你是从南方来的吗？"

韶丽开怀大笑。"不是，我也庆幸不是。住在南边海岸的族民性情古怪，近亲通婚。我家是最后几个还留在北方的家族之一。我来自达-约索加——妖精岩镇。"

我听过那个地方，那是沿日阶山脉西边海岸分布的镇子，面积颇大。近几年，那里大部分支达亚和庭叩达亚居民都被贺恩人取代，达-约索加发展成一个忙碌的港口小镇。凡人称那里为"柯冉禾"，不知是什么意思。不过那里一直都是个奇特的地方，汇聚了不同种族，进行各种各样的交易——包括一些不太光明正大的生意。

跟两位女士坐在一起，虽然都是我的同胞，但我刚开始仍觉得局促不安。当然了，我来自繁华的大城市阿苏瓦，所以我猜这就是她俩对我感兴趣的原因。

可两位女士的关注点似乎是我。"刚才崑从琶蒙把我从窘迫的困境中解救出来。"韶丽声称，"他的一位主君正在关心我，却让我很不舒服。琶蒙同那位主君说话，帮我制造溜走的机会。"她转头对我说，"不过实情并不像你看到的那样。当时伊奈那岐正在问我关于夫人的丈夫仙尼箧尊长的事，可我觉得自己不该回答。我很感谢你的到来。"

"伊奈那岐不是我主君，是我主君的弟弟。"我说，"但无论如何，小姐，你太抬举我了。"我转头告诉盎娜，"我只是向伊奈那岐传达哈卡崔大人的口信。"

"对，我经过你主君的卧室时，听到他俩在说这事。"盎娜夫人露出微笑，"哈卡崔说，口信传错了，他并不是今晚想跟伊奈那岐谈。"

"就是！"韶丽说，"我说对了。这位琶蒙果然是拯救弱小的游侠贵族。"

# 第一章　黑虫

我还在为欺骗主君的弟弟内疚，无法欣赏她俩的玩笑。"韶丽小姐，伊奈那岐大人也许比较鲁莽和叛逆，但我保证他没有恶意。"

鸦栖堡夫人对我说："氪斯，你是只能看到别人优点的人吗？比起你想维护的对象，如此盲目可能给你自己带来更大的风险。"

"盎娜夫人，我觉得您在我身上看到的优点和缺点，已经超出了我这身份能承受的极限。"

"所以你并不是有意帮助韶丽？"

我浑身不自在。"夫人，您在要求我说主君弟弟的坏话吗？"

她端详我片刻，黄色眼睛即使在烛光下也精光闪烁。最后，她伸手过来拍拍我的手。"当然不是。不过，我还是要替韶丽谢谢你。"

如此关注让我受宠若惊。我任凭鸦栖堡夫人转变话题，改而讨论没那么复杂的事，比如阿苏瓦及其统治家族的问题。

"我一直很想见见森立之主阿茉那苏夫人。"盎娜说，"听说，就连岁舞家族之外的族民也称呼她为'始祖母'。"

"她真是在一艘舰船上降生的吗？"韶丽问。

"据说是。我相信是。"

"她真像所有传闻里说的那么睿智？"

我微微一笑。"这方面我可以作证。我从没见过她那样的人物。阿茉那苏的耐心、智慧，对族民——包括乌荼库的贺革达亚在内的全体族民——的慈爱，都是那么非同凡响。对我来说，她就像黎明的化身。如果没能亲眼见到，人们可能认为黎明的壮丽是夸大其词，可第一次看到夜晚退去、太阳升起，就会知道自己直到那一刻才明白了真相。"

韶丽朗声笑着鼓掌。"我的游侠贵族还是位诗人！"

盎娜再次凝神注视着我。"她对待阿苏瓦的庭叩达亚，就像对她自己的族民一样好吗？"

"她对我从来只有善意和尊重。"我迅速回答。

"你的庭叩达亚同胞呢?她待他们如何?"

我迟疑了,因为我第一个回答热切过了头。于是我仔细回忆自己见过的阿茉那苏夫人对待我同胞的情景。"以我见过的情况来说,她对我们和对她自己的族民一样好。她对待凡人访客也很仁慈。我们这次旅行就因凡人的求助开始。"

"啊,对了,跟我们讲讲。"盎娜说,"从你们抵达至今,我夫君几乎没跟我说过话,所以你们的到访原因还是个谜。我只知道跟一条龙有关。"

韶丽小姐裹了裹身上的斗篷。"半夜三更的,我不太想听龙的故事。"

我向她致歉,然后把我们离开阿苏瓦后发生的事尽量回忆了一遍,但我们在龙谷遭遇的惨重伤亡,我没讲得太多、太深。"这就是我们来拜见您夫君的原因,他是著名的屠龙者,"最后我说,"而我主君想消除黑虫的威胁。"

"我甚至听到这个名字都会发抖。"韶丽说。

盎娜拍拍她的手。"那我们换个话题吧。氪斯,再跟我们讲讲阿苏瓦。你也知道,我们隐居山中,消息闭塞。"

我又给她俩讲了几个阿苏瓦的故事,还讲了我随主君到过的其他地方,只是没提龙谷的灾难和伊奈那岐的誓言。两位女士很有礼貌,听得专心致志,有几次我甚至逗得韶丽开怀大笑,发出一连串急促的清脆音符,犹如山间飞溅的泉水,相当动人。有一次她笑得太厉害,必须伸手拉住我的手臂稳住自己。我的身心都大受触动,很乐意在如此令人愉快的伙伴身边多坐一阵子,但我想起了自己的职责,于是喝完杯里的酒,起身鞠躬行礼。"盎娜夫人,韶丽小姐,谢谢你们的款待。我主君通常很早起床,我得回去小睡一会儿,不然就帮不上他了。"

"这是自然。"盎娜回答,"韶丽,送我们的新朋友氪斯出门

## 第一章 黑虫

好吗?"

"当然,夫人。"她起身送我。她是呢斯淇,我看着她寻思,会不会经常想念大海?渴望大海?或者她像我一样,满足于此时所处之地,满足于命运给予的生活?

我们走到休息室门口。韶丽笑吟吟地说:"再次感谢你的勇敢,扈从先生,希望以后能多见面。"

我再鞠一躬,向她道别。可葡萄酒和两位女伴令我的精神太过亢奋,以致我久久无法入睡。

※

我们在鸦栖堡逗留数日。我主君花很长时间与仙尼簆尊长深入长谈,甚至还画了图,制订作战计划之类——反正我估计是这样。

至于伊奈那岐,同在阿苏瓦家里经常发生的一样,没多久就对计划失去了兴趣,骑上坐骑青铜跑去逛山路了。在灯塔峰留宿的第三天,他一大早出去,直到天快黑才回来。伊奈那岐向来缺少耐心。尽管我们到这偏远的城堡来,完全是因为他自己的厄运誓言,可如果跟他在一起的不是他哥哥而是别人,他可能已经要求离开了。面对哈卡崔,就算他脾气古怪,至少还能保持恭敬。

而我,大部分时间都跟和善的盎娜夫人、聪慧的韶丽小姐聊天。我猜不出她俩为何喜欢我的陪伴,但我也很乐意陪她们,反正我主君在灯塔峰期间不太需要我的服侍。

"你要原谅我占用你这么多时间。"有一天,鸦栖堡夫人对我说,"我深爱并尊敬我的夫君,但我仍然渴望陪伴。我第一次见到仙尼簆就知道他性情孤僻,到我们结婚,我更是深有体会。必须坦白,孤独又开始侵蚀我了。事实上,正是仙尼簆建议我邀请韶丽过来陪我的。"

"邀请?我明明是被绑架过来的。"韶丽的微笑说明她在开玩笑,"但华庭作证,我父亲家里的日子也相当无聊,所以我没怎么反抗。"

我很享受与两位女士相处的时间，但有时仍觉得自己处于弱势地位。我一直无法确定，她俩是当真喜欢跟我聊天，还是盎娜发现我对我们共有的文化如此无知，感到不可思议或沮丧，才会对我感兴趣呢？起初，我们谈的多是鸦栖堡日常生活的小事，比如在盎娜夫人的花园里找个晒太阳的地方，或者韶丽宠爱的小猫"乖乖"及它与好斗的乌鸦间的生死决斗。有时盎娜会给我上点小课，讲讲我们庭叩达亚的漫长历史。那些历史常被掩藏在我们的凯达亚主君——包括哈卡崔的族民和仙尼箧的苍白同胞——的阴影之下。那些事，我基本没听父亲讲过，而他可能根本就不知道。

有一天，我给她们讲述万朱涂的庭叩达亚共治者受到的对待时，盎娜变得闷闷不乐。

"那还算不上我们一族受过的最糟糕的待遇，"她说，"但无疑是最无耻的之一。依拿扎希无法简单地赶走庭叩达亚，原因有很多——我们一族对矿场和其他银色家园所需的事物都必不可少——但依拿扎希会确保他们无权无势。"她眼中闪过危险的光芒，"你见过铠-恩羽了。那个失势的可怜生灵。他们夫妻俩曾是我族在万朱涂城里的领袖，如今却沦为依拿扎希的傀儡，变得一无是处。记住我的话，反抗终将到来，恐怕还是场血腥的反抗。你无法永远压迫一个种族。"

这番话当然让我惶恐不安，尤其为银色家园的庭叩达亚担忧。万一真发生那样的反抗，我相信依拿扎希会冷酷无情地镇压任何针对他统治的威胁。但我也想知道，如果那样的动荡蔓延到阿苏瓦和其他支达亚城市会发生什么。我觉得，庭叩达亚的力量远远不够强大，不足以推翻支达亚主君，但我担心，那种纷争不知会对我们一族与主君一族多年的羁绊造成什么影响。

还有，我呢？我心想，万一哈卡崔和他们一家遇到危险，我当然会站在主君的族民一边。但我会与自己的同胞战斗吗？

这些念头让我心烦意乱，善良的韶丽似乎也察觉到了。"聊点别

## 第一章　黑虫

的吧，"她欢快地说，"今天天气不错，把它浪费在如此伤感的话题上就可惜了。我们可以到城垛上散散步。"

益娜夫人摆摆手。"你去吧，亲爱的韶丽。带我们的新朋友氪斯出去，让他呼吸一下新鲜空气。我累了，晚些再去找你们。"

如今回想起来，两位女士显然是在有计划地、小心翼翼地拉拢我。可悲的是，同往常一样，我却迟迟未能抓住真相。无论如何，韶丽和我即将第一次完全独处。

当日天气晴朗，但山风依然清洌。我们沿着城墙散步，斗篷随风飘扬。我们下方是森林茂密的灯塔峰山脚，再往外是往各个方向延伸的丘陵起伏的草场，更新季里长出的绿植郁郁葱葱。

"氪斯，你有些消沉。"韶丽说，"是因为你主君和他弟弟的事才无精打采吗？"

我还是不习惯听人喊我的名字，听到它从我认为地位高于自己的人口里说出就更别扭了。"我当然为他们担心，韶丽小姐，我也担心自己。毕竟哈卡崔大人去哪儿，我都得跟去。"

"为什么？"

我一时没明白她提这问题的理由，因为答案很明显。"为什么？"最后我反问，"当然是因为我宣誓效忠他啊。我一辈子都是他的人。他选中了我，赐予了我莫大的荣耀。"

"做他的仆人。"

"是扈从。"我觉得要为自己辩解，"我是敝族有史以来第一个获得这种荣誉的，我的待遇几乎跟支达亚一样。我永远不会忘记这一点。"她居然不理解，让我有些恼火，"你呢？你能离开益娜夫人吗？"

她委屈地看我一眼，仿佛我不作警告就改变了游戏规则。"如果我走了，她在这里会孑然一身，没有同胞与她分担放逐之苦。仙尼篦在很多方面都算个好丈夫，但他也喜欢静静沉思，有时能持续整个季节。"

"所以，你我的忠义之心没太大差别。"我说。这一瞬间，我依然相信我们只是在谈论对自己恩主应尽的义务。

我们站在高处，吹着卷动的微风。然后她又问我："所以，氪斯，你的一切都要交给主君吗，包括为自己争取些许幸福的机会？"

她的语气让我吃了一惊，我看着她，突然醒悟了。我早该明白，韶丽对我感兴趣不光因为我来自阿苏瓦，是他们这座冷清城堡的访客，能给他们讲讲大城市的故事。

一股复杂的情绪涌上我的心头，如数条小溪汇在一起，有的泥泞、有的清澈。我知道，过去也有几个同族女子对我青眼有加，但我总以为是因为我作为哈卡崔扈从的特殊身份。这次似乎不一样。韶丽对我的青睐自然让我感动并受宠若惊，但也令我伤感，因为我刚才说的是实话：我不能离开主君，除非背弃我的荣誉。

此外，尽管当时的我不谙世事，却也能看出其中的矛盾。正是同一种"荣誉"将伊奈那岐和我主君拖入了糟糕的困境，我提醒自己，同一种荣誉最终会害死我们三个，以及天知道还有多少生命？韶丽同样受制于荣誉，只是稍有不同罢了。但我只对她说了一句："韶丽小姐，华庭无法保佑我们一辈子都心想事成。"

我俩都沉默下来，迷失在各自的思绪中，琢磨着一些无法轻松或快乐地说出来的事。盎娜夫人没来找我们。最后，我们下楼回去，不再吹风。

※

在灯塔峰度过的第三天夜里，我问主君："您从仙尼箧尊长那里收获多吗？"不难猜到，我需要分散一下自己的注意力。

"多，琶蒙，我学到很多东西。他讲了上千个贺革达亚王庭轶闻，有些有趣、有些可怕。"

# 第一章 黑虫

"我还以为,"我小心翼翼地指出,"我们来这儿是为学习如何斩杀大虫。"

哈卡崔笑了。"哦,不用怀疑,这个问题我们也谈了许多。事实上,我已经学到我需要的知识了。我打算明天就出发,所以要在太阳取代夜心星之前做好准备。我们要骑很长一段路才能回到印……"他改口,"回到贺恩岭。"

"所以我们要回到那个地方,"我竭力掩饰自己的恐惧,"那我去城堡厨房看看,看能找到多少路上和日后所需的物资。我们要在凡人的领地逗留多久?"

"但愿足够我们杀死一条龙那么久。"虽然他语气轻松,但他的话却悬在我俩之间的空气中久久不散。

想到要去猎杀龙谷里那条虫,甚至单是想到要再次接近那夺命之地,我就心慌意乱,以致不知道说什么好。"愿华庭保佑您和您弟弟平安。"我终于挤出这么一句。过去几日的休息和安逸,帮我此时假装我们不过是要踏上另一次旅途、另一场狩猎,然而主君和我都心知肚明,实情并非如此。

正为离开做最后的安排时,我遇上了盎娜夫人——似乎是场偶遇。她正在城堡大堂外的前厅里绣花,见我经过,她站了起来。"扈从琶蒙·氪斯,"她说,"听说你和森立家的两位大人要离开了。"

我鞠躬行礼。"是的,夫人。"

"我们与你相处得很愉快。"我猜她说的"我们"一定是指她和韶丽,因为仙尼箧可能压根不记得我,"也许我们可以希望,未来某一天还能见到你回来鸦栖堡做客。"她稍微歪了下头,仿佛要确认某件以前只是听说过的事情。

我鞠了一躬,心中五味杂陈,忽然感到一阵厌倦。"盎娜夫人,若是主君需要我回来,我会非常高兴。"这并非单纯的客套,对我来说,这是一件难得的我自己想做、而不仅仅是以主君的尊贵名义去做的乐事。

第二天拂晓之前，仙尼箆尊长的一名守卫给我主君送来一个陶罐。那守卫对待罐子的态度战战兢兢，仿佛里面关着一只危险的活物。哈卡崔把它放进一只皮袋，挂在马鞍上。兄弟俩都格外沉默，似乎昨晚过得很不安宁。不久后，我们迎着晨光出发。周围山顶的常绿树木在晨光下闪着光芒，犹如倒挂的冰锥。

我们沿着山边往回走，一路不论是对我还是互相之间，两兄弟都没怎么说话。我猜他们又为伊奈那岐的誓言吵了一架。我们来到宽敞的白银大道前，调头顺着它往西北方向走，在天黑前抵达通往飘雪堡的大路。前方的桦树岭上，在大红河与山奶河两条重要河流交汇之处，坐落着敦鸦狄族长的府邸，里面住着一小群我主君的同族。我们吃惊地发现，已有骑手在路口等候。

我们又走近一些。在我眼里，骑手还只是披着灰色斗篷的模糊影子，但哈卡崔已经看清对方的脸。"是我妻子的妹妹霓珠吁！"他说。我听出他语气中的焦虑，立刻明白他是担心阿苏瓦家中出了事。至于伊奈那岐，虽然与霓珠吁小姐十分亲近，但此时见到她也不怎么高兴。很多人都觉得他俩总有一天会成婚，只是熟悉伊奈那岐的人都知道那天不会来得太快。哈卡崔踢马迎上前去，他弟弟却拖在后面，似乎已经知道霓珠吁要说什么，但并不急着听。

"小姐安好。"哈卡崔边喊边走到她身前，"希望你带来的不是坏消息。"

"不，不，你尽可以安心。"她笑盈盈地回答，但我觉得笑容并不开心，"你的妻子、女儿、父母，都很好。"

"感谢华庭保佑。你父亲甲奥尊长可好？"

"也很好，只是经常抱怨这个世道，"她回答，"更别提每一位出

## 第一章　黑虫

生在土美汱被冰封之后的同胞的缺点啦。"霓珠吁及我主君的妻子卑室吁的父亲甲奥在年轻时号称"默者"，可这称号即使曾经合适，如今也早被他颠覆：正如霓珠吁所说，甲奥对一切都有意见，且多数是怨言。

"那容我询问，你为何会远离阿苏瓦来到这里？"

"我来拜访好心的敦鸦狄族长和他一家，必须有个理由吗？"她反问，"不过我承认，我确实要为守护者和阿茉那苏夫人给他送信。"说到这里，她的表情变得戒备，暗示背后隐藏着复杂的情感。霓珠吁并不像姐姐卑室吁那般美丽夺目，但也容颜标致，举止优雅，冰雪聪明。虽然按支达亚的标准，她还算年轻，但聪慧的谈吐仍让她显得相当成熟。不光是我，阿苏瓦许多人都对她评价甚高。

她抬头看着慢条斯理走到近前的伊奈那岐。"看啊！"她说，"这位就是阿苏瓦最近的热门话题的主角。"她对伊奈那岐露出微笑，后者仍然气鼓鼓的，"安好啊，大人，很高兴看到你这般神采奕奕。"

"我也很高兴见到你，小姐。"伊奈那岐回答，"但我恐怕不会喜欢你带来的消息。"

"相信你不会。不过，我们就别像小贩一样站在路边了吧。敦鸦狄派我来告诉你们，飘雪堡欢迎你们，如果能招待你们住一天或更久，他会非常荣幸。"

"我们当然会去。"哈卡崔回答，但他弟弟在摇头。

"非住不可的话，就一晚。"伊奈那岐简直不愿看向霓珠吁，这很奇怪。上次他俩在一起时经常形影不离，调情逗趣，仿佛真正的情侣一般。才过没多久，他俩就像被一道帘子隔开了。相信霓珠吁也感觉到了，但她并不是经常流露失望情绪的女子。

我们一起朝山里的敦鸦狄府邸走去。霓珠吁骑马靠近我。"年轻的琶蒙，很高兴见到你，"她说，"希望你安好。我敢说，你比上次见面又长高了半掌。"

我轻轻笑了。"霓珠吁小姐,您夸张了,不然就是您年纪大了记性不好啦。"她确实比我年长,但我只是开玩笑。她姐姐卑室吁对我也很亲切,但从不亲近。可霓珠吁从很久以前就不再拿我当仆从看待,而是更像弟弟,虽然我有时不知该如何回应,但也很享受这种感觉。认识她这么多年,我渐渐发现,她不但容许我和她相互取笑,竟然还真的乐在其中。所以,比起森立家族的其他成员,我在她面前是最放松的。此时此刻,尽管伊奈那岐对霓珠吁的态度有些古怪,但她和我之间依然如常,令我松了口气。

敦鸦狄是桦树家族的族长,与几乎所有支达亚一样,也是森立家的亲戚,只是关系相对较远——至少在血脉上如此。他和伊彦宇迦尊长曾在对抗巨人的战争中并肩作战。他的家族虽小,但被视为阿苏瓦的坚定朋友和重要盟友。事实上,敦鸦狄的善良和谨慎的智慧受到全体黎明之子的敬重。他的府邸飘雪堡建在名为桦树岭的小山上,是个矮墙院子围着的单独一座高塔。房子和山峰的名字来自周围茂密的高大白树,在树叶落光的冬天里,塔楼仿佛飘浮在大片白雪之上。从飘雪堡任何一扇窗户望出去都是白皮树干,犹如哨兵般环绕着房子。秋天时,所有叶子会变成明亮的黄色,犹如最后的落日余晖被困在那里,随着微风阵阵摇摆。

我们把坐骑留在马厩,然后去拜见主人。他坐在宽敞的大厅里。大扇大扇的窗户感觉比墙壁还多,用我见过最精美的窗纱遮挡,上面的交叉丝线十分纤细,以致屋里与环绕屋外的摇曳桦树间仿佛只有空气阻隔。

"公羊"敦鸦狄坐在铺着漂亮地毯的高台上等候。他的女儿、桦树家族的大司祭希木娜坐在他身旁,其余敦鸦狄小宫廷的支达亚贵族簇拥在旁边。飘雪堡主人的身材不如多数同族那么高大,但他盛年时在战斗技艺上如何聪明和善谋的传说多不胜数。事实上,曾经有段时间,许多人认为他是支达亚全族的首席剑士。不过对这说法,敦鸦狄

# 第一章　黑虫

会第一个哈哈大笑并反对说，就算真有那么回事，那也是很久以前了。他的外貌还有一个黎明之子离开华庭后就很少出现的奇怪特征：下巴上长胡须，以致看上去像从古代画像走出来的人物，比如贺革达亚女王乌荼库逝去多年的丈夫"黑杖"奥间呜首。"公羊"的胡子不像凡人那么浓密、蓬松，只是下巴尖上的一束发丝，但这就让他与所有同族都不一样。

"我的哈卡崔和伊奈那岐大人！"看到我们，他欢快地喊道，仿佛我们的到访完全是个惊喜。但霓珠吁能在大路边上等待我们，那就显然不是。"过来坐吧。欢迎光临飘雪堡！"

"是啊，朋友们，欢迎光临寒舍。"他女儿说道，同时优雅地挥动双手做了个古老的问候手势——鸽子落地，"两位亲爱的大人，你们上次来这儿做客已经是很久以前了。"

我主君和伊奈那岐做完全套表示尊敬的恰当礼仪，同霓珠吁一起围着矮桌盘腿坐下。我和敦鸦狄的仆从们站在一处，其实嘛，只要我提出，相信飘雪堡这位开明的堡主会给我安排个更靠近主君的位置。刚开始的短暂时间里，一切都显得愉快而平常。敦鸦狄说起最近发生的事：一只巨人入侵、与特别艰苦的寒冬的较量。两兄弟也分享了我们的旅途趣事。不过，就算是个陌生人也能听出，他俩只讲了所见所闻，却只字不提远离家园的原因。敦鸦狄对依拿扎希、放逐者仙尼箷及灯塔峰上的堡垒特别感兴趣。

"我想过很多次，要不要请他来做客。"听哈卡崔讲完鸦栖堡后，敦鸦狄说道。

"我不会为这问题操心太多，"伊奈那岐回答，"他不会来的。他背弃了自己的族民，对我们更没兴趣。"

我的主君面容平静，但我从他双手互扣搁在腿上的动作里看出一丝懊恼。"我弟弟若能多花些时间与仙尼箷尊长相处，应该能发现他更多亲善之处。但我同意他的观点：我也怀疑'放逐者'会不会接受邀请或发出回邀。"

"可惜，可惜。"敦鸦狄说，"从他那里应该能学到许多知识，比如我很想知道，奈琦迦山里的乌荼库一族最近都在忙些什么。"他喝了口甜葡萄酒，摇摇头。他的仆从为所有客人都倒了一杯，连我都有。"但我很遗憾地听说，你们找依拿扎希帮忙却遭到拒绝。不明白他对岁舞家族怎么怀着那么大的怨气。整个日阶山脉都是他的领地，他未免过于看重印·阿佐色了，毕竟阿佐色夫人从来不是他的族民，而她对那片土地的主权终其一生都没遭到过质疑。"

"也许这就是原因所在。"哈卡崔猜测，"他至今还在生阿佐色的气，因为后者在他眼皮子底下特立独行。"

"你可能说对了。"敦鸦狄说，"你见过他儿子吗，号称'小灰矛'那个？那孩子不像他喜怒无常的父亲，关于他的传闻都是好话。"

"乙阵市？他在场，但我们没机会跟他私聊。"我觉得主君的语气里似乎渗出一丝不耐烦，"敦鸦狄尊长，我们感谢您的招待，但您肯定知道我们来此是有原因的。"

"人人都知道。"刚才没怎么开口的霓珠吁说。

族长庄重地点点头。"哈卡崔大人，我知道。但你也明白，直接讨论充满变数和焦虑的话题会破坏我们重聚的快乐，我觉得没理由这么做。"

"大虫黑朵荷贝就在您家门数十里格外，"伊奈那岐突然激动地插话，"您肯定知道。您肯定也想过，万一它闯进您的领地该怎么应对。"

敦鸦狄做了个模糊的手势。"当然想过，但我们桦树岭只是个小村落，不能自找麻烦。"

哈卡崔皱起眉头。"可是尊长，麻烦已经来了。我们亲眼见过那头野兽，它可不是派十几二十个装备精良的战士就能打发的树篱小虫或幼年冷龙。它是古老传说里的黑朵荷贝，身躯庞大，披满黑夜般的

## 第一章 黑虫

盔甲。就连这间大厅都容不下它。"

敦鸦狄的目光掠过垂纱的窗户和屋顶的修长横梁,若有所思。"我相信,那是头恐怖的野兽,"最后他说,"关于它的所有传说都很可怕。你自己也说,就算二十个装备精良的战士也赶不走它。所以光凭你俩,打算怎么做?"

"找援军帮忙。"哈卡崔迅速回答,"我们没打算单靠蛮力打败它。仙尼篾教了我几个办法,也许能有一丝胜算。但我们依然需要帮助。"我主君顿了顿,似乎接下来的话很难出口,"我们还需要一棵巫木树。"

敦鸦狄挑起双眉,我感觉这是他听到的第一个真正的新消息。"所以,你们打算回阿苏瓦的圣巫木林?"

"别装了,"伊奈那岐说,"您肯定听说过,我不能回那地方。"

"其实是你不愿意回去。"霓珠吁小姐语气中凛冽而冰冷的暗流足能把不小心的人淹死,"是你的骄傲不让你回去。"

伊奈那岐不肯看她的眼睛。"有些事比骄傲更糟。"

"据说,每个骄傲的生灵都将愚蠢地死去。"她挑衅地盯着伊奈那岐,似乎在等待他迎接自己的目光。但他依然不肯。

"朋友们,拜托,别再争论这些了。"敦鸦狄互搓双手,做了个我们寻求一致的手势,"事情已经够难办的了。我们再纠缠于不同的意见,只能得到更糟糕的结果。失落华庭的教训永远是前车之鉴。"

"那就告诉我们,敦鸦狄尊长,"哈卡崔说,"我们能达成哪些一致?因为我们,"他瞥了弟弟一眼,"已经发誓要在那头野兽杀害更多印·阿佐色的同胞或凡人之前消灭它。您能帮助我们吗?"

敦鸦狄摇摇头。"年轻的哈卡崔大人,我想你该清楚,桦树岭这边没有巫木林,连一棵巫木树都没有。你父亲伊彦宇迦也已表明态度,如果我让你带走我家的任何仆从,那他和我之间的友谊将会受到伤害甚至破灭。你说我该怎么做?"

"站出来反对他!"伊奈那岐说,可我觉得他是绝望多于愤怒,"我们的父亲并非凡人那种国王,甚至不是老朽女巫乌荼库那种自封的君主。我一直听说,您是本族最勇敢的战士之一。"

"这不是勇不勇敢的问题。"敦鸦狄竭力稳住自己的语气,"这是干涉父母与孩子间事务的问题。守护者伊彦宇迦是对还是错,并不能由我来决断。"他转向我的主君,"我恳求你细听我话中的智慧。孩子与父母的战争只会两败俱伤。回到你们的父母身边吧。你们的争辩对象是他们,而不是我。"

"这里唯一的争辩双方是伊奈那岐大人和他的固执。"霓珠吁说。

听到这话,伊奈那岐猛地站起,勉强弯弯腰算是鞠躬,随后离开了大厅。片刻后,我们看到他孤零零地穿行在外面的白色桦树之间,再没回头往大屋这边张望。

"敦鸦狄尊长,请原谅我弟弟。"哈卡崔说,"他和在座诸位都很清楚,那糟糕的誓言困住了他,但他不知如何才能摆脱。"

"很简单,"霓珠吁说,"他只要说'我收回我的誓言'就完事了。然后支达亚贵族们就可以齐聚一堂,讨论如何对付那条黑虫。"

"霓珠吁小姐一如既往地直击问题核心。"敦鸦狄用手指梳梳下巴的胡须,"尽管不如某些族民喜欢的那样谨慎或亲切,但这无损她话中的真实。"

我主君低下头,仿佛要从座下地毯的图案里找到答案。"霓珠吁说得对,但这改变不了任何事。我弟弟不能收回誓言。"

"你是说,他不肯。"她指出。

"霓珠吁小姐,你还不明白吗?"哈卡崔的语气近乎哀求,"在所有人中,你应该最明白的:对伊奈那岐来说,两者没有区别。这一点一直是他的诅咒。"

众人默然不语。终于,谈话转向新的话题,起初有些断断续续,但我主君、敦鸦狄和霓珠吁聊起其他人和其他地方,气氛渐渐活跃起

# 第一章　黑虫

来。至于伊奈那岐，我看到他在飘雪堡所在的山顶周围到处游荡，过了许久才回到大厅。

※

"我们不能回阿苏瓦，所以那边的巫木林是指望不上了。"我主君和他弟弟坐在安排给他俩的房间里，分享一杯葡萄酒。"没有巫木，仙尼笸的建议也就没用了。要是我们有一百名顽强的战士，或许可以考虑用矛和箭结果那头野兽，但我担心就算有条件也会失败。"

"为何跟我说这些？"伊奈那岐的怒火已经退去，至少隐藏起来了，却再次被绝望取而代之，"你的意思是，因为我的誓言——你一直念念不忘的誓言——我不能回阿苏瓦，你也不放心我独自在外，好像我是个孩子。但巫木林不光阿苏瓦有。必要的话，我可以去奈琦迦，求银面女王赐我一棵。"

哈卡崔摇摇头。"就算乌荼库答应你又怎样？身后拖着一根巨大的巫木树干，骑行上百里格穿越危险的雪原回来？我们需要一棵完全成熟的大树，你以为罕满堪女王真那么喜欢我们的家族，不仅愿意送你一整棵珍贵的巫木树，还肯附送马车搬运，甚至派一队殉生武士保护它？"

"我跟你一样能看到所有困难。"伊奈那岐隐藏的怒火再次点燃，"我也知道，你担心我的顽固会害死我们两个。那就回去吧，哥哥！"他嚷道，"回到你妻子、女儿、父母身边。反正这该受诅咒的任务里没你的事。前途未卜的人是我，只有我。"

"你现在说的才是真正的蠢话。"哈卡崔回答，"我既不能留下你独自跟那可怕的野兽战斗，也不能任由我母亲、妻子和女儿面对相同的命运。你是我弟弟，是至亲的血脉。我爱你。"

此话一出，伊奈那岐的所有愤怒仿佛都被消解，只留下空虚的躯壳，如被暗流悄悄侵蚀后的河堤，毫无征兆地倒塌在奔涌的河水中。

在那一两个瞬间,我甚至以为他会哭出来。我从没见过他哭,怀疑他从小到大都没哭过。至于我自己,此时最想做的是躲到其他地方。伊奈那岐的悲痛明显而强烈,连我自己的心都快碎掉了。"哥哥,为何我会做出这种事?"最后他问道,"我到底是被什么东西鬼迷心窍了?"

"别再说这种话,"哈卡崔握着弟弟的手,指节因用力而发白,"没有鬼迷你,只有你自己的急躁脾气。"

"不对,小哈卡。"多年来我头一次听到他喊哥哥的小名,"我努力——一直很努力!——学你的样子,好让父母骄傲,让所有族民骄傲。但有时我觉得,我就像个落地的水壶一样四分五裂。我开心时,仿佛一切都阳光普照,全都那么明亮、艳丽,就像桠司赖那些飞舞的蝴蝶。可我生气或悲伤时,又感觉自己走在一条幽暗的峡谷,就像那条龙所在的沼泽,永远走不出去。"

"你有颗诗人的灵魂,仅此而已。"哈卡崔压低声音,"放松些,我们能想到办法解决这个难题的。而且我保证,我们会一起解决它。"

我不能说自己预知前方有灾难在等待我们,但我主君对弟弟说的这些安慰之词,不知怎么却让我感到一阵迷信的寒意。

※

敦鸦狄尊长遗憾却坚定地拒绝两兄弟之后,这次的拜访变得尴尬起来,但我们当晚还是留在飘雪堡过夜。暮色掠过山丘时,我看到伊奈那岐和霓珠吁小姐在桦树林散步。虽说我不知道他们聊了什么,但也能猜到一点点,他俩脸上空洞的表情也印证了我的猜想:她不能原谅,而他不能——或不愿——让步。

傍晚时分,敦鸦狄的山间府邸宁静而又忧郁。审棋的棋盘已经摆好,可就算玩丰饶者谜题这种单纯的游戏也没法活跃气氛。最后,飘雪堡堡主请霓珠吁唱歌。

# 第一章 黑虫

"尊长,今晚我嗓子不舒服,"她说,"请您女儿希木娜唱吧,她的声音比我甜美多了。"

但敦鸦狄不肯放过她。"胡说,孩子,你总能把老歌——最好听的歌——唱出动人的韵味,令我想起自己的童年。请不要让我失望,小霓珠。"

她还是不乐意。"敦鸦狄尊长,现在我脑海里只有忧伤的歌。"她说,"其他人肯定能唱些更开心的曲子,提起大家的精神。"

"我不在乎精神有没有被提起,"大厅的主人宣布,"要是今夜心绪哀伤,就随它吧。就算伤感的老歌也能让我们回想起过去的糟糕日子,以便在日后的美好日子里铭记。"

霓珠吁低下头。"那好吧。"她转头望向伊奈那岐,等待着,直到后者抬眼与她对视,然后才说,"我唱《月神的哀歌》。"

敦鸦狄做个手势,厅里灯光黯淡下去。他的长子拿起竖琴,弹起古老而熟悉的旋律。

霓珠吁再次闭上双眼,亮出低沉而动听的嗓音唱起歌。我似乎感觉到一波不安的涟漪掠过聚在大厅里的众人。

> 我的夫君在何方?
> 我口中苦涩,不知如何才能让他归家。
> 我不想念他,
> 　但这房子太孤清。
> 我脱下拖鞋,又再穿上。
> 月亮是个冰冷的地方,
> 　银色的冰块、白色的石头。
> 我的心同样冰凉。

连我都知道关于月亮女神麻津美籠的上古支达亚传说。她丈夫是百鸟之王伊西岐,但他们夫妻失和,麻津美麓把自己的名字给了星网——从南到北散布在夜空中的群星总称。对我主君一族来说,她是全族之母。

而我们庭叩达亚对创世之初有着不同的传说,或者是我自己的理解,虽然我并不知道那些故事。父母从没对我讲过,可能是因为他们觉得羞愧吧。

霓珠吁的声音随着缠绵的歌词起起落落,在每一节末尾都渐渐减弱,如同云雀唱出的哀伤曲调。飘雪堡大厅的所有人都很熟悉这个故事,但他们依然庄重地专心聆听。只有伊奈那岐不为所动,他仰着头,两眼盯着天花板,双手抓着膝盖,好像在听另一首只有他自己能听到的曲子。

> 我不够美貌,留不住他。
> 但我不想要他。
> 可我也不想形单影只。

她的歌声变了,原本幽怨但甜美的音调变得更加刺耳,仿佛她真成了遭到遗弃的麻津美麓。

> 我的孩子在哪里?
> 为何不在我的怀抱?
> 他带走了七个,前往华庭之外的百鸟之地。
> 他们不会知道我。
> 他们永远不会认识我。

霓珠吁的歌声中蕴含着难以察觉的痛楚。至少在我耳中,她不仅在唱月神的痛苦和愤怒,也在唱她自己。她悲痛的不是麻津美麓被偷

# 第一章　黑虫

走的孩子，而是她自己的孩子——她曾经幻想、但如今再也不相信能得到的孩子。也许是我在胡思乱想吧，但我愿以华庭发誓，那一晚，我听到霓珠吁在哀悼她永远无法拥有的孩子。

> 我藏起两个。
> 若他不回到我身边，
> 他们也不会知道他的存在。
> 我要从他身边夺走他们。
> 我要在他们耳边诅咒他的名字，
> 在他们心中腐坏他的名声。
> 他为何不回来？
> 他自觉高高凌驾于我？
> 我是天空之神的女儿，
> 我的母亲是众生之母。
> 而我夫君不过是有翼的盗贼。
> 他偷走了我的名声，
> 他偷走了我的幸福……

霓珠吁唱完，虽然没到午夜，但敦鸦狄大厅里的所有支达亚纷纷离去，边走边交头接耳。我看看周围，发现伊奈那岐也走了。主君表情凝重，我看得出他不想跟任何人说话，连我也不例外。于是我自己回去，上床休息，梦见一窝被流动的银色细沙覆盖的蛋。

黎明前，我们离开飘雪堡。修长的桦树树干在夜晚的微风中摇摆，犹如饥饿的魂灵。霓珠吁没出来道别，敦鸦狄也只是默默地拥抱一下两兄弟，便回了自己的大厅。

## 第二章　银树

Brothers of The Wind

　　我们下了桦树岭，走回宽阔的白银大道。一路上，哈卡崔两兄弟默默无言。我们在晨光中走到大道近前，却感觉脚下不止有这一个路口。我不敢询问到路口后该往哪边转，但心中有个绝望又愚蠢的角落在祈求伊奈那岐恢复理智，好让我们回家，去往阿苏瓦的方向。然而没人打破沉默。等我们终于踏上大道，伊奈那岐拉扯青铜的马头，朝西边的山脉走去，没再回头看一眼。哈卡崔跟着他。而我只能跟上自己的主君。

　　这段日子，我们似乎总在西陲来来去去，犹如织工的梭子。这片土地近乎荒无一物。主君一族的聚居点——比如敦鸦狄家族的飘雪堡——数量稀少，相距遥远。更加落后的凡人聚居地是一样，我们途经的多数地点都跟农庄或小村差不多。只有遥远南方的凡人才会建造城市，大量群居在一处。不过，当时的我还没见识过那样的地方，想象不出一整座城市的凡人会是什么景象。在我脑海中，它们只是我们经过的这些聚居地的加强版，用修整过的原木建起城墙，用泥巴和干草搭起房屋。直到后来我去了纳班，才发现凡人也会用石头盖房子，而且他们的某些作品，不论在尺寸和气派上都能与阿苏瓦或失落的土美汰相媲美。

　　我们迎着砸落的雨滴，走在蜿蜒的白银大道上，踩着之前旅行者

## 第二章　银树

留下的车辙，泥水四溅。事实上，我一路看到不少长满野草和树木的古老碎石堆，它们更像是废墟，而不是天然形成。我不禁思寻，这地方是不是早有生灵居住，甚至比主君和敝族从华庭来得更早？有一次，我在倾盆大雨和满怀忧伤下开口询问哈卡崔，是谁第一个建造了这里？

"在我们的八艘舰船抵达之前，这片土地只有动物和雀鸟。"他告诉我，"所以我们才在这里登陆——至少传说是这么讲的。"

"您母亲阿茉那苏夫人当时已经出生！"我说，"她肯定知道吧。"

"芭蒙，我跟你讲的就是她告诉我的故事。不久后，最早一代凡人也来了，来自未知的西方。"

"跟我们一样坐船来的吗？"我问。

"不是。或者说，就算他们有船，也在抵达这块大陆前就放弃了。我母亲那一辈最早见到凡人时，他们成群结队，四处流浪。母亲他们发现，凡人也是会思考的生灵，却与自己天差地别，因而惊叹不已。很快他们又发现，凡人寿命很短，且在某些方面更像动物。从那时起，我们族民中间就有了意见分歧。"

我点点头，那段历史我很熟悉。如何对待入侵的凡人让他们产生了分歧，并最终导致传说中的决裂，贺革达亚与我主君的支达亚一族分道扬镳，其绝大部分成员跟随他们的乌茶库女王离去，在雄伟的休眠火山奈琦迦定居下来。现在，除了那片遥远的山区，外面只有少量贺革达亚分散在少数几座城市里。

自从离开敦鸦狄家，主君似乎头一次愿意开口说话。既然如此，我就继续问吧。"主君，我们现在要去哪里？是回黑朵荷贝所在的山谷吗？"我竭力掩饰语气中的恐惧，但似乎没能成功。

"暂时不去。"他说，"就连我弟弟也明白，光凭我们几个，跟那条龙打起来只有死路一条。不，我们去印·阿佐色——就是凡人如今所称的贺恩岭——找些战士帮忙。"

听到这个决定,我的害怕只比返回龙谷减弱几分。虽然科马赫王子及其随从看起来相当开化,但我不知道他们的同族是否尊敬我主君两兄弟,更别提我这么一个区区换生灵了——这是他们对"庭叩达亚"的常用称呼。阿苏瓦每个孩子都听过间吉雅娜的美丽女儿奈拿苏死在凡人猎人手中的故事。

我小心翼翼地表明自己的忧虑,但哈卡崔并不在意。"琶蒙,那是很久以前的事了,奈拿苏的遭遇虽然可怕,但那是一场意外。"

"故事里说,凡人把她当成天鹅了。"我说。

"错得离谱!"伊奈那岐说。他整个上午都没开口,此时突然冒出一句,把我吓了一跳。"奈拿苏和她母亲一样以美貌著称。我相信凡人是想抓住她。她逃了,于是他们杀了她。"

"你这话的口吻像是乌荼库的宠臣,"哈卡崔说,"所以你也不相信德鲁赫是自杀的了?他就像贺革达亚宣称的那样,也被凡人杀害了吗?"

"没错,我觉得很可能是这样。"他弟弟回答,"你为何袒护凡人?"

"我谁都不袒护。那件事发生在我们出生之前,此后我们两族一直为它争论不休。我凭什么说自己了解那是怎么回事?谁都不知道真相。永远不可能知道。当时的亲历者全都过世了。"

"也许吧。但死者需要一个说法。"伊奈那岐的语气出乎意料地激动,"凡人像老鼠一样滋生,每天都在蚕食我们的土地。"他挥手扫过被雨水淋湿的连绵山峰,"到最后,这一切都会变成他们的土地,我们甚至连记忆都不会留下。"

哈卡崔静静地骑行一段才接话。"那可奇怪了,毕竟你同意我们骑马去凡人的村子,请求他们的帮助。"

"哥哥,我没说他们全是谋杀犯。我相信有很多凡人品德高尚——按他们自己的方式——我对科马赫一行也没有怨言。其实,我刚

## 第二章　银树

才说的是将来会发生之事，不论他们对我们是爱是恨都一样。刻蔓拓里和弘勘阳之间的土地自古以来就属于我们，但如今，几乎每寸土地都有凡人留下的足迹，而南方已完全落入他们手中。他们每到一处就会住下来，越生越多。你看不出来吗，我们的厄运已然注定。"

"弟弟，我觉得你太消沉，"哈卡崔，"也太悲观了。谁也不知道将来会如何。就连所谓的乌荼库女王，她在舰船离开华庭前就已在世，但也不能预知以后的岁月会如何变幻。"

他俩过去几天的争吵已经够多了，我不想再听，于是向主君提了个问题，希望能把他们的注意力从分歧上引开。"乌荼库真有那么老吗？我还以为只是个传说。"

"传说是真的。"他回答，"她是'斩虫'罕满寇的曾孙女，是我们所有在世同胞中最年长的一位，而且差的不是一星半点。"

"所以她戴着面具？"我问，"她年纪太大，所以面具下的容颜就像他们说的凡人年老之后的模样，变得苍老难看？"

"换生灵，小心你的言辞。"伊奈那岐说，"你没资格这么议论我们最高寿的亲人。"

"非常抱歉，大人。"我赶紧道歉，"我没有冒犯的意思，只是好奇。"

哈卡崔似乎对弟弟的话感到不满，但只是对我说："谁都不知道乌荼库为什么戴面具。传闻说，很多与她最亲近的顾问和最受她信任的贵族也戴上了面具。我们的母亲认为，那是虚荣心作祟，但她又说，虽然乌荼库年轻时在失落华庭以美貌著称，但其虚荣心并不在容貌方面。"

"我没听懂，主君。虚荣，但不是因为容貌？"

哈卡崔轻笑起来。"下次见到阿茉那苏时，我批准你求她解释。芭蒙，森立之主喜欢你。我认为你的提问不会惹她生气，但乌荼库本人可能会。"

光是想象一下与那恶名远播的古老女王见面的情景，我的心就抽搐起来。"我绝不敢向乌荼库提任何问题。"

"我也不敢。"他朗声大笑，语气和姿势里的紧张感都稍微放松了一些。能分散一下他的心神，我觉得很开心。但伊奈那岐仍是一副阴沉而疏远的模样。

※

我们骑行一整天，直到迟暮才在山麓停下休息、喂马。我检查了几匹骏马，它们看起来很健康。最猛的雨势已经过去，树木在最后的暮色下微微闪光。一路走来，我们只听到枝头的滴水声，等到终于停下过夜，四周郊野鸦雀无声，感觉就像身处另一个世界。哈卡崔和伊奈那岐都不说话，只是坐在我用捡来的干柴生起的营火前。主君两兄弟不像我这么怕冷，但支达亚也喜欢火光带来的慰藉。我们坐在一起，直到夜心星升到最高处，然后我裹上斗篷，躺下睡了一会儿。

第二天上午，我们穿行于一片高地。它曾被称为"阿佐色的花园"，但我猜，它的凡人继承者、科马赫等贺恩人已经给它起了新名字。我们开始经过凡人的农场和小块农田，山坡上有绵羊、猪，偶尔还有牛在吃草。我们越来越靠近往日的印·阿佐色，途经几个小村。几乎所有男男女女都停下手里的活计，看着我们走过。他们没表现出敌意，但也不是特别欢迎，有几人摆出尊敬的姿势——兄弟俩的巫木盔甲清楚地表明，我们并非普通的旅行者——但多数凡人投来的目光里透露出确凿无疑的警惕。

我们远远就看到贺恩人的城池，但直到上午过去大半才靠近它的外墙，那是一道用许多削尖的高大木柱围成的栅栏。门口高大，有我身高两倍有余，用结实的橡木加上粗厚的金属铰链制成。门顶装着一排排鹿角，看来都取自身材格外高大的鹿。飘扬在门上的旗帜绘有一头踩在亮绿色平原上的白色牡鹿。守门卫兵毛发蓬乱，身披与旗帜同

## 第二章 银树

色系的绿色斗篷。一开始，他们似乎不知道该怎么接待我们。我主君同他们商量了一会儿——卫兵队长能讲几句我们的语言——然后他们派个小兵跑去卫兵队长所说的"大屋"。那人很快回来，让我们进去。一小队门卫护送我们沿着一条蜿蜒小路走向内墙。这一带已有很多住宅，也有些比较高大的木石建筑，估计是神庙。我不太清楚凡人崇拜什么神祇，只知道他们的神有好多位。

城市内墙用灰黏粘合大块石头砌成，很是普通。可我们随卫兵穿过第二道城门时，主君拉住了我。"芭蒙，你看，"他指着城墙，"看来凡人把阿佐色的房子拆下来建防御工事了。"我更仔细地瞧了瞧，才发现墙上的石块并非普通岩石。它们表面光滑，简直像被打磨过，且多数带有漂亮的雕刻花纹。哈卡崔摇摇头。"如此对待你族的作品，真是可惜。"

当时，我以为他指的只是搭建石屋的辛苦工作，所以我点点头。"真可惜。"

"总有一天，我们也会消失，全世界都会变成这个样子。"伊奈那岐说，但他的语气并不如我料想的那么激烈，"凡人住在我们建造的房屋废墟里，蛇虫潜伏在废弃的地洞中。"

"等会儿当着凡人君臣的面，你再开口说什么废弃的地洞，"哈卡崔恼怒地说，"我会转头就走，把你一个人丢在那儿。"

"你就继续装聋作哑吧。"伊奈那岐回答，"至少蛇会等到獾死了再夺走它的窝。"

"蛇和獾都生活在这个世界上，只是没住在同一个地洞里。"他哥哥说，"再说了，贺恩人是在阿佐色夫人把这地方赠予他们之后才定居下来的。"

这座城市并不大，又名"贺恩角"，或许是源于装饰鹿角的大门。我估计这里住了两千凡人，但也不敢说自己猜得准。我们爬上最高的山峰，眼前是最后一圈石墙，墙里有座建得杂乱无章的木头房子,就是所谓的"大屋"。它比敦鸦狄的飘雪堡大些,但也差得不远。我以为又要在高大的正门前等一阵子,这时一个熟悉的身影迎了出来。

"哈卡崔大人、伊奈那岐大人,非常欢迎两位!"科马赫王子喊道,"你们的光临让寒舍蓬荜生辉。你们愿意进来见见我的国王祖父吗?"

"能让我们梳洗一下吗?"我主君问,"我们在路上走了很多天。"

"当然,当然。"科马赫答应,"来,让我们为你们准备热水、干衣。你们可能听说,凡人讨厌洗澡。不知南方的纳班人和遥远北方的矮怪怎么样,但我们贺恩人跟你们一样喜爱干净。"

伊奈那岐似乎有些恼火,但哈卡崔呵呵笑了。"很高兴听你这么说。谢谢。"

等主君洗完,我用他的浴盆洗去路上的风尘,逐出渗入骨头的寒意,感觉很是舒服。随后,我伺候哈卡崔穿上贺恩人送来的衣物。它们色彩艳丽,但织工粗糙,内衣是亚麻布,外面是染色的羊毛衣。

准备完毕,科马赫带我们走进大屋主厅。那里已有至少二十人在等我们,多数是身穿皮毛、披着厚实羊毛斗篷的大胡子男人,以致我们就像被一群野人围住。我相信有些人从没见过支达亚——可能也没见过敝族,不过他们来这儿是为围观支达亚兄弟。屋顶很高,房间一侧的石头壁炉里烧着旺盛的炉火,但屋子本身完全用橡木搭成。我不禁猜想,要是这房子着火了怎么办?后来我才得知,凡人的木房子确实经常闹出火灾。我至今都不明白,他们周围的石山上满地都是可采的石头,为何还要那样建房子。

"来吧,可敬的大人们,见见我的祖父和父亲。"科马赫领着我们,在他贺恩同胞好奇的目光下,穿过又长又高的大厅。

我从没进过凡人的房子,更没见过凡人的国王。现在回想起来,真希望我那时能对周围的环境看得更认真些。我倒是记得,墙上挂了

## 第二章　银树

许多木头雕刻，有飞禽、走兽和一些像是凡人的形状。不过我没能仔细观察周围，因为当时只顾盯着自己见过的最老态龙钟的生灵，或者说，外貌显得最老态龙钟，毕竟在支达亚中间，哈卡崔的父母看上去只比他们的子孙老一点点。

"这位是我祖父，戈拉赫·安哈-谷雷恩国王。"科马赫引见，"这位是我父亲，'海岸王子'瑞安。"

我希望自己的震惊没表现得太明显或太失礼，因为我从未见过真正高龄的凡人。不论他们的寿命有多么短暂，出使阿苏瓦的都是些壮年人。而戈拉赫国王，以他们一族的标准来说已是耄耋老人，头发稀拉，连脑袋两侧的头皮都露出来了，胡须凌乱如白色树藓，面庞皱巴巴的，仿佛石墙倒塌后遗弃居所的废墟；他的四肢十分纤细，布满老人斑，血管突出，像用动物皮革制成，且在太阳下曝晒多年；他的头垂得很低，像是直接从胸骨上长出来一般。过去他一定是个魁梧强壮的男人，如今却衰败至此，惊得我一时没去看戈拉赫的儿子、科马赫的父亲。等我转脸去看，又再吃了一惊。

身为凡人，瑞安王子同他儿子一样也算英俊，但我一眼就能看出他是个残废。他把一条萎缩的手臂抱在胸前，仿佛抱着个熟睡的孩子，头也不停地颤抖和摇动，就连另一只完好的手臂，举起来朝我们致意时也抖个不停。从他的坐姿推断，他有条腿也同样萎缩失能，不过他穿着厚重的衣物，所以我没法完全确定。

"不朽者在我们这里是稀、稀、稀客。"瑞安的支达亚语还过得去，但由于瘫痪，他说得很是吃力，"你们是来帮我们铲除那条恶龙的吗？倘若如此，你们将得到我们的全部感、感、感……"他顿了顿，调整一下，"我们的感谢。"他终于说完。

老国王用贺恩岭的语言说了几句，可我听着更像清喉咙的声音，而非正式发言。

"我祖父以为你们从纳班来。"科马赫说，"他的状态时好时坏，今天却格外迷糊。"科马赫用贺恩语对祖父说了几句,国王伸长脖子聆听。科马赫说完后,戈拉赫靠回椅子,打量我们的目光里多了些猜疑。

"不用担心,精灵,"科马赫的父亲瑞安说,"我们全家和全境都欢、欢迎你们。"

我立刻明白,为何戈拉赫年迈昏聩至此,却还能坐在王座之上:如果瑞安是国王唯一的儿子——看来是的——那么贺恩人不到万不得已,肯定不愿让一个残废登上王位。

瑞安旁边的凳子上坐着一位女子,我猜那是他妻子、科马赫的母亲。那位夫人从头到脚都裹在衣物里,头上还戴着风帽,只有脸庞露在外面。她五官标致,但表情看上去十分疲倦。

这场奇特的觐见没能持续太久。科马赫王子把我们带出大院,回到刚才的区域。这里似乎是他的住处。有人为我们送来食物和饮品。

东西摆好之后,他说:"我为祖父的误会道歉。"但我主君摆摆手,表示不必在意。

"科马赫王子,想必许多责任都落到你肩上了。"哈卡崔说。

"你就不能直接戴上王冠吗?"伊奈那岐问,"取代病恹恹的国王和同样病恹恹的继承人,难道不是你们国民的希望?"

我似乎看到科马赫皱了皱眉,我主君显然好不容易才忍住没呵斥弟弟轻率的言论。但王子的回答很礼貌。

"我们不会做这种事,伊奈那岐大人。据我所知,您自己的族民也不会。"

"我族不会出现这样的状况。"伊奈那岐开口,但这次,我的主君拦住了他。

"这种事以后再讨论吧。"他说,"现在,科马赫王子,我们必须跟你讲讲对龙的了解,尤其是以你族人为食的可怕黑虫。"

我们前往鸦栖堡,向仙尼箧学习数日的经历本来就是个很长的故

## 第二章  银树

事,凡人王子又提了许多问题,更是花了不少时间。他跟我们一样,听说过放逐者的事迹,但从未见过其本人,所以灯塔峰城堡的每个细节都让他赞叹不已。

"虽然他给了许多有用的建议,"哈卡崔最后说道,"却在最关键的部分爱莫能助。想打造一杆对付黑朵荷贝的巫木巨矛,需要一棵高大的巫木树。可在这日渐衰微的世界里,剩下的巫木树已经不多了。曾经生长在我族城市的巫木林,如今只有两片依然繁茂,一片在我们家,另一片在遥远的奈琦迦。"

"你们在阿苏瓦找不到合适的巫木?"科马赫问。

"我们的父亲传话说,禁止我们使用家里的巫木林,除非伊奈那岐收回誓言并返回阿苏瓦。但这似乎不可能发生。"

伊奈那岐沉着脸摇摇头。"确实不会发生。"

大家尴尬地沉默一阵,把话题转向别处。那条虫继续从龙谷周围的山谷里掳走牲畜,还有不少贺恩人失踪,估计也被那头野兽抓走了。我们一边谈论,一边喝着科马赫的仆人送来的酸蜜酒。期间有位老家仆来找他主君,在他耳边悄声说了几句。我猜有人要找王子,但王子听完后只是点点头:"德莫得,我也听过那个故事,但差点忘了。你来告诉我们的客人吧。"

这位老人谢顶、驼背、皮肤皱缩,但要他与戈拉赫国王赛跑,就算背着瑞安王子基本也能跑赢。他看着我们,涨红了脸,不知所措。"说吧。"科马赫鼓励他。

"就是,你们知道吧,"老人的语气比在自家主君耳边说悄悄话时迟疑得多,"我记性好,记得好多事。"他的支达亚语有些别扭,但能听懂。我这才记起,曾经有段时间,西陲这边多数凡人从小就会讲这门语言。

"别怕,"王子说,"两位支达亚大人只想听听你要说什么。"

"就是,我记得一个故事,小时候听我老奶奶讲的,"德莫得说着，脸颊仍然泛出红色，"关于夫人的树林——原本属于阿佐色夫人的林子。"

"我完全不知道还有这事，"哈卡崔说，"是巫木林吗？"

"好大人啊，这我可说不准。"老仆人回答，"但在我听到的故事里，那是个有魔力的地方，禁止我们所有人进去。那边长满了我们说的灰木树，就像贺恩那杆著名的长矛所用的木材。"

"它还在吗？"我主君问，"在这儿附近？"

老人摇摇头。"不在，不在附近。要爬到老白帽最高的峭壁上。可阿佐色夫人去世后，那个叫依拿扎希的精灵王说林子归他了。"他耸耸肩，"可是，大人们原谅，我不知道从那以后灰木树林怎么样了。年轻时我们去找过那林子，但从来没找到。有人说，那地方受到先民的严密保护。"他脸上的红色刚刚消退，这时又涌了回来，"抱歉，哈卡崔大人，我是说，您的族民。"

我主君和他弟弟对视一眼。"山上有片巫木林？"哈卡崔转向科马赫，"如果这不单单是个古老的传说，那我们或许还有办法对付那条凶残的冷龙。"

之后的事我就不详述了，只需要说，太阳起落数次之后，我们离开了戈拉赫国王的大屋，但不是单独行动：科马赫王子带着几个最亲密的部下，还有将近四十名家仆和家臣，与我们一同出发。我们的坐骑休息充足，跟我们一样吃饱喝足，得到妥善的照料——古时的贺恩人从我主君的族民那里学到不少养马技能——所以这支出发的队伍应该心情很轻松。可是，虽然我主君和凡人王子似乎心情不错，伊奈那岐大人却仍沉浸在闷闷不乐的沉默泥沼中。至于科马赫的部下，尽管王子保证他们是最勇敢的贺恩人，但他们都很安静，就算相互之间都很少聊天。

## 第二章 银树

这也不难理解。我们要去寻找并砍伐的巫木林属于支达亚的依拿扎希族长,他从很久很久以前——甚至在贺恩岭的老国王戈拉赫出生之前——就是这座山脉和隐秘城市银色家园的统治者。事实上,在贺恩凡人的心目中,依拿扎希就跟神话人物一样可怕,堪比乌荼库之于敞族族民。更糟糕的是,在德莫得关于"夫人的树林"的老故事里,依拿扎希曾警告说,任何去那儿的凡人都会被无情地处死。所以,尽管科马赫的人忠于王子,显然仍很担心前方可能发生的事。

"我最近听到许多关于阿佐色夫人的传说,"我对哈卡崔大人说,"可除了这趟旅途中听说的那些,我对她都没什么了解。为何您的族民要把自己的土地送给凡人?"

"没人知道全部来龙去脉,"主君告诉我,"但阿佐色一向特立独行,就连她自己的血亲也这么觉得。她和依拿扎希及其家族一样,乘坐八艘舰船来到这片大陆。但阿佐色不愿因为同船者的数量比自己多就接受对方的统治,于是她从一开始就离开了登陆地,那时银色家园尚未围绕舰船建立起来。她带着自己的仆从和家臣——她在华庭是位重要的贵族——在高山上建起自己的家,那一带后来就以她的名字命名为印·阿佐色。她随心所欲地生活在那里,族中有许多学识最渊博——或者也是个性最独特——的族民去拜访她。甚至有些同胞认为,她的住处比我族建起的第一座大城市土美汰更宜居,以致再没离开。她的府邸因其间做客的艺术家和贤哲而声名远播。"

主君顿了顿,等胯下骏马跨过一棵倒塌的树木。这时科马赫说话了:"在我们的传说里,她是位伟大的女巫,但不是坏心肠那种。"

"我相信她确实有那种派头,"哈卡崔乐呵呵地回答,"也有可能因为,阿佐色和她的朋友们会做一些在旁人眼中古怪而危险的事。不过,我听过的传闻大多把她描述成我行我素、不愿假装在意他人想法的女子。"

"但这还是不能解释,她为何把自己的土地送给贺恩人?"我追问，"一位支达亚贵族，做这样的事显然很奇怪。"

"这个问题没人能回答，"哈卡崔说，"但有许多族民试过，所以，各种猜测多如天上的雀鸟。"

"我们的族人传说，"科马赫王子说，"她爱上了盖世英雄'猎人'贺恩。"

我的主君再次微笑。"也许吧。当初逃离毁灭的华庭时，阿佐色已经很高龄了，几乎与罕满堪家族的乌荼库一样。我们唯一能确定的是，她在晚年亲手写了份遗嘱，要把自己的土地赠与贺恩的后裔。贺恩是凡人，没能在活着时得知这份赠礼。但阿佐色的遗产经由我外婆、森立之主杉纪都的认可，交给了他的后人。这事让依拿扎希族长十分气恼，琶蒙，你也听他亲口说了。从那之后，贺恩的后裔，比如这位王子，就一直生活在这片土地上。"

"阿佐色夫人想必很有主见。"我嘴上说着，心里不知为何却想到了放逐者的妻子、鸦栖堡的盎娜。自从离开灯塔峰，盎娜夫人跟我说过的奇谈怪论就一直在我脑中盘桓。我渐渐意识到，想法就像种子，起初很小，但长得极快。人也许会死去、被遗忘，但想法却能永永远远存在下去。

"我们这一族从来不缺心有定见的女子。"哈卡崔说。虽然他说完就哈哈大笑起来，但显然十分自豪。"人人都会赞同，阿佐色独树一帜。她会写诗，研究过大自然的哲学，并且很喜欢谈论。她府中一位吟游诗人曾戏称她是'尴尬问题夫人'，直到今天，她有些想法还能引起族中最睿智的长老们的争论。"

这番话同样触动了我的心弦。盎娜夫人问我的关于支达亚主君的问题是什么来着？"你为何侍奉他？为何他是主君，你是仆从？"我很容易想象出阿佐色提这种问题时的模样，也容易猜出它们引发的尴尬。

我们继续上山。哈卡崔问王子："听说支达亚来帮忙时，你祖父

## 第二章　银树

惊讶吗?"

"国王不知道,"科马赫回答,"他糊涂了。他以为你们是纳班皇帝派来的。"

"但最开始,是你祖父派你去阿苏瓦求助的,不是吗?"

"哈卡崔大人,我跟您说件事,相信您的智慧和善良不会让您把这事说出去。最近这段日子,贺恩岭国王近乎失智。您也看到岁月是如何摧残他的了。"科马赫摇摇头,"请不要误会,我祖父的确曾是一位伟大的国王,所以贺恩岭在他治下欣欣向荣。但他已度过八十个夏天,智慧几乎消逝殆尽。是我父亲和我决定,由我前往阿苏瓦的。"

"那你父亲为何不做国王?"伊奈那岐问。

"大人,您也看到他有多么虚弱了。"科马赫似乎不太喜欢这个问题,"各位族长不会接受我父亲当王。好多人说,是诸神诅咒他生病的。若他登上王座,许多族长,尤其是最强大的几位,很可能会背弃王座和我的家族。我们西陲还有其他人自视为王,只是没用这个称号罢了。他们当中有些是血统高贵的族长,另一些不过是我们所说的 prehan——就是乌鸦——比强盗好不了多少的头目。他们若发现我祖父已彻底失智,或我父亲继位加冕,会觉得王室已经式微,然后就会像用来称呼他们的食腐鸟一样飞扑下来,将王国撕成碎片,各自分食。形势会很快退到伟大的贺恩之前,甚至更糟,毕竟很多族长已在我们的带领下发展壮大,为他们自己建起了坚固的城池和强大的军队。"

"既然如此,恕我提问,"我主君说,"科马赫,你为何不自己坐上王位呢?你父亲肯定能看出这么做的合理性。"

"可能吧,但祖父健在,我不愿这样做。现状已经够糟了,我父亲被迫忍受无知者的蔑视,他明明意志坚强、足智多谋,不输任何一位先辈,但那帮家伙却以为他是假聪明。"科马赫的苦闷明白无误流露在脸上和语气里,"我不能让他就这样被略过。等我祖父过世,我父亲会继承王位，但宣布他的身体状况太过糟糕，不宜统治，然后把王位传给我。我可不能夺走他的尊严。"

虽然我觉得，科马赫身为凡人，做事光明磊落，但也忍不住寻思，他这决心是不是钻了牛角尖，因为贺恩岭的所有人肯定都知道老国王失智了。这种情况在我主君的族民中也曾发生，只是十分罕见罢了。主君曾对我讲，刻蔓拓里的第一代城主苏尼索晚年时就变得十分孤僻，最终演变成某种疯病。不过那种情况极其罕见，以致后来，偶尔出现同类状况的族民，都被称为"变成了苏尼索"。

※

我们顶着冰冷的雨水，沿陡峭、蜿蜒的山路爬上老白帽。爬得越高，脚下的路就越难分辨，最后完全消失，被森林吞没。但我们知道，"夫人的树林"就在山顶附近，要说在陡坡上哪个方向容易分辨，那就是往上了。所以我们慢慢往上走。盘根错节的橡树和白蜡树渐渐被深绿的常青树取代。我们在高山上绕来绕去，直到能看见日阶山脉西侧的广大山地，偶尔还能看到更远处的银海，在渐渐沉入地平线的落日下闪着炙热青铜般的光辉。

暮色扫过天空时，我们终于在滴着雨水的树下发现另一条山路。这路很古老，长满植物。很快，我们看到上方不远处有个地方，在渐暗的天空映衬下，立着一圈高大的松树。我觉得圈里有个更深的影子，一个幽暗、几乎看不见的核心，在傍晚的风中静静地摇摆。在这昏暗树林前方有片空地，正中竖着一块大石。不知道多少年的风风雨雨早已磨去它表面的大部分痕迹，但走到近前，我主君说："这是我们一族的古代符文。虽然看不大清了，但我们应该能猜到写的是什么。"他转头对科马赫说，"你的人不可越过这界碑。相信我们已经找到'夫人的树林'的入口了。带他们回头，往山下走一点点，扎营等我们回来。"

## 第二章 银树

科马赫转身用他们的语言招呼手下。看得出,所有人脸上原本忧心忡忡的表情都随着他的话放松了。

"两位大人,我跟你们去吧。"王子一边看着手下沿山径往下走,一边说道。

"谢谢你,科马赫。"我主君回答,"但你不能来。这是我和我弟弟要做的事。任何罪责都由我们两兄弟承担。依拿扎希绝对不敢因单纯越界就处死森立家族的两名成员,但我怀疑,没有任何力量能阻拦他把怒气撒在你和你的族人身上。"

科马赫表示抗议,但低声争论几句之后,我主君就赢了。"哈卡崔大人和伊奈那岐大人,我会为你们的成功祈祷。"王子最后说道,转身跟着他的手下离开。

"他明明知道你不会叫他跟我们走。"伊奈那岐说,"凡人的勇敢只是演戏罢了。"

"也许吧。"哈卡崔回答,"也有可能你对他的判断太过狭隘。若你真想检验贺恩人的勇敢,等我们返回龙谷,有的是机会。"

我在想,主君期望的森立家族给兄弟俩的保护不知对我有没有用。但我想了一会儿,又觉得纠结这问题毫无意义,因为我相信,哈卡崔不会让我遭到任何不测。

我们从古老的石碑旁走过,进入圆形树林。我闻到一种新的气味,与周围松树散发的凛洌、清冷的味道一样强烈,却又不是同一种。它带着一股辛辣的甜味,还藏着某种更晦暗的气息,像是潮湿的苔藓味道混合着另一种我只能描述为类似土壤或矿物的刺鼻味道,就像雨后的石头地面。那是活巫木树的味道,主君的族民称之为 A't'si——"地血"。诗人图雅描述它是"最美好的事物之一"。但我以前只接触过已经制成的巫木兵器或盔甲,从没在它们上面闻过这种味道。它十分浓烈,从我的鼻子直冲脑海深处。

我们穿过外圈树木,空气似乎变得更加潮湿、温暖。风声完全被高大的树木吸收,月光和星光被浓密的枝叶遮挡,我只能勉强看到自己牵着海沫缰绳的双手。

我的视力不如主君一族敏锐,但也不像凡人那么差劲。适应黑暗后,我能稍微看清树林中间的情况了。这里有巫木树,树干比高大的松树更粗壮,树根也更铺得更广。除此之外,还有种浅色的绳状藤蔓,在林间爬得到处都是,缠在扭转的树干上,垂在枝丫下,挂在树与树之间,仿佛有人随意地把这些树木绑在一起。这种藤蔓叫yedu-ame——白织藤——听说只长在巫木树上。

寂静和沉重潮湿的空气压得我呼吸困难,主君和他弟弟却没受到困扰。他俩已经在查看中间那一圈树木了。它们环绕着一个空地,里面是第一棵巫木树被种下的地方。我听到哈卡崔和伊奈那岐在轻声说话,突然意识到我们正在做的事是多么非同小可:我这辈子第一次站在神圣的巫木林里,却是以盗贼的身份,而非合法的采集者。寒意突然掠过我的全身。我很想对主君喊"快点儿",但这地方的寂静迫使我沉默。我的担忧似乎微不足道,与这片树林的年岁和庄严相比简直毫无意义,然而我心中有个角落觉得,我们像在盗掘一座神圣的坟墓。

直到我主君和伊奈那岐选定一棵巫木树,我都没考虑过如何砍倒一棵粗壮的巫木树并把它运出树林这种实际操作的问题。我看不到他们选中的巫木树树顶,说明它可不是什么小树苗,我的手臂都抱不拢它的树干。我在旁边照看坐骑,它们出奇镇定——肯定比我镇定。两兄弟抽出各自的佩剑:伊奈那岐的闪光和我主君的名剑雷鸣——用支达亚语又叫"京季株"。

我对巫木兵器的制作知之甚少。我主君曾说这是个遗憾,因为敝族向来是这种神圣木材的塑造大师——不过我是第一次听说,于是它成了诸多我不懂的本族技能之一。后来我才知道,巫木树的树芯必须被压紧、捶打,并用各种材料充分浸润之后,才能变得既柔韧又坚

## 第二章 银树

硬,与金属一样强悍。不过就算当晚,我站在寂静的树林里旁观主君和伊奈那岐忙碌时,也知道经过处理的巫木比刚刚砍下的原木结实,所以两兄弟才能砍倒他们选中的巫木树。即便如此,他们还是花了几个小时,才在树干上砍出足以推倒它的缺口。

"哥哥,现在怎么做?"他俩绕着树干来回走动查看,伊奈那岐问道,"是先修剪一下……"

"不许动,盗贼!"黑暗中有个声音用支达亚语喝令,"再走一步,下一支箭就会扎进你们的身体。"

我们当然停下了。

"我们在下面山坡发现了你们的盟友,"声音继续道,"他们甚至不知道我们已找到他们的营地,弓箭手已将其包围。现在,走出来——别耍花招!我们看得比你们清楚。"

"我们不怕你们!"伊奈那岐喊道。

哈卡崔向来是两兄弟中更平和的一个。他回话道:"同胞们,我们看得跟你们一样清楚。我们并非凡人,但山坡上与我们同来的朋友确实是。收起你们的快箭吧,我们会走出来的。"他一边说,一边放下佩剑,摊开双手,好让隐藏的对手——至少在我眼里是隐藏的——看清。

然后我主君走到月光下。"华庭在上!"黑暗中的声音震惊地喊道,"是阿苏瓦的哈卡崔!"

"是我。请问站在我面前的是哪位?"我主君问。

犹如古老传说中的死灵,一个身影从阴影中走出,在星光下渐渐显形,直到我看清对方的模样:那是个身穿盔甲、手持长弓的支达亚,一头黑发在脑后扎成马尾。

"我认得你,"我主君说,"在谓识堂见过,你是依拿扎希族长之子乙阵市。"

黑发支达亚做个表示尊敬的问候手势,但面无表情。"而你,却在入侵我父亲的土地,更糟的是,还在他的树林里偷了棵树。"

"这树林不是你父亲的!"伊奈那岐嚷嚷,"是阿佐色夫人的。"

乙阵市冷冷地看他一眼。"阿苏瓦的子孙如此关注一位早已逝去的先辈的权利,真是奇怪。而他们竟不经许可偷砍巫木树,就显得更离奇了。我猜,换作我们银色家园的支达亚跑去阿苏瓦的圣林偷巫木树,你们也不会客气吧。"

"你指控我们是盗贼吗?"伊奈那岐质问。

"我想不出更恰当的词来形容我看到的一切。"

"我恳求你,"我主君说,"坐下来跟我们好好谈谈,不要威胁……"他转头看着弟弟,"也别发火。毕竟我们来自同一个华庭,受到同一种放逐之苦。乙阵市,等你听完我们到这里做这件事的理由,可能会有不一样的想法。"

乙阵市沉默不语。伊奈那岐说:"可是……!"

我主君不给弟弟继续争辩的机会,悄声严厉地说了一句,制止了他,然后回头对银色家园的继承人说:"作为同胞,我们能心平气和地谈谈吗?这棵倒下的树就留在这里,我们走远一些,甚至可以生个火。我的扈从琶蒙似乎有些冷。"

我差点跟他说没这回事。虽然我不如主君的族民那么坚强,但我们庭叩达亚也不像凡人那么无助。但话到嘴边我就反应过来:对哈卡崔来说,生火的理由并不重要。他并不是担心我是否舒适,而是想改变谈话的性质,从武装对峙变成互相尊敬的对手——甚至是盟友——之间的谈判。

乙阵市考虑片刻,做手势命令手下放低弓箭,后退。于是我主君两兄弟——当然还有我——朝他走去,把倒下的巫木树留在身后。

哈卡崔说:"你们包围的凡人是无辜的。他们没进树林,只是陪我们上山,既不知道我们的计划,也不知道我们接下来想干什么。"

乙阵市古怪地看他一眼,转身叫来一名弓箭手,简单地吩咐几

## 第二章　银树

句,后者悄无声息地离开。"好吧,那么,"乙阵市说,"我们生把火,谈一谈。"

※

乙阵市的随从在石碑旁生起一丛篝火。最大的雨势已然停歇,天上只剩几片碎云,挡住在夜空中轮转的星宿。主君两兄弟解释了他们来找巫木树的原因。乙阵市同我们遇到的其他人一样,对"放逐者"仙尼篾充满了疑问。

"他叫你们来我父亲的树林,寻找制作巨矛需要的巫木树?"他质问。

哈卡崔摇摇头。"没有。他只说必须用巫木。"他没讲贺恩人关于这片巫木林的传说,只是说道,"我们从古老的传说里得知,你父亲声称他拥有阿佐色的巫木林。"

我主君说完,乙阵市沉默许久。"既然你在我父亲身旁见过我,那你应该记得,我并不想拒绝你们,也不想无视邻居面对的危险,尽管他们是凡人。"

主君点点头。"我记得。"

"你们却让我陷入两难之地。"火光第一次清楚地照亮乙阵市的面容,我惊讶地发现他看上去非常年轻——比我主君或伊奈那岐更年轻。"我与父亲意见不同是一回事——华庭在上,这不是头一次了,也不会是最后一次。但让你们带走他的巫木树是另一回事,尤其他已经知道,山上来了陌生人。"

"可这些树并不属于他!"伊奈那岐说完,望向哈卡崔,"哥哥,又是场徒劳的争论。"

我主君继续凝视乙阵市。"危难之时,没有善良者能漠不关心。别忘了,乙阵市,我见过那条龙,那真是一头可怖的怪物。此时此刻,最受它威胁的也许是凡人,但最终,我们黎明之子也会面临恐怖的威胁。只消睁一只眼闭一只眼，你就能帮助我们对抗这场灾祸。"

乙阵市放声大笑，声音却很苦涩。"闭一只眼？我父亲对他任何财物都不会闭眼的。他会问我在山上发现了什么。而我不会对他撒谎。"

"白费劲儿。"伊奈那岐嘀咕。

"但我父亲并不像上次见面时给你们留下的印象那么冷漠无情，"乙阵市续道，"只是因为，贺恩人的出现让他想起了陈年旧恨。他并不总是那么铁石心肠。"

"我相信是这样。"哈卡崔回答，"然而今晚，我们坐在这里，还是得看你的决定。"看得出，主君被夹在弟弟和依拿扎希之子中间，脾气也快绷到极限了。眼前似乎没有达成共识的可能，但哈卡崔没再继续争辩，只是拿起一根树枝，拨了拨篝火。火星飞起，旋转着消失在夜空中。

"这棵树已被砍下，反正也种不回去了。"乙阵市缓缓说道，仿佛在聆听自己这番话的效果，"我也无法想象，用锁链把岁舞家族的子嗣拖回银色家园会是什么情景。"

"你不能，"伊奈那岐说，"那可是针对华庭本身的罪行……"

"弟弟，求你安静下来好好听。乙阵市，你继续说。"

"秤杆星，代表仁慈的星座，"最后他说，"就挂在我们头上。在这左右为难的时刻，我会听从天空的指引。"他张开双手，做个裁决的手势，"巫木树已倒，覆水难收。在我父亲眼里，这是件不可饶恕的罪行。"他抬手要求安静，但我主君并没露出要说话的意思——也许乙阵市是为预防伊奈那岐愤怒的反对，"因此，我把这棵树交给你们，用来对付可怕的野兽黑朵荷贝。但在那之后，不论结果如何，我要求你们回我父亲的宫廷，把你们跟我说过的话讲给他听。"

"如果你父亲宣称这是犯罪呢？"伊奈那岐质问。

"我认为，他跟我一样，不太可能对岁舞家族动手。"乙阵市谨

## 第二章 银树

慎地回答,"但也无法确定。这就是我的裁决,只有在这前提之下,我才能同意你们今晚离开树林。"

哈卡崔警告地瞪了弟弟一眼,然后说:"我们同意。我要感谢你的慷慨和宽容,并向你保证,我们会回来请求你父亲的原谅。"

乙阵市似乎觉得好笑。"如果你们想要原谅,那你们会失望的。我父亲很少宽恕别人。不过,你们甘愿为他人利益冒生命危险,我敬佩你们的勇气。"

哈卡崔做了个感激的手势。"我们不会忘记这份情谊。"

"那就走吧,叫上你们的凡人帮手。没有他们,你俩也没法把树搬下山吧。"乙阵市站起来,"我带上队伍,现在就离开。因为我不想逗留太久,以免后悔自己的决定;同时我必须准备一下被你俩躲掉的倒霉任务——把这里发生的事,以及我的决定,向我的族长兼父亲报告。"

乙阵市带走了他的队伍。林子里只剩下主君、他弟弟和我。哈卡崔站起来。"开工吧,还有很多事要做。"

从晚上到早晨这段时间里,兄弟俩用佩剑削掉巫木树上大部分树枝,只留下粗壮的树干和少数枝丫,然后毕恭毕敬地把不需要的树枝烧掉。它们被削下之后,很快会失去力量。烟雾的味道奇异而浓烈,闻得我感觉自己像是闯进了梦境之路。

主君和伊奈那岐忙完,树干仍有近十步长,沉重之极。我们给坐骑戴上马具,把它拖出树林,经过石碑,走下山坡。途中我们遇到科马赫王子派出的巡逻兵,后者快步下山,叫来其他同伴。在他们的帮助下,我们用绳子做个吊篮,好让王子的二十勇士扛起树干。比起拖拽,扛着它穿过森林密布的山坡下山要轻松得多。

王子麾下的贺恩人根本不知道他们昨晚命悬一线,很多人因为能远远离开巫木林而开心不已,以致在走下老白帽的途中唱起歌来。

※

必须承认,在我们抬着粗壮的巫木树干下山途中,我已经开始担心回龙谷的事了。那个死气沉沉的地方,折断的树木,险恶的泥沼,以及最糟糕的、隐藏其间的恐怖野兽,所有记忆加没完没了的冰冷大雨,不停冲刷着我的头脑。然而,仿佛有股超自然力量在作怪,让我不愿开口向主君打听接下来的安排。他安静了很久,沉浸在深思中,等他终于抬起头时,由于我骑马走在旁边,他肯定看到了我脸上的不安。

"扈从琶蒙,你有何困扰?"

"主君,我得坦白,"我告诉他,"我害怕回那山谷。"

"我们别无选择,最终要回去的。"他东张西望寻找伊奈那岐。后者骑着青铜,走在队伍前面略远的地方,陷在他自己的思绪中。"我弟弟以他的荣誉起誓,只要那条虫活着,他绝不回家。不论那誓言有多么莽撞,他也会坚守,即使为之送命。而我,越想越觉得不该眼睁睁看着凡人在那怪物的爪下苦苦支撑。我们身上不是流着跟贺革达亚一样多的'斩虫'之血吗?我们的先祖罕满寇曾一次次冒着生命危险,对抗大虫,保卫我们全族的安全。"

华庭毁灭之前,"斩虫"曾多次带队,消灭许多威胁华庭的龙。虽然乌茶库一族将他据为己有——女王的家族自号"罕满堪"——但我主君一族也是他的后裔。只不过,在全族逃离古老家园之前,罕满寇的妻子森立就已经跟他分手了。

"主君,为何大家都离开华庭,只有罕满寇尊长留下了?"前方等待我的命运仍然压得我透不过气,所以,虽然此时该让主君谋划接下来的策略,但我还是自私地找来话题,分散自己的心神。

"因为他死了。"哈卡崔阴沉着脸摇摇头,"虚湮横扫华庭之际,他被手下的屠龙者杀了。"

## 第二章 银树

我惊呆了。"我从没听说过这事!伟大的罕满寇,被他自己的同袍杀害?怎么会发生这种事?"

"这事说来话长,充满了羞耻与悲伤,"主君说,"也有很多争议,尤其是在支达亚与贺革达亚之间。"

"我还是想听听。"

他不太高兴。"为什么,琶蒙?你为何关心这些?这是个悲惨的故事,甚至跟你的族民无关。"

这话听得我既吃惊又伤心。印象中,这是我第一次觉得哈卡崔大人不理解我。我从小到大都在支达亚中间成长起来。阿苏瓦是我唯一的家。虽然城中也生活着好多我自己的庭叩达亚同胞,但我与主君一族相处的时间远远超过同族。乌茶库和少数几个支达亚不朽者也许还有华庭的记忆,但我自己的族民已经没有了,只能通过传说和祷词了解那里。除了主君一族,我还有别的真正的归属吗?

这些想法我当然没能说出口。那一刻,哈卡崔心里必定是千头万绪,而我们所有人都在担心龙谷里即将发生的事。我不能再给他增添烦恼。

不过,我骑着马静静走在他身旁时,他稍微安慰了我一下。"不管怎样,如果你害怕接下来的事,记住,你自己并不需要面对那条虫。那是我和伊奈那岐的任务。"

这番话跟在他前面的话后面,仿佛一记重锤敲在我的胸口。哈卡崔真以为我只是担心自己的安危吗?"可是主君,我担心的是您啊,您和您弟弟,不是我自己。"

"啊。"他又沉默了一会儿。大山低处的树林排列在我们下山之路两旁。经过更新季的早雨浇灌,多数树木都披着绿色的苔藓皮。山坡上突出的岩坡黑如泥炭。比起阿苏瓦附近,这里的地貌更加狂野,气势惊人,然而此时却只能徒增我的焦虑。多年以来,我过着日复一日的平常日子,尽管有时无聊,却也安心。可现在,我再也无法预料接下来会发生什么事。

"贺革达亚认为罕满寇死于背叛,"我主君突兀地说,仿佛整个故事强行挤出他的嘴巴,"他们说,他手下的猎龙队队长凛诺是卡乌腊家族之子,与森立家族的关系比罕满寇的多数队员更加亲密。他们说,在华庭最后的时刻,凛诺等人打算把罕满寇架上最后一艘船,然而大守护者拒绝了,他要确保所有族民都被找到并送上船后再走。最终他们强行动手,导致罕满寇激烈反抗,竟然杀死了手下的三名屠龙战士,然后才被箭矢射倒。尽管如此,罕满寇仍饱受尊重,他的亲人先将其遗体送入家族坟墓,这才逃离了灭亡中的华庭。"

我一言不发。主君脸上满是嫌恶,不知是厌恶事情本身,还是厌恶他刚才讲述的版本。"逃离华庭途中,罕满堪家族在'歌火号'舰船上举行审判。"停顿片刻后,他续道,"作为受到罕满堪赞赏和宠爱的后裔,乌荼库把审判变成了对亲族实施强权统治的早期演练。在她指挥下,凛诺和其他幸存的屠龙战士被判有罪,罪名是谋杀罕满寇。我不知道他们结局如何——有人说是被抛进了'歌火号'舷外的溟濛海——总之他们没一个来到这片土地。尽管乌荼库及其手下贵族事后竭力封锁,我们还是得知,接受审判时,杀死罕满寇的屠龙战士们讲的是另一个故事。"

"所以你明白吧,即使在当年,也不是所有的罕满堪家族成员——即日后的贺革达亚——乐于接受乌荼库的夺权。那些潜在的叛逆者悄悄传说,凛诺怀着深切的遗憾之情,讲述了罕满寇在最后的时刻变得如何癫狂。他们试图把大守护者送上等待的舰船,他却动手杀了前去找他的信使。随后其他屠龙战士赶到,其中很多是他的血亲,为了保护桃灼①与族民,曾经多次在他身旁英勇战斗并承担苦难。然而罕满寇照样攻击他们,痛下杀手。他的力量和越来越严重的疯狂——

---

①桃灼:不朽者在华庭建造的城市。

## 第二章 银树

罕满寇是当时战力最强的华庭战士——让他们惊恐万分,最终放箭将他射倒,以免被他夺走更多性命。"

"哪个版本才是真的?"我问。

"我们永远无法确定。同罕满寇一样,凛诺·卡乌腊和其他屠龙战士永远没能踏上这片土地,没机会向比乌荼库及其追随者更有同情心的听众讲述他们的故事。"他摇摇头,"我本不想给你讲这个故事。它对我们家族尤其痛心。凛诺是我外祖母杉纪都的亲属,她永远无法原谅罕满堪家族,毕竟他们在凛诺的同族不在场的情况下处死了他。"

"我很难过,主君。"

"芭蒙,这又不是你的错。"他用探寻的目光打量我片刻,"你还在担心龙谷的事?"

"我承认,是的,主君。"

"短期内我们不去那里,希望能让你安心一点。再次前往那片荒地之前,我们还要做很多准备。比方说,我们得把巫木树干制成能用的武器,而我们没有合适的木工用具,没法很快完成。"

"所以我们暂时不去沼泽?"

"不去。我们先找一个足够近的地方扎营,以免巨矛做好后走得太远。但我们也不想被黑朵荷贝突袭,所以又要离远一些。另外,在那天到来之前,我和弟弟还有很多事要谋划。总之要挑个离龙谷相对安全的地点。"

这番话解除了我最大的担忧,但我明白这只是一种拖延罢了。再度进谷面对野兽的日子永远来得比我喜欢的快。但今天不去的消息,总算让我的心情轻松起来。

我们在山脚下搜寻几个小时,最终找到个满足要求、绿草茵茵的宽敞河谷。贺恩人说它叫"希瑟草地",因为流淌在谷中的小河发源自高山上的天镜湖,而天镜湖早在凡人到来之前就是葳娜妲塔率领的支达亚的家。现如今果然有群精灵——这是凡人对我主君一族的称呼——在此扎营,不知科马赫等贺恩人是否觉得惊奇,反正他们也没对我们说。事实上,除非直接跟哈卡崔或伊奈那岐大人一起工作,否则除了王子及其最亲近的几个伙伴,其他凡人多数时候都躲着我们,把营帐扎得远远离开我主君生起篝火的地方。

对此我并不介意。对我来说,那些凡人都很陌生,经常让我紧张不安。他们很少有人会说支达亚语,都用自己的语言自顾自地聊天。那些话在我耳中像是犬吠,充满刺耳的发音——我只能这么无奈地形容——以及发自喉咙背后的刮擦杂音。而且王子的随从与主君兄弟说话时,多数不愿直视他们。科马赫解释说,很多人害怕"精灵的魔力"——又是他们的说法——相信注视希瑟(他们甚至把我也当成希瑟了!)的眼睛太久,就会被某些咒语迷惑。争辩如此荒诞的说法根本没有意义,然而凡人的猜忌使我们做准备对抗致命的敌人时感到莫大的压力。在这些凡人之中,只有科马赫王子表现得毫无惧意。我们在希瑟草地度过的日子一天天过去,我开始相信,要是他没能登上贺恩人的王位就离世,将一定是个惨重的损失,不仅对科马赫的族人,对我主君的族民也一样,因为那样一来,支达亚与凡人维持良好的和平关系就会困难许多。王子不愿接受区别待遇,尽管把大巫木树干制成可用兵器的任务繁琐又艰苦,但他与随从们一起,扛同样的重物,做同样的工作。

"矛尖不能抹上肯-未刹吗?"科马赫问我主君。他们正在做战斗准备。"我听说,古时候这种毒尘能放倒最可怕的虫。'放逐者'仙尼箎给您的罐子里装的是它吗?"

巫木树能绽放闪亮的白花,肯-未刹就用它的花粉制成,在医师间十分有名,也很珍贵,也许是件好事。少量肯-未刹能缓解疼痛并带来奇异的梦境,可大剂量使用——不论吸入还是吞下——都能轻松

## 第二章　银树

杀死凡人或支达亚。

我主君摇摇头。"仙尼箧的罐子里装着其他东西，你以后会知道的。说起来，就算寻遍我族的每一座城市，收集到足够分量的珍贵粉末，恐怕它要起效也太过缓慢。像黑朵荷贝那么大的野兽，得花一个小时或更长时间才能中毒倒下。在那期间，它仍能夺走许多生命。更糟糕的是，肯-未刹可能会刺激到它，让它更加狂暴。所以最好是命中心脏，一击致命，那样我们至少能马上知道行动是成功还是失败。"

在河谷里的第一天结束时，我们已在小河边搭好营地——类似工坊，因为屋顶只有无遮无挡的天空。王子带来的贺恩人负责放哨，到外沿山峰上守护山谷，以防黑虫突然闯到近前。我们时时刻刻惦记着黑虫，挂念第一次与它遭遇时死在爪下的凡人和支达亚。他们至今仍躺在不远处龙谷的沼泽谷底，无人颂赞，未得安葬。

科马赫另一些不用站岗的部下负责滚动或搬动粗壮的树干，好让哈卡崔和伊奈那岐削掉留在上面的短小树枝，把表面打磨光滑，以免刺穿龙身时卡住。我们手里唯一适合这工作的，就只有两兄弟的佩剑京季株和奇墨枯①，以及主君鞍囊里的一把巫木手斧。

我的任务是打磨目前没在使用的工具。支达亚的磨石我用得很熟练，贺恩人还帮我找来一种长在桦树上的蘑菇，让我又惊又喜。把它晒干后，就连支达亚传奇兵器的刀刃也能磨得锋利无比。事实证明，凡人的木工技能相当有用，而且他们远比我们熟悉希瑟草地以及周围山峰上生长的树木和植物。

我主君两兄弟带着一部分凡人削树干，其他贺恩人就挑选结实的橡木，砍下来做成木桶，好从小河里打水，还挑选比较结实的部分做成大架子，撑起巫木树干，以用锤子和火焰为其增加硬度。还有几人在改造先前把巫木树干从巫木林抬下来的绳具。第一次看见时，我以

---

①奇墨枯：伊奈那岐的佩剑"闪光"的希瑟语。

为他们在做渔网，却又觉得网孔太大，只能罩住个头最大的梭子鱼和鲶鱼，于是去问科马赫王子。王子笑了。"我们在给巫木矛制作更加强韧的绳套，"他解释道，"你主君说，等时机到来，我们必须能迅速举起它。"

我装作听懂地点点头，脑子里却无法想象哈卡崔的计划。万一计划不成，这里所有生命都有危险。但我这一生大部分时间都很信任他的智慧，所以把各种疑问丢到脑后，回去继续给主君磨剑。

巫木树一头被仔细修剪干净，打磨成一个尖端，到这时离巨矛只差最后一步。巫木树干的表面被刮得十分平滑，我们先前生好的篝火已减弱成炭火，于是贺恩人用绳套把树干抬起来，放在沉重的橡木架上，再把尖头搁到火上，几个凡人举起木锤开始敲打。与此同时，矛尖下的余烬在煽动下复燃，使巫木变得愈发坚硬。看着贺恩人敲打，我主君在旁边唱起一首柔和的歌。他说这歌叫"哒啦啦"，是我祖先传下来的，能安抚正在接受塑形的木材。我听不懂歌词，但好像听过一些发音，只是无法判断这是因为益娜夫人曾多次用敝族语言跟我说话，还是我在阿苏瓦听其他庭叩达亚讲过。无论如何，光是听哈卡崔唱出歌词，已经让我的皮肤感到阵阵刺麻。

矛尖只需在煤炭上焖烤很短的时间，期间人们一直转动修长的矛杆。然后煤炭被倒掉，锤击则持续了一整天。科马赫的人一直敲打巫木，直到它像我主君的佩剑一样坚硬。

"条件有限，但我们干得还不错。"伊奈那岐看着众人完成最后的工作说。

"是啊，"哈卡崔说，"我们全都干得不错。今晚庆祝一下吧。"

于是我们就庆祝了。三大桶贺恩人的蜜酒和飘雪堡的一大瓶葡萄酒，全部开封、喝光。很多人，连同我主君在内，冲着天空放开嗓门纵情大笑，唱起更多老歌。不管怎么说，在这一刻，我主君一族与科马赫一族仿佛真的生出某种羁绊。

## 第二章 银树

当时我的想法是：这个世界从未见过巫木巨矛完工当晚在希瑟草地上的情景。这一晚，凡人与支达亚同饮共食、齐声歌唱。这一晚，也许前无古人，可能亦无来者。直到今天，我依然这样相信。

大树长矛制成后，贺恩人把它滚进巨大的绳套，运到战场。说是战场，但我们挑选的地方只是个池塘，位于走出希瑟草地后的白银大道对面，龙谷入口进去一点。我主君之所以选择这里，因为里面的泥水足够深，可以藏住整根巨矛，而且池塘正对黑龙潜伏之地的一侧有块内倾成一定角度的花岗岩石板。我们用其他石头做工具——这种任务用不着珍贵的巫木剑出场——花了几个小时，在那块花岗岩石板上刻出个藏在水面下的凹槽，大到可以卡住已经削好的巫木树干的尾端。

"巫木树可能碎裂，"我主君说，"但不会滑偏，因为它被牢牢固定在石板上，如同游侠贵族紧握长矛。"

巨矛机关周围绑好粗重的绳子。石槽完工、篝火生起、哨兵出去看守之后，主君把大家召集到身边，讲解他和"放逐者"仙尼箴定下的计策。

"我们必须引虫撞矛。"他说，"就算我们一百人加起来，也没有足够的力量将巨矛刺入它胸前的鳞片之间。可我们把矛尾紧压在石头上，如同猎人将野猪矛末端插入泥土一般，就能希望野兽自身的力量和速度替我们完成任务。"

"*Sket*，苏霍达亚①！"伊奈那岐冲两个面容疲惫、交头接耳的贺恩人斥道，"凡人，别嚼耳根，仔细听。我们的性命全指望它了。"

两个挨骂的贺恩人听到伊奈那岐的斥责，羞愧地沉默下来。但我

---

①苏霍达亚：意为"日暮之子"，指凡人。

看到，他们好几个同伴交换了几个不满的眼神。

"长矛绳套周围这些新绑的绳索更长，"我主君续道，"有了它们，你们凡人只需在庞大的野兽面前撑一小会儿。看到池水两边倾斜往上的地面没？"他指向池塘边缘，一头是那块花岗岩石板，但其他地方只有泥土和小石块。"听到我下令，你们必须拉扯绑在巨矛前部的绳子，让它从水里抬起头，矛尖高指，矛尾顶在石头凹槽里。运气好的话，大虫轻率的冲锋会把它带进刺杀点。等它被刺穿，你们就放开绳子，用最快的速度远远逃走，能跑多远跑多远，只要安全避开它的尾巴。仙尼箧警告过我，那时龙尾会激烈地甩动、抽打。"

"不过，哈卡崔大人，请允许我提个问题。"科马赫王子说，"这计划很聪明，但我们要如何说服那条虫朝我们扑过来，动作还要足够迅猛，以致撞上巨矛？如果我们像把野猪从密林中赶出来一样，派人拿棍子和火把将它从腐烂的沼泽里打出来，那它不会直接攻击他们吗？"

问题一出，贺恩人又开始嘀嘀咕咕。我以为主君会被王子惹恼，但片刻后就明白过来，这是科马赫和哈卡崔提前商量好的双簧，因为主君回答得十分迅速且毫无火气。

"科马赫王子，问得好。不，我们不会派人进沼泽驱赶猎物，尤其是天黑之后，而这策略发挥作用的最佳时机就是天黑以后，因为巨矛会很难发现。仙尼箧尊长送了我一些东西，能把大虫吸引出来。"他拍拍从鸦栖堡出来后就在鞍囊里放了很久的蜡封罐子，"虫和熊、狼一样，用气味来标记领地。仙尼箧尊长当年与致命的狡虫战斗之前，曾跟踪它一段时间，了解它的习性，还收集了被狡虫标记过的树枝和草叶。那些东西就放在这个罐子里。"

"闻起来怎么样？"一个贺恩人问。

"难闻得超乎你的想象。"我主君微笑着回答，"不过，相信我，等这事结束，我们都会记住它的味道，不喜欢也没用。"

## 第二章　银树

"为何铎察莎尔闻到另一条龙的味道就会出来?"第二人问道。

"当然是为赶走竞争对手。"哈卡崔说,"黑虫不可能知道,仙尼篦在很久以前就杀了制造这些恶臭枝叶的龙。闻到同类的气味,它会冲过来保护领地。至少我们是这么希望的。"

讨论又持续了一段时间。贺恩人提了很多问题——这也是情理之中。终于,哨兵换岗,其余凡人各自去休息,而他们的王子、我的主君和伊奈那岐大人依然坐在原地完善计划。

"光是吸引黑朵荷贝来查看陌生同类的臭味还不够,"哈卡崔对我们说,"那条大虫必须怒气冲天,急于赶走入侵者。即使身形庞大而危险的野兽也懂得谨慎,所以我们得让它忘掉平时的谨慎,火急火燎地冲进这个小山谷。"

"这就是您弟弟和我需要做的事。"科马赫脸色苍白,但语气坚定地说。

伊奈那岐叹了口气。"哥哥,我的誓言如沉重的枷锁般压在身上。"他眼中闪着狂热的光芒,"让我替你稳住巨矛吧。风险该由我承担。"

哈卡崔摇摇头。"不行,弟弟。论骑术,你的身手更敏捷,而我更熟悉巨矛机关。你和赫科马赫王子负责引诱那头野兽冲向我们。"

他俩争执起来,但哈卡崔不肯让步。伊奈那岐最终屈服,但很不高兴。"那我要带上自己的长矛。"他说,"至少让我刺出第一下。"

"可以。"我主君告诉他,"但你若不能将那野兽引进池塘,一切都将徒劳无功,我们当中又有很多生命消逝。不要因你自己的荣誉而忘记这一点。"

伊奈那岐古怪地看他一眼,半是羞愧,半是愤怒。"哥哥,别把我当凡人看待,不要怀疑我的勇气。你我曾并肩战斗,对抗巨人和凶残的野兽。你知道我的能力。"

"我知道,所以我把最重要的角色交给你。科马赫王子会把大虫引出沼泽，而你必须引导它追你，朝巨矛扑来。"

"我不会失败的。"伊奈那岐坚定地说。结果证明，他说的是实话，然而终归还不够。

哈卡崔点点头。"那我们都知道自己的职责了。"

"除了我，主君。"我说，"您还没给我分派任务。"

"你做我的后备，扈从琶蒙。你跟我一起。要是我出了什么意外，你得代替我，确保科马赫的部下完成他们必须做的事。"

这话乍听起来像是保护我，以免我受伤，就像保护一个孩子。可仔细琢磨一下，若哈卡崔果真不希望我遇险，可以选择更安全的位置，而不是叫我站在他旁边，看着一条怒龙朝我们扑来。我的自尊心得到安抚，与此同时，明天任务之震撼如雷霆巨浪般扫过我全身，令我呼吸沉重，浑身发抖，幸而没人发现。

半夜，贺恩人正在熟睡，有巨大的生物从我们营地旁边的夜色里经过。哨兵派一人下来，向我们报告，但我们已经听到它的动静。哈卡崔命令卫兵撤回营地。然后，他、伊奈那岐和科马赫王子一起等候，倾听任何表明那生物正向我们靠近的响动。我当然跟在主君身旁，又一次听到大虫的披甲身躯与树木、石头摩擦时发出瘆人的咔哒声，以及小树在庞大的体重下折断时响如战鼓的噼啪声。我们蹲伏着聆听。我忍不住想起第一次遭遇战的惨状，想起被那可怖怪兽杀死的幽荷、厉鲁末及其他同伴。我的四肢都在发抖，然而恐惧也无法将我从哈卡崔身边赶走。

昏暗的星光下，我观察着主君，寻找同样的害怕迹象。但他们一族不会轻易流露内心的想法，所以我只能看到一张平静、专注地聆听声音的面庞。这让我略微心安，但最有安抚效果的，是那些声音渐渐消失在远处。当晚，我们再没听到大虫的动静，所以它一定是从另一条路返回了藏身之处。至于它为何放过我们，要么是因为草地上人手够多，要么是它逮到了更易得手的猎物吃饱了，反正冷龙从未靠近到

## 第二章　银树

足够威胁我们的距离。但我仍无法忘记，即使今晚幸运躲过，第二天还是要跟它面对面。等到黎明终于降临，我累得就像跟它打完一仗似的。

※

"现在，趁阳光明媚，"第二天早上，我主君宣布，"必须把所有东西准备好。进谷！"

伊奈那岐和科马赫王子一道骑马出去，打探从龙穴到埋伏巨矛处的最佳路线。他俩骑马离开，轻声交谈。我意识到，以前从未见过主君的弟弟用这么平等的态度跟凡人说话。我目不转睛地看着，坦白讲，心里涌起一股类似妒忌的感情，因为伊奈那岐从没这样对待过我，他只把我当成一个仆从。

计划很简单：我们的池塘和巫木矛位于沼泽山谷边缘一个山包的西面。科马赫王子要骑马进入山谷，吸引大虫注意，引诱它尾随而来，然后骑马冲上山包斜坡，朝顶端某个位置跑去。伊奈那岐会等在那里，由他代替凡人王子成为猎物，引领大虫冲下斜坡，朝哈卡崔及其他贺恩人守候的池塘跑去。最后一刻，抢在大虫转身之前，凡人要把尾端顶在石头上的长矛矛尖从水中抬起，叫冷龙在自身体重和莽撞冲杀的联合作用下撞上坚硬的矛尖。

科马赫王子的随从下到池塘边，拿起机关绳索。科马赫骑着海沫探路侦察完毕，朝我们走来。先前哈卡崔决定，母马海沫脚步稳健，比科马赫自己的坐骑更适合。

"记住，这匹母马只要最轻微的触碰，就能明白该走这边还是那边，"我主君叮嘱王子，"简直比你还先知道你的想法。"然后他把仙尼篾的罐子递给王子。后者正要拆封蜡，哈卡崔赶紧抬手阻止。

"先别打开，直到离虫窝很近再说。我们可不想还没准备好就见大虫扑来。你没闻过它骇人的味道，我闻过……到现在都忘不掉。相信我,科马赫,把这个戴到鼻子和嘴巴上,不然你一开罐就会吐。"他递给王子一条厚实的头巾,科马赫把它绑到眼睛下的脸庞上,拿起罐子,还有一根树枝做的小扫帚,走上环抱池塘的小山谷的斜坡出发。王子的武器只有佩剑,插在剑鞘里,毕竟他的任务需要两只手才能执行。

然后伊奈那岐出现,肩扛一根作战长矛。他跟我主君一样穿着巫木盔甲。我仿佛在他俩身上看到他们伟大先祖的影子,华庭的罕满寇、弘勘阳的哀梭迦,都是英勇的斩虫能手。然而那些高贵的支达亚却有很多结局并不高贵,我竭尽全力才赶走这不祥的念头。

伊奈那岐最后查看一次潮湿的山谷,确认各处地标,测量把庞大野兽引向我们的路线。"哥哥,不论接下来发生什么,"他喊道,"这事都将被人传唱,直至我们死后很久。"

"希望我们能活下来,至少能欣赏到几首。"哈卡崔喊话回答,"小伊奈,跑快些。我恳求你别做任何傻事。"

伊奈那岐纵声大笑,但我觉得笑声中透出一丝疯狂。"傻事?我?"

"如果你受到任何伤害,我们的父母永远不会原谅我。"我主君说,"你的勇敢远近闻名,但不要冒险。"

"对一个准备去找大虫并希望它追赶自己的支达亚说这样的话,真是奇怪啊。不过,哥哥,我听到了。"

"那么,你和王子两位,祝你们顺利。"

伊奈那岐放下头盔面甲,举起长矛行礼,然后骑马翻过山包。山包把池塘挡在浅谷里,与东边沼泽龙谷的其他地方隔开。不一会儿,他就消失在视野之外。

"你,琶蒙,"我主君指向卡住巨矛矛尾的倾斜石墙,"站到那边顶上去。"

"可您说过,我会站在您身边!"

## 第二章　银树

"我跟你讲过，万一我发生不测，你必须接替我的位置完成任务。如果站在我身边，你很可能会跟我一起倒下。而且必须有人从高处观察，在黑朵荷贝进入我和凡人的视野之前，告诉我们外面发生了什么。"

我竭力压抑心中的抗拒，爬到他指定的位置。他的话很有道理，然而在许久以前的那个时刻，我更担心被主君的族民视为懦夫，而非自己的生命。至少在我记忆中，我就是那么想的。只不过，记忆并不总是可靠的历史学家。

从池塘上方的石坡顶部，我能越过山包看到远方。伊奈那岐骑着脚步轻盈而自豪的青铜，正在来回走动，等待着自己行动开始，长矛上的作战彩带像旗帜一样飘扬。在他前方是身形更小的科马赫，我只能勉强看到他骑着主君的浅色母马海沫。凡人王子已经打开"放逐者"给的罐子，用树枝扫帚蘸了蘸里面的东西。他一边继续深入沼泽山谷，一边在空中挥舞扫帚散播气味。又过一阵子，科马赫消失在一排东歪西倒的折断树木后，再也看不见了。

可没多久，微风就把仙尼箧罐子里龙尿的第一缕臭味送到我这边。我先是看到，主君皱起鼻子，转身背对着风。片刻后，它钻入我的鼻孔——飘了这么远依然臭不可闻，不仅有陈旧尿液的刺鼻腥臊，还有腐烂味，以及厚重、野蛮的麝香——混合成一股浓烈恶心的味道。第一波无形的恶臭波浪横扫过来，池塘两边手握绳子的贺恩人开始哀嚎、抱怨，有几人甚至干呕。我主君喝令他们保持清醒，于是他们安静下来，但仍厌恶地摇头晃脑、龇牙咧嘴。我忍不住为科马赫王子难过，他一定觉得自己走在一场恶臭风暴当中。

科马赫细小的骑马身影在树林边缘来回走动，拂着扫帚，像司礼官把华庭之水洒向麇集的信众一般。起初似乎没啥效果。时间缓缓爬过，大概一小时后，就连绷得像竖琴琴弦一样的我也开始觉得，龙尿这招可能失败了，我们得用更直接的办法把野兽从巢穴里诱出。

不久前，太阳已经下山。虽然黄昏的天空仍然照亮了周围的山峰和潮湿的山谷，但傍晚已近在眼前，远处的东西越来越模糊不清。因此，我迟了几下心跳的时间才发现，有东西摇摇晃晃地从科马赫王子前方的沼泽中升起来。等我终于看到那东西，一开始也只觉得，那只是另一棵在清爽的傍晚微风中弯腰的树干。然而它的动作与其他树木不同，后者在风中弯下的动作是整齐划一的。我已经看清真相，但科马赫仍固执地沿着沼泽最深处的边缘转来转去。

"主君！"我叫道，"它来了！虫出来了！"

突然听到我的呼喊，下面的贺恩人纷纷发出警戒的吆喝声，但我怀疑，大部分人听不懂我说的支达亚语。有些凡人刚才放下了绳子，此时正手忙脚乱地在泥泞的浅水里摸索，搞得水花四溅。我不确定科马赫有没有听到我的警报，反正我喊叫的同时，他转过头，看到长颈上的巨大脑袋正专注地盯着他，犹如发现兔子的毒蛇。可是出乎我的意料，王子并没有立刻调转马头逃走，而是继续兜兜转转，朝空中挥舞蘸着虫尿的扫帚。我隐约听到他在叫嚷："哈！你这恶魔！你害怕我们西陲的汉子吗？出来，你这臭气熏天的长脚蛇！"

这一来，硕大的黑色脑袋便跟着他的移动再次摇晃起来。眨眼间，巨兽突然从藏身的烂泥潭中爬出，长颈垂下，扭动着身躯，冲过折断的树林和灌木朝凡人王子爬去，可怕的坚硬脑袋像是飘浮在空中。科马赫很勇敢，但他不是傻瓜，瞬间便看清形势：大虫尽管身躯庞大，动作却如奔马一样迅捷。科马赫调转海沫的马头，猛踢马肚，令其在泥泞的湿地上撒蹄飞奔，马蹄每次落地都溅起大团泥水。

"科马赫来了！"我扯着嗓子喊，"虫在追他！"

"我弟弟在哪儿？"哈卡崔边问边走到凡人中间稳住他们。若他们突然胆怯，我是不会责怪他们的，我自己虽站在最安全的石板高处，但也心惊胆战。

"主君，他在等待！"我喊着回答，"伊奈那岐看到王子过来了，

## 第二章 银树

他在等!"

"向华庭祈祷他别等得太久!"哈卡崔喊道,"他朝我们跑就告诉我。"

黄昏的天空已变成柔和的蓝色,有天幕映衬的景物显得轮廓清晰而明确,但地面附近的细节已十分模糊。科马赫王子指引敏捷的海沫跑上山包,从一处干燥的高地闪到另一处。这一刻,我难以言喻地庆幸那勇敢的凡人骑的是我主君迅捷而又聪明的战马。龙摆动着短小有力的足肢,以骇人的速度冲过沼泽地面。它的尺寸意味着最深的水池和最黏的泥沼也无法拖慢它。确实,就算最大的池塘,被那庞大沉重的身躯和拖在身后的长尾压过之时,污水也会高高溅起,如孔雀开屏一般,只留下空荡荡的池子。我记得,它张着血盆大口,露出锯齿状的牙齿和板岩色的舌头。我还记得,它那黑金两色的眼睛像提灯般闪闪发亮,尽管那很可能是西方渐暗天空片刻的反光——毕竟我只有记忆为凭。

科马赫距离骑着牡马青铜等待的伊奈那岐越来越近,龙也完全爬出开阔地面,露出庞大身躯最后的部分。它的尺寸甚至比我印象中第一次见到它时还更可怕,犹如从另一个时代、另一个世界蹿出来的噩梦。它从头到尾有航海舰船那么长,四十腕尺的强健肌肉披着黑色盔甲,还有张夺命的大嘴。我承认,这一刻我失去了希望,因为我想象不出有什么东西能拖慢此等怪物,更别说杀死它了。我鼓起全身每一丝勇气,才让自己守在原地不动,然而我主君才是最危险的。

"准备,主君!"我大喊,"它快冲到山顶了!"

"伊奈那岐骑马来了吗?"他喊道。

"还没,"我扯着嗓子,"他举起矛!"

"华庭之魂啊,他在想什么?"我从哈卡崔的语气里听到前所未闻的真正绝望,"别逗留,傻瓜!"他对弟弟喊道,"骑马过来!快啊!"

伊奈那岐踩着马镫站起身。那条虫爬上山包朝他冲来，粗壮的爪子把泥土和大石刨起、甩飞，仿佛那是蒲公英的绒毛。科马赫王子从伊奈那岐身前跑过，那怪物就在他身后几十步外。伊奈那岐往后张开手臂，用尽全力掷出长矛，令其笔直而稳定地飞向怪物的眼睛。那眼睛被一圈骨甲围住，犹如神庙墙壁上镶嵌的神圣宝石。可惜只有一掌之差，长矛没能击中眼睛，只打在下方。但他投掷力道十足，以致长矛刺穿脸颊的甲片，扎了进去，颤巍巍卡在那里。然而大虫一步都没慢下。伊奈那岐猛力一扯青铜的缰绳，转身冲下山坡，怪物紧追在后。

之后的每一刻都仿佛发生在我梦中：我能看到一切，却无能为力。

大虫没有吼叫，连呼噜声都没有。它在伊奈那岐身后冲锋，只发出水浇在炙热余烬上那种瘆人的嗞嗞声。伊奈那岐掷出的长矛也许未能重伤怪物，却把它的注意力和怒火都牢牢吸引到自己身上。科马赫王子率先翻过山顶，然后按他和我主君计划的那样，指挥海沫让到一旁，好让怪物跟随骑着青铜的伊奈那岐一起一伏地冲过最后一截山坡。等候在此的贺恩人暂时还没看到怪物，所以科马赫出现时，他们都在欢声庆贺他平安无事。然而转眼间，伊奈那岐就出现在他身后，低低地伏在马鞍上。再然后，黑虫的巨大脑袋也出现在山顶，在蟒蛇般的长颈上摇晃，下方的凡人惊恐地喊叫出声。

我这才意识到，主君有件事没能做好，就是为贺恩人做好第一次见到冷龙黑朵荷贝的心理准备。他努力过，一次次对他们讲述怪物的模样何等恐怖，嘱咐他们必须不顾一切坚守阵地。他还告诉他们，反正他们只要听从他的指令拉起矛尖，所以恐惧得无法自拔时可以闭上双眼。贺恩人确实不负其名，虽然有少数几人在惊惶下倒退几步，丢下了绳子，但听到我主君的怒声呵斥，又全都回到了各自的岗位。

就在科马赫催促海沫给大虫让路的同时，伊奈那岐飞奔下山，朝

## 第二章　银树

池塘奔来。冷龙距我们五十步、四十步……速度快到吓人，但伊奈那岐仍安全地跑在前面。哈卡崔已下达命令，绳索已被扯紧，巫木巨矛锐利的矛尖开始从泥泞的池水中抬起。然后，这时出了可怕的差错。正当冷龙翻过山脊，开始半爬半打滑地冲下山坡时，海沫踩到了一个地洞。

我刚才说过，我眼睁睁看着这一切，却无能为力。当时的形势虽惊心动魄，但一切仍按主君他们的计划在发展。然而海沫突然往前一扑，摔倒在地，翻滚着往下滑去，苍白修长的马腿乱蹬乱踢，脑袋痛苦地往后折弯。科马赫从它脖子上被掀飞出去，落在朝下俯冲的黑虫前方。黑朵荷贝的注意力全部盯紧撤退中的伊奈那岐，后者已经踏过几块坚实的地面，引着黑虫怒气冲冲跟在身后。它巨大的前爪携着千钧之力往下一踩，王子无助地瘫在地上。下方的贺恩人眼看王子无法躲避，都惊恐地尖叫起来。龙爪踩在科马赫身旁，随即抬起，凑巧钩住他并把他甩到一边。王子像块破布一样，软绵绵划过空气，落地后弹起，滑过山顶，消失在视野之外。

看到这一幕，负责拉绳抬矛的贺恩人纷纷抓狂，至少一半人丢下绳子，朝两边散开，躲避冲来的冷龙，其中很多人冲向他们王子落地之处。我们永远无法知道，剩下的贺恩人能否凭力气抬起巫木树干，事实是，他们看到战友逃走，抬头又望见大虫继续追着伊奈那岐朝自己扑来，顿时陷入深深的绝望。剩下的贺恩人纷纷丢下手里的绳子，连滚带爬逃离池塘，满脑子只想着躲开那火冒三丈、嘶嘶喷气的怪物。

伊奈那岐已骑马跑进池塘，没能看到科马赫的遭遇，可他从巫木巨矛旁经过时，必定看到所有凡人都已逃走。然而他拉不住青铜——牡马太快、地面太滑。伊奈那岐和战马就这样以要命的速度冲过池塘、冲过他哥哥。后者眼睁睁看着屠龙计划崩溃，脸上凝结着万分沮丧。伊奈那岐为阻止青铜继续狂奔，死命拉扯缰绳。牡马纵身跳上我脚下的花岗岩石墙。

"主君!"我绝望地冲哈卡崔大叫,"快出来!"我跳下岩石朝他跑去,却一脚踩在湿石头上滑了出去,往后摔倒,撞到后脑勺,晕头转向地躺在倾斜的石头池岸上,盯着渐暗的天空,惊恐地以为自己躺了很久、很久。

伊奈那岐终于拉停青铜,调转马头。然而青铜看到黑虫,立刻人立而起,前脚乱踢,把伊奈那岐从马鞍上甩下。我和他都在挣扎着爬起,时机已然错过。哈卡崔却没像凡人一样逃走,反而扑进泥水,试图独力拉起那根巨大的削尖树干。黑虫已冲到池塘边上,携着一团污水和断树朝他扑来,如风箱般嘶嘶喘气,伸着一张不停乱咬的骨头嶙峋的大嘴,犹如大船的船首。

"不!"伊奈那岐喊道,"哈卡崔,不要!"

我至今不明白主君是如何办到的。最后一瞬间,他出现在需要十几个凡人才能勉强用绳套抬起的巫木树干下方,龇着牙齿,露出倾尽全力的扭曲笑容,额头和脖子的金色皮肤下,青筋条条绽起,把千斤重的巫木矛尖扛了起来。我听到他痛苦又绝望地大喊一声——这是我一生中听过最痛彻心扉的声音,永远也无法忘记。

在他弟弟和我手足无措的惊恐目光中,主君把无比沉重的树干一点点往上顶起,矛尖终于露出池塘水面。那条龙如滚落山坡的巨石般朝他砸去。一时间,怪物落在他身上,一切都消失在混沌之中。接下来,不断喷涌、四溅的池水变成黑色,嘶嘶声响个不停,但来源并非那怪物,而是一道往池塘和岸上不停喷洒的黑血喷泉。黑血落处,池水沸腾,释放出一团又一团翻滚的蒸汽,就像青铜匠人把烧至白热的青铜棍扎入水桶中淬火一般。片刻后,滚滚水汽逐渐消散,我看到大虫缩成一团,瘫在地上抽搐,半身泡在池塘里,半身搭在池塘外,喷出大量闪亮的黑血,只要与带水的东西接触便嗞嗞作响。随后,哈卡崔开始惨叫。

## 第二章　银树

我连滚带爬冲下斜坡，在水里抓扒。蒸汽让我什么都看不见，只能循着主君痛苦的叫声往深水处摸去。途中必须翻过黑虫的巨大尾巴，这时我本该检查一下，确保野兽真死了，才能转身背对它。然而这一刻，我满脑子只想到哈卡崔。他的喊声痛苦得无法形容，没有言辞，只有活生生的痛楚。我看不见，但摸到了他，于是用手拉住他的手臂，往池塘边上拖。可我很快感到剧烈的灼痛，是龙血烧穿了我的手套。我把它们摘下来扔掉，脱下斗篷裹住哈卡崔的手臂。靠这片刻的保护，我强忍烧伤之痛，坚持足够长的时间，把他往池塘岸上拉扯。然而他悲惨的哀嚎并未缓和。

过了一会儿，伊奈那岐也赶到我身旁，我俩一起把哈卡崔大人拖到岸上，最后只剩他的双脚还在水里。主君还在惨叫，脸上覆盖着泥水和黑血。我用斗篷帮他擦拭，但他除了痛楚，完全没有其他意识。我拼命往他身上泼水，想把看上去最糟糕的龙血洗掉。他身上有好几处冒出蒸汽，仿佛身体变成一块炙热的金属。泼水一点用处都没有。

"他的盔甲！"伊奈那岐叫了一声，随即粗暴地把我推到一旁，割断主君身上巫木胸甲结实的皮绳。不一会儿，他就把胸甲扯掉，我俩一起让哈卡崔翻个身，离开背甲，重新落回池塘，再用一团团泥巴和我的斗篷布帮他擦洗。斗篷仅仅沾到腐蚀性龙血就烂得七零八落。我尽量忽略主君撕心裂肺的惨叫，但眼中已噙满泪水，只能勉强看见东西。我帮伊奈那岐脱光他哥哥的衣物，用最快的速度擦去皮肤上灼烧的龙血。每一处被清理掉的龙血之下都是可怖的伤痕，鲜血淋漓，皮肉外翻，以致我绝望地认为，主君可能熬不过一个小时。我的手虽没直接碰过黑血，却也疼得钻心，我无法想象主君正在承受怎样的痛苦。

终于，哈卡崔安静地瘫软不动了。我把斗篷剩下的最后一块干净碎布铺在他胸前，然后把耳朵贴在他焦黑冒烟的皮肤上。

"还有心跳。"我说。

"必须找医师。"伊奈那岐叫嚷,"飘雪堡——那是最近的城堡了。"他脸上和语气里都是显而易见的惊惶,然而在那之下还藏着另一种情绪:一种难以想象的愤怒。但这一刻我无暇理会。我自己仍像做梦一般——一场难以置信的恐怖噩梦——思绪乱得没法分清先后。

现在没时间做担架或其他东西抬哈卡崔了。洗掉所有黑血之后,伊奈那岐抱起哥哥遍布烧伤的赤裸身躯,放在自己的马鞍上,爬上马背坐在他身后,再没对我说一句话,踢马直奔桦树岭。

我浑身麻木,眼前发黑,头昏脑涨,仿佛挨了一记晴天霹雳,只能呆呆地目送他疾驰而去。青铜四脚如飞,蹄不沾地。过了会儿我才反应过来,自己被丢下了。凡人,支达亚主君,全走了,一个可怕的念头冒出脑海,我赶紧转头去看黑朵荷贝是不是真的死了。

庞大的龙身蜷成一团堆在我面前,黑色的舌头耷拉在外,金色的眼睛开始模糊。尽管如此,我还是很难相信这等生物曾切切实实地活过。黑虫被树矛扎穿了胸部中间偏向一侧的位置。我主君完成了一件惊天壮举,当时我只能祈祷他不要为此付出生命的代价,然而日后的经历又让我思索,他若当场死去是不是更好?

龙头的长度几乎与我身高相当。硕大的钝头上披着厚重的鳞片,仿佛用黑石雕刻而成。我冲它吐了口唾沫,转身离开。

我两手仍阵阵刺痛,但我很幸运,虽然烧伤的疼痛多日不愈,但我受到的苦难不及主君百分之一。周围陷入寂静,我只能久久地盯着屠龙大计留下的满地残骸发呆:被丢弃的破破烂烂的绳索机关、怪物冲过来时留下的宽大的碎裂痕迹、被压碎的可怜海沫的遗体。没有帮手,我甚至没法给主君的坐骑挖个坟。尽管错不在它,尽管它直到最后仍在英勇地执行骑手的指令,我却只能把它的遗体留给野狼和其他食腐动物。

这个决定比我烧伤双手更让人痛心。它身姿敏捷,我也照料它多年,如今却要把它留在原地,如被丢弃的苹果核或坏掉的车轮。但冷

## 第二章 银树

龙死了，我还能恨谁？

最后，我开始收拾主君的物品，感觉仍像一觉醒来，发现全世界只剩自己。他的衣物都烂掉了，盔甲虽染了龙血、多处烧焦，但仍是件古老的传家宝。他的宝剑京季株还在鞘里。腰带在黑龙垂死挣扎时就已烧烂，我把它也捡了起来。我解下残破湿透的披肩，把它们包在一起，然后爬上哈卡崔的战马，手抓缰绳时疼得直咧嘴。上马过程中，尽管我同样照顾了霜鬃很多年，但它还是有点吃惊。

"我知道，"我对焦躁转圈的霜鬃说，"这个世界已颠三倒四。"我把它的头转向桦树岭，最后看了一眼这个地方。一切在这里变化得如此迅速又如此可怕。暮色几乎完全消失。冷龙趴在地上，巨大的尸体像是一大堆岩石或一棵倒塌的大树。我转身背对这毁灭的一幕，用脚跟踢踢霜鬃。周围的世界一片漆黑，仿佛太阳永远不会升起。

# 第三章　白墙

许久后我们才得知,凡人王子科马赫在那恐怖的日子活了下来。他遭到重创,腿部骨折,多处受伤,自从龙谷屠龙后就瘸了腿,但一直活着,享有高寿,率领国人过得相当不错。

伊奈那岐用最快的速度,将受了致命伤的哈卡崔送出龙谷,带回桦树岭——我主君一族离此最近的居住点。

敦鸦狄族长的飘雪堡不像阿苏瓦拥有众多医师,但后者骑马也要好多天。幸运的是,飘雪堡有位医术高超的医师,名叫歌霓岐,足够年长,曾经医治过龙血导致的严重烧伤。不过他见到我主君后,亲口承认从未见过如此惨烈的伤口。等我赶到飘雪堡,歌霓岐已让哈卡崔吸入大剂量肯-未刹陷入昏睡,然后召集敦鸦狄的几位家仆,爬到附近的高山上寻找积雪。伊奈那岐狂躁不安,又没有其他办法帮助哥哥,就跟他们一起去了。到了夜里,他们抬回数个浴盆,装满今年最后的积雪。敦鸦狄族长拿出他自己的浴盆,把我主君放进去躺好,医师把积雪堆在他身体周围。哈卡崔大人尚有呼吸,然而除此以外,我完全没法猜测他情况如何。

我在他身旁坐了两天,虽然很想,但没法握住他的手,甚至连触碰都不行。哪怕用指尖轻柔地扫过皮肤——就算上面没有烧灼的痕迹——也会疼得他呻吟扭动。他不能说话,只有一次突然醒来,虽无法

## 第三章　白墙

坐起,但却异常清晰地说了两句:"她一次次在帷幕后张望。外面那些冰冷的东西注意到了。"他还嘀咕了一些字词,可我听不清,随即他又失去了知觉。

我从没哭过这么长时间,连小时候都没有。我觉得再过几个小时,最多几日,主君就要死了。

哈卡崔进行雪浴的第三天,敦鸦狄族长的女儿希木娜来到盆边。她举止娴静,措辞稳重,但对哈卡崔所受折磨的哀伤显而易见。"扈从芭蒙,你主君今日情况如何?"她问我。

"夫人啊,我真想告诉您,他的情况有所好转,但我没看到这样的迹象。"我承认说。希木娜是桦树岭的大司祭,不是爱听盲目乐观之词的那种人。"他早先在睡梦中大喊大叫,好像又梦见那条虫的攻击,还说了好多胡话。"

"我们无法猜测你主君看见了什么。"她对我说,"龙血的触碰会拉近梦境之路,那条路上总会挤满幽冥幻影。"希木娜摇摇头,"不过,我不是来找哈卡崔大人的,而是找你。"

"我?"我吃惊不小,"尊长为何找我?"

"因为阿茉那苏夫人想跟你说话。"

我一跃而起,既惊讶,又觉得心头一松。阿茉那苏肯定知道该怎么办。森立之主能让一切回到正轨,至少尽可能恢复。毕竟这惨剧太严重了。"始祖母来了?"

"不,她没有。我通过谓识跟她说话。现在她想跟你说。"

"为什么?"

"扈从啊,这不是我能回答的。但你不该让她等你。跟我来吧。"

自从来到飘雪堡,我几乎没离开过主君身旁,生怕一走开就会错过他最后一面。但我也不能拒绝阿茉那苏,就算她不是主君一族中最年长、最杰出的尊长,她也是哈卡崔的母亲——这才是最重要的——此时她必定肝肠寸断。我小时生过一场重病,母亲恩菈一直守在我身旁，即使最后染上同样的热症也不肯离开。我活下来了，但母亲去了。之后几个月，父亲一言不发，从此再不是原来的他了。从母亲葬在海岬那一天起，他就把马厩当成了家，因此我也一样。

我跟随希木娜穿过明亮的走廊，对飘雪堡各种漂亮的装饰视若无睹。此时此刻，除了主君的苦难，我对其他一切都漠不关心。她领我走进敦鸦狄族长的住处。后者的妻子乌足娜在多年前就去世了，但她的物品一直没移动过。墙上挂钩依然挂着一件夏日天蓝色的精致长袍，仿佛她随时会回来穿上。一张雕着繁复花纹、打磨光滑的桌子上依然放着乌足娜的珠宝盒和镜子。镜子十分古老，镜框装饰美丽，以致我一时以为，那就是希木娜说的谓识。但大司祭一步不停地带着我穿过这里，直至滑开一块墙板，露出另一个房间。

房间中央有棵活的桦树，长在地板正中一块露出泥土的地面上，树根扎进飘雪堡脚下的大山。屋顶同地板一样开了个口，虽然桦树的枝丫并未伸出屋顶，但与天空、太阳、雨云之间毫无遮蔽。

"这棵古老的桦树萌发于一颗来自失落华庭的种子。"希木娜告诉我，"其他同胞囤积巫木带来新大陆，而我的祖先想带些能让他们怀念家乡的东西。"这是棵漂亮的大树，此时此刻正披着一身绿色的春日新叶，树皮雪白，像是刚刚才接受过清洗、打磨，如有光华——可能确实刚刚洗过，但我没问。

树下摆着一张桌子，桌上只有一面直立的镜子。镜片尺寸有我两掌并排那么大，镜框与乌足娜夫人的梳妆镜截然相反，就是个毫无花饰的黑色椭圆形，加上把它直立起来的架子。

"我先走了，你可自便。"希木娜的礼遇让我迷惑不解：我只是个无名小卒，她却如此尊重，只因为阿茉那苏要跟我说话吗？

"夫人，我没用过谓识，只见过我主君用过一次，但我不会啊。"

"你只需坐在它前面——在这儿。"她从房间一面墙前搬来一把凳子，"既然森立之主想跟你说话——她是这么说的——那其他事就

## 第三章 白墙

由她做好了。你只需坐着,看着镜中的自己就好。"

大司祭出去了,把我独自留在桦树和敞开的天空下。一朵云从屋顶飘过,让房间暗了一会儿。一阵清凉的毛毛细雨飞下,落在树叶和我的脸上、手上。我坐在桌前,盯着镜中的影像。镜子里的面容既不能让我愉快,也不算十分熟悉。我从没试过这样盯着镜中的自己。当然,我知道自己长什么样,镜中回望我的脸显得比平时更无趣。在阿苏瓦时,我见到好多其他庭叩达亚。可过去一个多月,除了鸦栖堡的两位女士,我身边只有凡人和主君的族民。很难相信,这个普普通通、没精打采回望我的家伙在这么短的时间内经历了如此多的变故。

身为"海洋之子",我没有凡人那毛发蓬乱的野性——为此我十分庆幸——也没有支达亚那近乎完美的宝石质感,他们即使高龄也能保有年轻时的优雅和美貌。我介乎两者之间,非此也非彼,从当时到现在都是。我对这一点的感受格外深切。我们庭叩达亚——至少是仍然生活在支达亚中间的庭叩达亚——拥有与他们类似的纤细身材和精致五官,然而在我自己眼中,我只是主君一族糟糕的模仿物:外形走样、细节不精,就像出自手艺生涩的艺术家。我的手臂跟支达亚一样长,但手指更宽、更平。我的眼睛虽不是多数凡人的泥土色,也不像贺革达亚那样接近纯黑,但也不是支达亚那夺人心魄的金色。仿佛妥协一般,我的眼睛只是黄色,类似山羊那种愚笨的野兽,或者空中的飞鸟。

正当我心怀不满地盯着镜子时,我的镜像似乎在微微发光,光滑的镜面似乎变成微风掠过的水面。然后,我感觉到她了。尽管她的存在很平静,甚至很温暖,但这股力量——纯粹的思维力量——吓了我一跳,感觉就像在黑暗中伸出手,以为前面空无一物,结果却摸到一堵墙。

*琶蒙·氪斯,你好。*她的话不在耳边,却在我脑海中响起,清晰得像是我在脑中默念自己想说出的话。

"尊长！"我说完才意识到，我竟傻乎乎地把话说出口了。我再次尝试，竭力紧闭嘴巴、不动舌头，毕恭毕敬地完成尊请六歌的礼仪：尊敬的森立之主阿茉那苏夫人，我向您致以最谦恭的问候，祈愿您的心情和身体康健……

孩子，即使在安稳的日子里，你也不必向我执行这些礼节，何况现在。她打断了我的问候。这般不拘礼仪让我很是惊讶。当然了，我是她长子的扈从，时常同她说话，但都是回答她的提问，基本就是她想了解哈卡崔的打算时才说的。说实在话，尽管她对我的态度从来没什么不对，甚至可谓亲切，但我还是相当怕她。如果说，她的耄耋之龄与超卓智慧在一般情况下也能让我畏惧，那此时此刻，她的力量不仅朝我逼来，还包裹住我的全身全神时，我就更觉得胆战心惊了，如被温柔的巨人捧在手中的婴儿。

夫人，您太宽厚了。

我们就别浪费时间讨论我的宽厚了，她告诉我，我这才第一次觉察，她的力量之下藏着一道忧虑的暗流，我的长子受了重伤，次子不肯跟我说话。敦鸦狄把他了解的情况都告诉我了，但哈卡崔受伤时，他并不在场。所以，告诉我吧。把我儿子——两个儿子——的遭遇都讲给我听。

我的心狂奔乱跳。出于纯粹的自私心理，我并不想成为对她描述龙谷之战全过程的讲述者。守候在重伤主君身旁的几个长夜里，我在不停琢磨到底是哪里出了错，为什么会出错。无事可做的躯壳更容易被阴郁的思绪霸占，我的心一次次重新回味那场悲剧。有些决定在我看来是错误的，然而却是我敬爱的主君及其弟弟的选择。我无法想象自己能对阿茉那苏夫人抱怨他俩，不但因为她是最德高望重的支达亚、是森立之主，更因为她是两兄弟的母亲。

你为何犹豫？她问我。我想了解更多，请不要让我等候。

我想理清脑中的思绪，整理一下顺序。我回答。不过，我们通过

## 第三章　白墙

谓识相连的感觉是那么亲密,我相信她能猜出,我说的并不都是实话。

先说说我的长子吧。敦鸦狄跟我讲过,但我想听听你的说法。哈卡崔痛苦吗?他是不是很疼?

至少这个问题我可以诚实地回答。阿茉那苏夫人,他没表现出疼痛,但我认为,这是他深陷于肯-未刹迷雾中的缘故。他几乎不动,有时会说说话,但多数是单字,我经常听不懂是什么意思。

他能活下来吗?她问。

夫人,这个问题我无法回答。我知道他很坚强,也知道歌霓岐医师已想尽办法。但我很担心,不知巫木药粉的镇静效果消失,主君从沉眠中醒来时会发生什么。

所以哈卡崔必须返回阿苏瓦,她对我说。歌霓岐做得很棒,我愿意把自己的性命交在他手里,就如同我愿把儿子的性命交给他一样。但我料想,有些治疗手段他做不到。

我心里生出一线希望。阿苏瓦有医师能治好我主君?

治好?我感觉她传来的思绪在颤抖,我从未听说有办法能治好龙血之毒。但有其他办法能减轻他的痛苦,就连歌霓岐都不知道的办法。哈卡崔必须回阿苏瓦。他必须回到我们身边。这一刻,就连我都能清晰地感受到她的忧虑和悲痛。我恳求你,琶蒙·氦斯,无论用什么办法,说服我两个儿子回家。

我尽全力,阿茉那苏尊长,我当然会。我深受震撼。阿茉那苏一直备受尊敬和爱戴,但她总是遥不可及,至少从我这卑微的地位看是这样。如今她却在恳求我——恳求我这个庭叩达亚仆从!——帮助她,让她的孩子回家。

※

阿茉那苏同我用谓识谈话后第二天,我主君醒了。他们已把他从雪浴中挖出,移到敦鸦狄的卧室,放在能找到最柔软、最光滑的床褥上。我当然还坐在他身旁。大部分时间我都坐在那里,为他朗读刻蔓拓里诗人平纳雅-枢诺的诗集。平纳雅是主君一族最杰出的吟游诗人之一,这个名字是诗人自己挑选的笔名,意思是"麻雀"。他的诗歌年代久远,时常引用些我没听过、出自华庭的著名传说,或是提及某位早在我出生前就已逝世的大放逐期间的支达亚,以致我并不能完全理解,诗句中蕴含的微妙情愫估计只有支达亚才能体会吧。不过,平纳雅有些诗篇也十分赏心悦目,使我有时会忘记,他的目标读者是他自己的同胞而不是我。

我正在朗读,听到床上有喃喃的声音,抬头一看,哈卡崔睁开了眼睛,似乎想说什么。我用清水蘸湿他的嘴唇,然后把杯子递到他嘴边让他喝。

"好疼啊,琶蒙。"这是他说的第一句话。

他竟能认出我,让我满心欢喜,差点想拉起他的手亲吻,好不容易才忍住。"主君,听到您的声音太高兴了!"

他呻吟一声,说话时气若游丝。"真希望我能说……活着真好。可是,琶蒙啊,我全身像被火烧,就在我体内,一直烧到骨髓里。华庭在上,我还不如死了。"

我的手仅仅沾到一抹被水稀释的虫血,且一触即分,就疼痛难忍,至今未消,仿佛一直放在火上灼烧,所以我完全相信,主君正在承受多么惨烈的痛苦。但我别无他法,无论言辞是多么软弱无力,也只能安慰他。"别这样,主君!任何错误都有补救的机会,死了就没法补救了。"

然而哈卡崔听不到。片刻的清醒已然耗尽了他的精力,他又一次陷入毫无知觉的昏睡。

接下来的日子里,主君醒来的次数越来越多,但疼痛始终未消,哈卡崔会用孩童发现新事物的惊奇语气诉说它。有时候,他几乎变回

# 第三章 白墙

往日的样子。他会问,龙死了吗?当然也会问伊奈那岐的消息。我向他保证,黑虫死了,伊奈那岐活着,且运气很好,没受到半点伤害。当然后者并非完全准确:伊奈那岐躲过了身体的伤害,但精神似乎受到沉重打击。我听到许多关于他的闲话,说他愤怒地控诉从冷龙面前逃走的凡人,还听说他大部分时间板着石头一样的脸,在桦树岭的树林间独自游荡,搞得谁都不敢靠近他。

听说弟弟无碍,哈卡崔又问科马赫和贺恩人怎么样了。我当时还没听说王子活下来的消息,只能告诉他我在龙谷看到的情况。除了持续不断的痛苦煎熬,我主君在其他方面似乎都恢复了平常的样子,否则我会把伊奈那岐似乎恨上凡人的事藏在心里,但我说出来了。哈卡崔对伊奈那岐认定贺恩人有罪、而不是单纯失败的执念感到忧心忡忡,他自己倒没生凡人的气。

"他们是为自己的王子担心。"他嚅动着干裂的嘴唇对我说,"那种时刻,谁都没法准确预料自己会怎么做。无论我弟弟怎么想,我希望科马赫能活下来。他是我认识的最优秀的凡人之一。"

这就是典型的哈卡崔:自己忍受着地狱般的煎熬,却在怜悯其他弱势生灵。你还会疑惑我为什么爱戴他吗?

哈卡崔的神志显然已经恢复,我终于可以把他母亲对我说的话告诉给他了。我说完后,又一阵剧烈的痛楚袭来,他疼得说不出话,我赶紧跑去找老歌霓岐。后者取来更多肯-未刹,混在一杯葡萄酒里喂我主君喝下。再次沉入睡眠之前,哈卡崔对我说:"去做安排吧,我要尽快返回阿苏瓦——恐怕得抬我回去,我连站都站不起来,更别说骑马了。可我不知道弟弟会怎么说。我很担心他。等我再醒来,我会……我会……"巫木粉末再次把他拖入沉眠。

"琶蒙,我们的肯-未刹用完后,他的痛楚会非常强烈。"歌霓岐医师在主君房外的走廊里对我说。

"不行啊!"我惊恐万分,"光现在这样,他已经快疼死了!"

"我已经向附近城市认识的医师求助了,请他们从自己的库存里匀些给我。然而现在正处于大年之末,他们手里的都不多了。就算是阿苏瓦,虽然森林深处仍伫立着许多巫木树,也不一定能长出足够的花朵压制他的疼痛。每次花季采集的花朵都会用光,而巫木树开花和焕新都要很长时间。"

"歌霓岐医师,您的意思是,我们以后没法抑制他的痛苦了?我可怜的主君余生都要受这痛苦煎熬?现在每天用肯-未刹压着,还把他疼得死去活来。"

医师的长脸悲痛万分。"扈从啊,恐怕我就是这意思。"他伸手按住我的手臂,这个动作在支达亚与我的族民之间是非常罕见的亲近举动,"看得出来,你对他忠心耿耿。所以我要告诉你这个悲伤的事实,好让你考虑一下日后该走的路。"

"路?"我糊涂了,"主君的路就是我的路。不论发生什么,我都会跟着他。"

"尽管如此,"医师说,"你还是要仔细考虑我的话。我听说,是伊奈那岐的不幸誓言导致事情发展成如今的灾难。我建议你把这教训铭记在心。在时机成熟以前,不要做出日后可能会后悔的承诺。"

当年的我不理解他的意思,但现在的我有了不一样的看法,并且感激试图把它告诉我的歌霓岐。那个时候,我太沉迷于当时的情状,深陷在主君的苦难和我自己亏欠他的感觉中。要是我能再见到那位医师,我会感谢他。他不仅为主君考虑正确的做法,也为仆从考虑——这番品德在芸芸众生间可谓极其罕见。

数日后,哈卡崔·因-森立被放上担架,由敦鸦狄族长的四位家仆抬下桦树岭。另一小队年轻的支达亚跟我们一起走,以保护我毫无反抗能力的主君。漫长的旅途中,担架队大部分时间沉默不语,仿佛

## 第三章 白墙

抬的是具遗体,而非活生生的身躯。有时他们会轻轻歌唱,但我不知这是为了鼓舞他们自己还是哈卡崔。我自己抓住一切机会跟主君说话,即使他的回应多数只是看我一眼,或者给我一个微笑的残影。他的脸被龙血烧得疤痕累累,但比不上手臂、胸膛和腹部严重,滚烫的黑血曾被那些位置的巫木盔甲兜住,紧贴他的皮肤。

虽然担架队一直小心翼翼,但对他来说,旅行一定难受至极,我只能猜测他在连日的翻山涉谷时忍受着怎样的痛苦。无论清醒时的沉默,还是长时间的喃喃低语,以及有时在睡梦间的轻声呜咽,总之我肯定不会羡慕他。他清醒时写在脸上的痛苦,让我庆幸他还能睡觉。

我们坐平底船沿大红河而上,抵达月径桥。把哈卡崔抬上岸时,那儿的守卫——全是支达亚——肃立在旁,面容悲戚地行注目礼,然后久久地目送我们继续前往阿苏瓦。伊奈那岐大人跟我们在一起,却比担架队更加沉默,旅行期间我只听他说过几个字。直到这趟悲伤旅途的第六天,我们终于看到夜莺塔的塔尖。间吉雅娜的雕像遥遥望向失落华庭的方向,微微闪着如锃亮铜币映出落日般的红金色光辉。

"第一眼望见家园的感觉总是那么美好。"我对哈卡崔说。他刚才醒了,只是闭着眼睛。"所有爱戴您的族民一定都在焦急地等您。"

"是等着看他的伤口。"伊奈那岐在我身后说。他的话十分突兀,浸透怨恨,吓了我一跳。"看我对哥哥干了什么,好诅咒我。"

我转过身。主君弟弟帅气的面庞上刻满深切的悲痛,仿佛正被人领向刑场。"大人,"我说,"大家看到您平安无恙,也会像见到主君回家一样高兴,一定会的。"

他盯着我。自从离开敦鸦狄的城堡,他还是头一回真正跟我说话。"真的,你这么以为?芭蒙,你只是个仆从,甚至不是我的族民。你知道他们有多记仇吗?他们至今不肯原谅罕满堪家族的奈儒挞敌,而他在我们离开华庭前就死了。你以为他们会欢迎我?我差点害死了他们的宝贝——他们的最爱。"这一刻,我从伊奈那岐苦涩的表情下

*151*

看到某种更深层、更可怕的情绪：一股怨毒的空虚。我有充足的理由怀疑，这恨意平时就隐藏在他那金眸的目光之下。此时此刻，这股冰冷的愤怒改变了他的气质，我平生第一次对主君的弟弟感到畏惧。

我再也无法忍受伊奈那岐的注视，回头去看主君，喂他喝水。他想抬起一只手，接过去自己喝，可是太疼了，只好放下手臂，等我把杯子送到他唇边。

"哥哥，"伊奈那岐说，"都是我的错，但我发誓，我要……"

"住口！"哈卡崔声音含糊，但我们都能听清。他睁开眼睛，盯着弟弟。"不要发誓。什么誓都不要……"他再次抬手，这回抬得足够高，做了个愿你平静的手势，"愤怒……滋生愤怒。"

"那些凡人弃你而去——在我们最需要他们的时候，像兔子一样逃走了！"看得出，伊奈那岐在竭力控制自己，保持言辞克制，"我怎能不恨他们，就像恨我自己一样？"

"愤怒……滋生……愤怒。"我主君好不容易才说出这一句，眼睑再次合上，当晚再没说过话。

※

我无法想象，没有东望城阿苏瓦的世界，或是这座宏伟城市已然失落的时代会是什么样子。我同样无法想象，没有哈卡崔大人的世界会是什么样子。我觉得，命运给我们最深刻的教训就是世事无常。

多年来，我跟在主君身边四处旅行，曾经从各个方向返回壮观的阿苏瓦。或从洋路乘船归来，从河中滑入广阔碧绿的登陆湾；或从北边穿过鲜花盛开的牧场，看着仙鹤展开宽阔的翅膀，掠过宫殿屋顶，在最高的塔楼上空盘旋，犹如风卷落叶。但说起印象最深刻、乃至终生难忘的那次，便是我们抬着受伤、受苦的主君从桦树岭回来，走进白色城墙的旅程。

阿苏瓦高处飘扬着不同家族的彩色三角旗，夜莺塔高耸入云的塔

## 第三章　白墙

尖、千叶堂曲线优雅的高大围墙、白如新雪且微微闪光的岛屿大理石城墙上都有。时至今日，每每想起阿苏瓦，我脑海中首先浮现的都是那一天。作为善良人心中的灯塔，愿它永远耸立在那个海湾的海岬之上。

我们走进城门时，许多支达亚、庭叩达亚，甚至黑衣贺革达亚都在路边等候。单看人数，旁观者会以为我们是打完仗光荣凯旋。我们确实打败了敌人，却付出了惨重的代价，而阿苏瓦市民在哈卡崔倒下之前甚至没听说过那条虫的事，所以这次与其说是凯旋，还不如说是铩羽而归。我主君饱受爱戴，他重伤的消息早已传遍整个城市。我们用担架抬着他，围观市民大多默默无语，有少数人在唱歌，或是古老而自豪的曲子，比如《森纳雅娜颂歌》，或是哀怨之歌，比如讲述德鲁赫与奈拿苏之死的《记忆花园》。后者听得我肝肠寸断，真想冲着唱歌人大吼："我主君还没死呢！他会活下去！他会成就伟大的功业！"然而我跟以往一样，什么都没说。

阿茉那苏和伊彦宇迦在坦加阶梯下等候。他们两位身着日常服饰，仿佛是为强调此次并非欢庆。接到我们之后，他们陪伴我们哀伤的队伍走向阶梯上方的宫殿。哈卡崔躺在担架里，气息微弱，除此再无生气。主君的母亲伸过一次手想摸他，随即想起他可怕的烧伤，及时忍住了。当她把手收回，任由长袖垂下遮住两手时，我似乎看到她脸颊上有泪光闪动，但无法肯定。我从没见过身在高位的支达亚哭泣。

哈卡崔大人被抬进他自己的寝室，里面已有十多位医师在等候，大部分是金色面庞，也有几位苍白皮肤的贺革达亚。伊奈那岐、我和另外几个帮手把他小心翼翼地抬出担架，医师们在旁紧紧盯着。尽管我们万分小心，我主君依然痛苦地吸着冷气。两个月来，哈卡崔终于躺回自己的床榻。医师们一拥而上，围在床边，仿佛一群争鱼吃的海鸥。我差点哭出来。

就这样，我从主君的身边被挤开。现在他属于医师。芭蒙·氪斯再无用武之地。

※

鸽子月很快变成夜莺月、水獭月、狐狸月。日复一日，主君的妻子卑室吁无助地坐在一旁，看着医师们喂主君食用各种强力药剂，往他的皮肤上搽拭舒缓的药膏。我站在房门外听，疼痛的喊叫让我难以承受。一有机会我就去探望他。随着栽培季到来，天气转暖，他似乎恢复了一点精神，可惜痛苦稍缓的时刻都很短暂。卑室吁和主君的母亲森立之主时常在他床边，一坐就是几个小时。除了她俩，最常陪伴主君的是阿苏瓦最负盛名的医师、柔掌阁的阿淑克夫人，以及乌茶库女王亲自派来照顾哈卡崔的咒歌会大司乐吉筌。无论何时，两位圣手医师总有一或两人守在我主君身旁。只是阿淑克似乎不太喜欢歌者——吉筌的幕会成员都自称歌者。

吉筌是个瞎子，眼中蒙着一层白雾，跟他的皮肤一样苍白。他又爱穿白衣，加上头发也是相同色调，所以他的存在让我有种幽灵般扰乱心神的感觉。他说话轻声细气，这在重伤贵族的卧室是件好事。然而，我好多次走进房间看望主君时，发现吉筌正压低嗓门，急切地对着哈卡崔说话，听到我的动静却马上停下。他的沉默来得十分突兀，令我无比困扰。我主君都这种状况了，他有什么话是不能让我这个普通仆从听到的？

也许是瞎眼的缘故，吉筌总带着一个侍童，那是位女性贺革达亚，长相相当普通，年龄无从判断，但在我看来，她跟大司乐本人一样奇怪。她从不说话，不需要给吉筌帮忙时就坐在那里，目光茫然，虽然不是瞎子，却跟她主人一样目不视物。不过隔上许久，她会转动那双无比乌黑的眸子望向我。每当这时，我必须竭尽全力才能忍住颤抖，因为我从她的目光里看不到任何情绪。她有血有肉，但我与她四

## 第三章 白墙

目相对时,她就像孩童的玩偶一样,眼睛仿佛只是闪亮的涂料。阿淑克告诉我,侍童的名字叫鸥穆。

说这么多,但我并非每时每刻都在阿苏瓦陪伴主君,我还受守护者和森立之主的派遣去做过一件事。

※

那是夜莺月期间,我们回到阿苏瓦已有一段日子。有一天,哈卡崔的父母把我唤到他们房间。伊彦宇迦尊长站在窗前,盯着下方登陆湾的水波,显然心烦意乱。阿茉那苏夫人优雅而亲切地招呼我,还亲手为我倒了杯葡萄酒。

"坐吧,扈从琶蒙。"她说,"谢谢你来看我们。"

"问他儿子的事。"窗前的伊彦宇迦说,却没转过身来看我。守护者身材高大,平时身姿挺拔,这时却撑在窗台上,仿佛没有它就站不住似的。"问他。"

"大人,夫人,请原谅,"我回答,"可你们想必已听过来龙去脉。对于你们儿子的伤势,或我们与黑虫的战斗,你们已从伊奈那岐大人那里听过好多遍了吧。我只是个小小的仆从,还有什么可说的呢?"

阿茉那苏轻轻摇头。"忠实可靠的琶蒙啊,我们不想问你哈卡崔的事。我花了很长时间陪他,他能说话时已把记得的所有情况都告诉我了。我们担心的是小儿子的心思。我们当然知道伊奈那岐的誓言,也了解它导致的后果。可回家之后,他基本不跟我们说话,也不理睬他的好友霓珠吁小姐。我们只能猜测,在这趟命运之旅中,或许还发生了一些我们尚未听说的事。为何我们的小儿子待我们像陌生人一样?"她摊开双手,做了个无计可施的手势。我对她深感同情,她一定觉得自己一下失去了两个儿子。

"我不敢假装了解伊奈那岐大人的心思。"我缓缓说道,"可是,既然两位尊长问我,那我就说说我的想法吧。"我吸了口气,"他背负沉重的羞耻感,说出誓言的那一刻就已经后悔,却无法逼迫自己收回……"

"无法?"窗前的伊彦宇迦反问。忧愁与困惑扭曲了他英俊瘦削的五官,我差点没认出他。"是不愿吧。如今,整个岁舞家族都因他的誓言受苦。"

我从未见过守护者如此情绪失控,吓得一时不敢说话。

阿茉那苏同情地看了丈夫一眼,再次望着我。"扈从琶蒙啊,忘掉我们的其他身份,只把我们看作替孩子担惊受怕的父母好了。我们明白,伊奈那岐对自己既生气又羞愧,但我们感觉,他心里还藏着某种更强烈的不快,威胁着要吞噬他。你了解情况吗?他有没有对你说过?"

"夫人,伊奈那岐恨上了贺恩人——也许这就是你们感受到的情绪。他恨凡人辜负了他哥哥,在那条龙朝我们扑来时逃走了。"

"凡人。"伊彦宇迦的语气有种奇怪又绝望的音调,"最后总会绕回凡人身上!"

我不明白他的意思,只能保持沉默。

"的确如此,夫君,日暮之子似乎总会卷入我们在这块大陆上经历的最关键时刻。"阿茉那苏斟酌着字句,"至于原因,暂时还无法断定是凡人的问题,还是他们引发了我们自身的问题。但乌荼库及其麾下的贺革达亚已然认定,凡人是我们的敌人。我判断,这个结论在将来的日子不会生出好结果。"

阿苏瓦的城主如此亲近地在我面前说出这些观点,听得我不知所措。而且,面对这古怪的新情况,我依然无法断定边界在哪儿。不过阿茉那苏的话让我想起一件事。"大人,夫人,请恕我大胆。"我说,"有件事一直在困扰我,现在说出来似乎刚好合适。那位贺革达亚医师吉筌花很长时间待在我主君身旁,常对着他的耳朵窃窃私语,但听

# 第三章 白墙

见我进去就不说了。"

"很高兴你能告诉我们。"阿茉那苏说,"但你不用担心。哈卡崔十分明智,不会相信乌荼库手下巫师的话,无论他说了什么。"

事实证明,她说得对。然而她有两个儿子,她的断言对一个儿子正确,对另一个儿子却错了。

这次接见似乎结束了,于是我鞠躬行礼,打算离开,却发现还有个意外在等我。伊彦宇迦说:"等等,扈从,我们唤你来还有个原因。"

"尊长请吩咐。"

"听说我们的儿子曾去找过奈琦迦的'放逐者'仙尼箴,并按他的建议杀死了黑朵荷贝。我们听说,'放逐者'在许多个大年之前,消灭狡虫的威胁时也被烧伤了。"

"是的,守护者。仙尼箴有只手严重受伤。"

"回去找他。替我把这个交给他。"伊彦宇迦从手上戴的戒指里摘下一枚,是一枚打磨光滑的巫木戒指,雕刻成缠绕的玫瑰花丛,上面每根刺都是一块闪亮的石榴石片。"这枚戒指曾经属于间吉雅娜的丈夫伊尼崔。告诉仙尼箴阁下,这是我的礼物,请他来阿苏瓦做客,我们将盛情款待他。把我们儿子受到的苦难告诉他,请他来向我们传授他掌握的所有龙血知识。"

我满怀敬畏地接过戒指,同时也因受托交付如此圣物而受宠若惊。"夜莺"间吉雅娜的丈夫伊尼崔是土美汰的守护者,当时那个地方未被冰封,仍是我主君一族的第一大城。

"尊长,听从您的吩咐。"我说,"可我担心'放逐者'不会来。他给我的印象固执至极……"

"够了。预言不是你该做的事。"伊彦宇迦疲倦又厌烦,看都不看我,只是盯着自己的一双空手,"若你真如自己声称的那么爱戴你的主君,就能说服仙尼箴来找我们。多年来,'放逐者'不论在他自

157

己族民的城市,还是在我们的城市都不受欢迎。告诉他,只要他来协助我们,那种日子就会终结,他余生都将受到支达亚的礼待。"

自有记忆以来,我对主君的爱戴与忠诚就是我人生的核心,如今听到守护者质疑这份感情,我承认自己十分震惊,而且肯定写在脸上了,因为阿茉那苏也开口说话了。

"忠诚的琶蒙啊,按守护者的吩咐去做吧。"她说,"跑这一趟没有坏处,但有可能带来许多好处。"

对我却没有,我焦躁地想,在我主君最危险的时刻,我却离开了他。但我只能再次鞠躬行礼——我还能怎么办?——并说我会马上出发。我离开房间,心情比来时更烦乱,几乎没听到阿茉那苏亲切的道别。

我去主君房间向他告辞,但哈卡崔仍在熟睡,不知道我在身旁。一如既往,苍白盲目的吉筌也在。他的侍童鸥穆手捧一杯热气腾腾的安神药,是刚刚哈卡崔喝剩下的。

"别担心,小换生灵。"歌者对我说,嗓音有如裂缝的笛子,"我们会把你主君照顾得妥妥帖帖,你尽可放心。"

他身旁那个不眨眼也不说话的身影点点头。

※

屠龙大战之后,我主君当然不能骑马了,所以我决定骑他的战马霜鬃前往鸦栖堡。把马鞍放到它背上时,我想起了可怜的海沫——它的尸骨还在龙谷里腐烂——不禁伤感片刻。阿茉那苏和伊彦宇迦已派出队伍,去山谷收回支达亚的遗体,比如我们第一次遇到冷龙时惨遭杀害的幽荷。但令我伤心的是,他们并不打算接回海沫或其他骏马的尸体。我之所以怀念那匹母马,还有个更小、更自私的理由:霜鬃是匹桀骜难驯的战马,对我向来不如对主君那么顺从。

我骑行多日,终于来到日阶山脉北部边缘、灯塔峰的阴影下,指

## 第三章 白墙

挥霜鬓再度踏上陡峭的山路。上次来这儿还是几个月前,然而世事变化如此剧烈,以致初来时的情景恍如做梦一般。

我来到高耸的鸦栖堡前,凡人守卫出来查看。和初来时一样,他们带着同样的神秘气息,不过还是开门让我进去了。

盎娜夫人在昏暗的门厅迎接我。这里只点了几支火把,阴影比火光更多。在阿苏瓦重新住过一段日子再来,此地的幽暗不禁让我咋舌。当然了,仙尼篦尊长是贺革达亚,只需很少光照,所以我猜测,大屋的幽暗是为抚慰他的思乡之情,毕竟奈琦迦是建在石山深处的城市。

盎娜见到我,露出微笑。我看到她也由衷地高兴。"欢迎回来,扈从。"我鞠躬行礼时,她说,"没想到这么快就能再次想见,你能来真是件美事。"

"夫人,您真亲切,愿您与您夫君——当然还有韶丽小姐——身体安康。我为阿苏瓦的森立之主和守护者送来一条给仙尼篦尊长的口信。"

她点点头。"我们会告诉他的。不过你远道而来,让我们先给你送上饮品和食物吧。"

我们在大厅长桌前并肩坐下,除了门边沉默的守卫再无旁人。我吃着面包、奶酪和冻肉,盎娜夫人喝着蜂蜜酒。"我永远习惯不了这东西的味道。"她说,"不过,在寒冷的夜晚喝上一杯很舒服。而且山上很难弄到上等葡萄酒,我们的库存总是不够,真怀念以前容易找到的日子。"

"夫人,您在哪里长大?"

"同亲爱的韶丽一样,在海边小镇达-约索加。"她拍拍我的手臂,"那里也是我遇到夫君仙尼篦的地方,但说来话就长了。你若想听,改天给你讲讲。现在你刚到,一定很累,先算了吧。"

除了几位安静的凡人仆从像幽灵般在阴影中走动,我们像是城堡中唯一的生灵。"尊长会来同我们一起吃饭吗?"

"今晚不来。"她说,"他正处于一次深沉的情绪低谷中。"

我提出下一个问题。早在我再度见到这座城堡的城墙之前,它就在脑海中盘桓许久了。"韶丽小姐呢?她还跟您在一起吗?"

她的笑容像是早已料到我会有此一问。"在啊,氪斯。但她上床睡觉了,让我代为问候你。你明天就能见到她。"盎娜夫人用探寻的目光久久地看着我,让我有些不自在。"你有没有考虑过先前我们讨论的事?"

"夫人,您指什么?"我嘴里问道,心里却明白她的意思,"先前我跟随主君两兄弟在这儿做客时,我们聊过很多话题。"

"啊,对了,你那可怜的主君。"她摇摇头,"我们的消息是买卖货物时捎带的,所以并不灵通,但偶尔也能听到一些。我听说了他的遭遇,替他十分难过。"

用"遭遇"形容那悲惨的日子实在苍白无力,那一天将永远存于我的记忆,至死方休。"他活下来了,"我说,"但仍受折磨。事实上,这正是我来的原因,来向您丈夫求助。"

她面露烦恼。"我猜到了,尽管我半心半意地希望你是为看望我和韶丽而来。我跟你说过,我们客人很少,尤其是同族的客人——我们的族民。"

她的话悬在半空,而那正是我想避开的话题,不是因为它毫无意义或冒犯到我,而是我不知道该如何回应。"我记得,盎娜夫人,我记得您说过的事。我依然为自己不会说本族的语言、不了解更多本族的历史而羞愧。"

"氪斯,你说得好像我们的祖先是随着华庭一起消失的陌生族裔似的,然而梦海就像你的血液和骨头,仍是你的一部分,是我们每个贺革达亚的一部分。"

她的话点燃了我心中的火焰,最初微弱,但很快就旺盛起来。小

## 第三章　白墙

时候，母亲曾提过梦海，但我没能把她的话记全。她去世后，我问父亲那段回忆是什么意思，但他不准我再提起。

"夫人，您说梦海是我的一部分，这是什么意思呢？这种说法我不是第一次听到了，但我什么都不记得。"

她望向我的眼神真的十分惊讶。"氪斯，那是我们的起源之地。不然你主君为何说我们是'海洋之子'？我们一族诞生于华庭周围的大海。"

诞生于大海？我不明白。母亲也这么相信吗？"但我在成长过程中从未如此听说，夫人。事实上，我接受的教育几乎没有跟……跟本族相关的知识，只知道我们乘坐八艘舰船从华庭而来，侍奉是我们的光荣与责任。"

"你是指，侍奉我们的支达亚——以及贺革达亚——主君。"

我耸耸肩。"夫人，那就是我出生的世界，如今我生活于此，将来也一样。我主君待我很好。"

她漱了漱口中含的一小口饮品。"我爱蜂蜜，"她突兀地说，"可这蜂蜜酒的味道为何总是怪怪的？"她咽下最后一口酒，放下杯子，"现在你吃过饭了，我带你去你房间可好？"

我本以为这种事该由仆从做，可能惊讶都写在脸上了。"夫人，您太亲切了。"

她随意地摆摆手。"相信我，氪斯，有客来访绝对是件赠礼。我先前说过，我是自愿选择夫君和这种生活的，并不会反悔，但这日子很难过。韶丽来陪我之前，我常在城堡里游荡，像个鬼魂。"她被自己阴郁的用辞逗乐了，"别担心——我不会逼你不睡觉陪我聊天的。"

她带我来到客房门口，说了句奇怪的话。"氪斯，见到我夫君之后，请尽量宽待他。这一切对他十分艰难。"

我从她手里接过提灯，走进房间，躺进舒适干净的床铺，又花了好长时间试图理解她最后那句话的含义，直至终于睡着。

※

韶丽小姐下楼吃早餐时，身穿一件绣有漂亮花纹的羊毛长袍，脚踩一对兔毛拖鞋。必须承认，这家人不拘小节的风格让我觉得十分好笑——我可想象不出森立之主及其夫君伊彦宇迦身穿睡衣的样子——但能见到韶丽，让我很开心。她的浅色头发绾在头顶，用银色发针固定，但有几缕卷曲的发丝松脱下来，垂在脸旁摆动。

"扈从，很高兴跟你再次见面。"我鞠躬行礼时，她说道。

"我也要真心诚意说同样的话，韶丽小姐。"自从第一次相见，我经常想起她，尤其是从阿苏瓦来这儿的路上。我感觉自己盯着她的目光有些失礼，赶紧转身看向盎娜夫人。"您夫君会来一起吃吗？"

她摇摇头。"不会，我的朋友。他还在忙，晚些可以见你，听你讲讲来此的目的。在那以前，恐怕你必须接受只有我俩陪伴的现实。"

她当然是在开玩笑。她们二位都是十分出色的伙伴。我们一起吃面包，喝蜂蜜，还有些我没吃过的浆果。有那么一小会儿，我差点忘记自己来此要做的悲伤任务。韶丽讲起妖精岩镇一个骄傲的呢斯淇家族的趣事，盎娜夫人则向我打听阿苏瓦的生活及其统治者的情况。

"他们说，世上再没有比东望城阿苏瓦更美丽的城市了。"她说，"真希望我能亲眼看看。"

"夫人，诚恳地说，那是我见过最美丽的地方，而且我相信，那里欢迎您去做客。阿苏瓦的城主已经保证，您丈夫肯帮哈卡崔大人，他会被敬为上宾。"

她再次露出悲伤甚于欢乐的笑容。"氪斯，我不这么认为，但这是个美好的愿望。"

吃完早餐，盎娜夫人带我们走到外面的露台。阳光普照，我们脚下的山坡新草如茵，野花盛开。山下周围的小山峰上，正值花期的山楂树微微闪光，浅白色花朵星星点点，如反季节的雪花。到处都是游

# 第三章 白墙

荡啃草的绵羊,犹如落在地上的云朵。盎娜喊来一个凡人仆从,要来更多蜂蜜酒。我们三个一起喝酒,观看云影掠过牧场。

"真平静啊。"我说。许久以来——记不清是多久了——我心中责任的鼓声头一次稍显平息,让我有种小小的满足感。

"是啊,平静。"堡主夫人说,"可惜冬天苦寒,家中人丁不旺,我有时觉得很寂寞,我跟你说过的。"

"寂寞?有我在这儿逗你开心的情况下?"韶丽佯装不满,"某些人就是不知足。"

盎娜哈哈大笑地抱住她。"亲爱的,你是最棒的伙伴,但你明白我的意思。"

韶丽捏了她朋友一下。"我当然明白。"她望向我,忽闪忽闪地眨着明亮的眼睛,"我们经常聊天,说有更多访客能来该多好。"

我不禁再次想到,或许我只是她们的消遣,或许她们对待任何访客都是这样友善而热情。但我突然意识到,这个想法毫无意义,于是竭力将它推到一旁,转而享受阳光和陪伴。然而不知怎么,我那短暂的忧虑似乎打破了这一日的平衡,盎娜夫人突然严肃起来。

"我们一族如此寂寥,真是可悲。"她说,"我指的是像我们这样,能独立思考、自主行动的同胞。奈琦迦还有很多分支,他们的外貌因其从事的工作而被塑形,被驯化得不比动物强多少。"

"塑形?"我惊讶地问,"什么意思?"

"记住,"她说,"氪斯,我们是梦海之子,天性就能变化。甚至还在华庭时,凯达亚主君就开始利用我们的天性,把我们培育成负重的牲畜或者活工具,比如'掘石工'。"

"掘石工?"这个词既新奇又震撼,"您指那些著名的建筑工匠,能把坚硬岩石像湿润黏土一样捏成各种形状的生灵?他们也曾是庭叩达亚?"

"是啊,无论经过怎样的改造,他们仍是庭叩达亚,仍是瓦傲

——这是我们为本族取的名字——正如你、我和韶丽一样。他们的身体被强加变化，但这改变不了他们的思想和精神。不过有些同胞不大走运，像'搬运工'那种，连自我意志都被剥夺，只为把他们变成更有用的奴隶。而且，那样利用我们的不光是乌茶库的贺革达亚。"她表情严厉，甚至有些愤怒，"这块大陆的九大城市全是我们一族建造的，他们为那些杰作立起的远远不止坚固的柱石。创造你家乡阿苏瓦光辉墙壁与高塔的，基本都是瓦傲。氪斯，你主君在这一点上似乎对你有所隐瞒。"

"我不相信。我主君哈卡崔从来不对我撒谎。"

"撒谎和避而不谈真相是两回事。"

我求助地望向韶丽，仿佛希望她能反驳叁娜夫人。但她只是兴致勃勃地看着我。

"我不想非议你的哈卡崔大人，"叁娜续道，"也不怀疑他对你的善意。但是，哪怕最正直的支达亚，面对我族遭受的可怕待遇，也从未大声反对过。哈卡崔的沉默也许是出于羞愧。"

我连连摇头。"叁娜夫人，这让我无法接受。"

"我知道，氪斯。然而我们中间，还能记得那段历史并愿意说出来的同胞太少了。而你，侍奉着当今最有权势的支达亚贵族之一，并且受到宠爱。我希望你能背负起那段历史，而不是快乐——且危险地——一无所知。"

危险？听完她的话，我沉默下来——这也在情理之中。两位女士转而聊起更平常的话题，凡人仆从、天气、我两次到访之间来过鸦栖堡的客人。但叁娜的话仍在我脑中盘桓不去。

"夫人，我们谈得越多，我发现自己知道得越少。"最后我对她说，"还有件事我没想明白，可以问问您吗？第一次见面时，您说过您的名字叫飒-努言·叁娜，'努言'这个姓在瓦傲中很常见吗？"

"不常见，氪斯。"她回答，"我的姓氏说明我是那支血脉的后

## 第三章 白墙

裔,正如你的姓氏表明你是琶蒙家族的一员。"

"我家族只有我们一家,夫人,而'航渡者'努言举世闻名!您真是他的后裔?"

"我一向这么听说,也如此相信。也许正是这个原因,让我十分关注本族的过去与未来。"我还来不及问其他事,盎娜夫人便从凳子上突兀地站起。"韶丽,来吧,"她说,"是时候让我们的朋友氪斯把消息带给尊长了。你我必须换上得体的衣物。看啊!都快中午了,我们还穿着睡衣。"

韶丽打个呵欠,伸伸懒腰,虽然没什么仪态,但在我眼里——哪怕我心绪烦乱——依然充满魅力。"又喝酒又聊天的,我都累了。"她说,"我还是回去睡觉好了。"

"不行,"盎娜假装严厉地说,"我们要算这个星期的账,还有,厨娘要我跟她查看食品室,好做下次下山去集市采购的计划。不过首先,把我们的朋友送去仙尼箴阁下的休息室吧。"

"尊长在等我吗?"我问。话题转得太快,让我有点晕头转向。

"他叫我们中午送你过去。"盎娜说,"时间到了。韶丽带你去。如果我夫君第一次没回应,就再敲一次门。这段日子他经常远游——我是指他的心神。"

盎娜与闺蜜交换一个意味深长的眼神,我猜,应该是韶丽也有话要对我说。可她领我穿过城堡,走到塔楼下,爬上楼梯,一路默默无言。来到沉重的橡木房门前,她停下脚步,看着我。我做好了聆听悄悄话的准备,但韶丽只是点点头——更像对她自己而不是我。"琶蒙·氪斯,希望你离开之前,我们还能再见面。"她轻声说完就走了,留下我一人站在门口。我有些莫名其妙,但眼下必须先完成本次出使的任务,于是敲敲门。我正准备敲第二次时,仙尼箴声音响起,叫我进去。

塔楼房间内,所有窗户都被挡住,只有一根蜡烛立在一张小桌的碟子里燃烧。仙尼箴尊长坐在桌旁的高背椅里，穿着惯常的黑衣，低头、缩肩，以致第一眼看上去像只乌鸦，甚至蝙蝠。他的白色长发编成辫子，在脸庞两侧像窗帘般垂下。这房间一定是他的图书室，墙边书架上堆满各种书籍和羊皮卷。

"说吧，来自阿苏瓦的扈从琶蒙。"仙尼箴见我进来，既没有特别高兴的表情，也没有生气的意思。事实上，他对任何访客和聊天这种俗事似乎都毫无兴趣。我明确地感觉到，我在他宁愿独处的时刻打扰了他，于是鞠躬行礼，用所有恰当地表达敬意的礼节进行问候，然后转达守护者伊彦宇迦和阿茉那苏夫人的邀请，并把伊尼崔的玫瑰戒指放在他身前的桌上，作为我传达消息的证明。

"告诉他们，我不去。"我说完后，他一边回答，一边用食指指尖推开戒指，似乎不想碰它。

如此直截了当的拒绝，惊得我目瞪口呆站了很久。"尊长，还有其他话需要我转达吗？"我最后问道，"您是否知道，哪些药物或疗法能缓解我主君的疼痛？毕竟您跟我们说过，您也被龙血烧伤，给我们看过您的手。"

直到这时，仙尼箴尊长才头一回用正眼看我，仿佛听我说完才记起那天的情景。"没用的。"他说，"没有办法。"

"我不明白，尊长。"

"为什么不明白——我说得还不够清楚吗？"他扯下残手上的手套，将烧坏的断肢朝我伸来，"有时候，这只手疼得叫我没法忍受。三个多大年以前，它被狨虫的血溅到——远远在你出生之前——然而有些日子，痛楚仍然强得仿佛刚刚受伤。你主君伤得更惨。"他摇摇头，"但那还不是全部。虫血……有魔力，可怕的魔力，能让你脑中充满各种念头，甚至侵入你的梦境。你主君没说过他做的梦吗？"

"说过，但发烧时本来就爱做梦啊……"

"不是那种梦。我说的梦会向你展示别的地方——甚至其他世界。

# 第三章　白墙

这种梦能告诉你其他人的想法，或者将来会如何。"

"尊长，您……您也做过那样的梦？"

"不是每天，但我做过。就像痉挛，你无法预料何时会发生，直到它落到自己身上。有时是种狂喜，仿佛挣脱生命的枷锁，走出去，沐浴在星海之间。另一些时候则是可怕的幻象，紧紧攥住我，以致心脏快要炸裂。但是，疼痛——血肉被焚烧的感觉——不会长时间止歇。恐怕你主君也一样，甚至更惨，毕竟他伤得比我重。"

我自己碰到龙血后的疼痛已消散许多，于是心中仍抱有一线希望，觉得总有一天，主君的伤势也会渐渐好转。仙尼箴的话如一记重拳打在我身上，我可能真的摇晃着倒退一步。"您是说，我主君永远都无法痊愈了？"

"正是如此，扈从。我还有一层意思，从某种角度看，你认识的主君已经死了，死在那个叫龙谷或其他名字的悲惨之地。他永远无法复原了。黑色的虫血已侵入他的身体，目前无药可治，否则我会知道的。"

我几乎无法呼吸。"他的剧痛永远不会消散？"

仙尼箴抬起戴着手套的手，做了个手势。"哦，疼痛只是其中最微不足道的部分，虽然断断续续，但永不消散。阿苏瓦的医师也许有办法稍稍缓解。"

我一定在用极为失礼的目光瞪着他，但这一刻，我简直无法思考。"尊长，您往我身上压了一副如山重担。"我终于挤出话来，捡起阿苏瓦城主送来的巫木戒指，"您不肯去阿苏瓦，而您要我带回的唯一一条消息，是说哈卡崔大人完全没有希望了。"

他刺耳地笑了。"那你还想怎样？因为我受过类似的苦，就能去阿苏瓦，给他涂上某种秘方药膏，叫一切恢复正常？"放逐者起身走到窗前，仿佛目光能穿透遮窗的厚重帷帐。"你主君一族至今没给过我好脸色，甚至连礼貌都没有。而我可以放下自己对他们的嫌恶，对你实话实说:不管我说什么、做什么都帮不了他。我没法说得更清楚了。"

"这就是您的全部回答?"

"必须是。"

"您就没找到办法,缓解您自己伤口的疼痛?"

他抬起双手。我的目光忍不住落在血红色的畸形手指上。"没有。巫木太像龙血了。任何类似肯-未利、用巫木制成的药物最终都会失效。渐渐地,你主君的医师也会发现,那些粉末将无法再缓解他的痛苦。"

我无比绝望,差点没听清他的话,过了好一阵子才反应过来。"巫木像龙血?仙尼箴尊长,这是什么意思?"

"是我的研究结论。"他朝着墙边的书架挥挥残肢,"受伤之后,我读遍了所有能找来的关于虫血的书,并跟各个领域、各个种族的医师往来通信。对于它导致的恐怖疼痛,以及它缔结的连接烧伤之躯与梦境之路的羁绊,我已经了解了很多。"

"我还是不明白。黑虫那种野兽的血液,怎么会像巫木?"

"因为它们都诞生于华庭的生命核心——诞生于梦海。"我刚刚才听盎娜提过这个词,这么快又听到一次,不由惊在当场。仙尼箴重新坐下,似乎突然觉得很累。"你的同族也许会比我理解得更加透彻,甚至有人说,你们也诞生自那片失落的海洋。不过,就连与我分享知识的庭叩达亚医师也找不到方法治疗这种烧伤,尽管他们同意二者确有关联。"

"关联?"这么多新概念听得我晕头转向,但都不如仙尼箴拒绝帮助我主君打击更大。

"我们在无意间带到这块大陆的龙,同我们有意带来的巫木——那是我们在华庭繁衍生息的关键——的确有关联。"他把手套戴回伤痕累累的手指,"我说累了。扈从,回阿苏瓦吧,把我的话转告给他

## 第三章　白墙

们。你可以向大人和夫人保证，我既没有说谎，也没隐瞒任何能帮助那位伤者的事。我帮不了他，我连自己都帮不了。"

尽管我心乱如麻，还是尽量遵从礼节，鞠躬道别，然后自行退出。我最后看到，"放逐者"仙尼箴盯着自己受伤的手，仿佛那是件身外之物。

※

我和盍娜夫人、韶丽小姐一起度过傍晚。仙尼箴给了我很大打击，所以我肯定不是个令人满意的同伴。我讲了些他对我说的话，除此之外，满脑子都是我的主君，根本无心聊天，哪怕对面是两位和蔼可亲的女士。我本以为，不管仙尼箴愿不愿意帮忙，主君遭受的悲惨折磨至少能随着时间好转。可现在，我必须告诉他，鸦栖堡也没有缓解之法，或许整个世界都没有。

我向两位女士道歉，早早上床去了。她俩虽然失望，但很体贴。

第二日上午，我在马厩做出发的准备。正当我心情沉重地收紧霜鬃的鞍带时，听到有人喊我的名字。我抬起头，看见韶丽站在马厩门外。

我在桶里洗净双手，朝她走去。此时我的精神比送主君回家那时还要消沉，但她的到来让我振作少许。我走出昏暗的马厩，看到她沐浴在晨光之下，就如在干涸的群山间发现一条隐秘的小溪。

"听说你要走了，"她说，"我来送你。"

"我本打算当面致谢和道别来着。"

"夫人今天不大舒服。仙尼箴尊长还在塔楼房间里。"她浅浅一笑，"你道别的对象只有我一个，我来了。"

因为要给主君带去坏消息，我的心情本来就很悲伤沉痛，再想到可能永远没机会见到这位漂亮聪慧、善解人意的年轻女子，心就更碎了。"见到你真高兴，韶丽小姐。世上能有你和夫人这般善良的人，让我稍感宽慰。"

"我们是你的同胞。"

"是啊,我的同胞。请不要以为我自以为是,可在阿苏瓦,其他庭叩达亚还不如我主君一族跟我合得来。所以,我在这里有种奇怪的归属感,真有些舍不得离开。"

"我们也舍不得送你离开,氪斯。"她边说边从袖子里抽出一封信,上面有蜡封。"这是夫人给你的。我要代她向你致以最亲切的问候,祝你一路顺风。当然我也是。"

她似乎还在等我说些或做些什么,但我想不出恰当的回应,只好接过信,鞠了一躬。"告辞了,韶丽小姐。"我说,"我会永远记住并怀念在鸦栖堡度过的时光,但我必须给主君送去仙尼箞尊长的消息。"

韶丽瞪着我,涨红了脸,像在生气并要痛骂我一顿,甚至诅咒我。但片刻后,她强迫自己的表情恢复平常。"芭蒙·氪斯,你真是个傻瓜,"她淡淡地说,"但这不都是你的错。我会想念你的陪伴。"她转过身,穿过庭院,丢下我莫名其妙、又无比伤感地盯着她的背影。

※

既然不能带仙尼箞回去,我回阿苏瓦也不必太着急了。我一边骑马走下鸦栖堡的山坡,一边读着盎娜夫人的信。

致忠诚的扈从芭蒙·氪斯:

很遗憾,今早不能送你离开。我不舒服,请原谅我只能用这封信替你送行。

必须坦白,我从未相信你能说服我夫君与你同去。想吸引他离开这里,仅凭阿苏瓦两位城主那突如其来的邀请还远远不够。他选择偏远的鸦栖堡是有原因的。他就像受到惊吓而不愿离开巢穴的动物一

## 第三章 白墙

样,不愿离开此地。

不过我知道,这番话对你协助主君的任务没有帮助,所以我要给你个建议。

我明白,你主君的健康是你的首要职责。如果哈卡崔大人要继续寻找治疗痛苦的药方,我建议他不要轻视从我们的庭叩达亚同胞——亦即氪斯你的同胞——那里获取帮助的可能性。我丈夫咨询过他认识的医师,然而在这广阔的世界上,瓦傲医师何止那么几个?生活在凡人城市纳班的呢斯淇中就有好多位。他们与你主君一族在许多方面都有不同,对于他悲惨的状况,或许有些观海者医师掌握着他本族不了解的知识。据说当初在失落的华庭,龙最早就是在梦海中出现的;而在我们最古老的传说里,瓦傲也来自于梦海。另外,凡人也有可能发现不朽者不知道的新疗法。如果你主君确实希望得到救治,那就南下前往如今属于凡人的土地吧,那里并非世界上最糟糕的地方。

祝你好运,也祝你那不幸的主君好运。我知道,他对你十分重要。希望你不久后还能回来看望我们。我们很喜欢你的陪伴。

她的署名是:你的朋友,鸦栖堡夫人,盎娜。

同第一次与仙尼箆小领地的住民交往后的感觉一样,我又糊涂了。盎娜在信里说"我们很喜欢你的陪伴",韶丽刚才却当面骂我是傻瓜。我仰慕韶丽,似乎她也很享受我的陪伴,可要据此相信,她不仅仅把我当成孤清之地一个愉快的消遣,未免有点自负了吧。即使她真对我有感情,甚至可能发展得更深,但我们第一次见面时不是已经说得很清楚了吗?我离不开哈卡崔大人,她离不开盎娜夫人,所以我俩之间又怎么可能发展出超出友谊的关系?

我已宣誓把生命献给主君,一生侍奉他。也许正如韶丽所说,这么做很傻。也许盎娜夫人对我主君一族滥用敝族同胞的暗示是对的。即便如此,我也没法从爱戴与荣誉的束缚中解脱。

这一晚，我在路边扎营。母亲身穿哀悼的白衣，眼睛上绑条亚麻遮眼布，来到我的梦中。"我的孩子，"亲爱的幻影说，"我永远是你的一部分，正如梦海一样。"醒来时，我以为只是盎娜的话导致夜有所梦罢了。可如今，历经沧海桑田后再回想起来，我相信那确实是我的记忆，并庆幸自己记住了它。

我直到水獭月初才回到阿苏瓦，走到城墙下时，正好遇到哀伤的殓葬队从龙谷返回，便站在城门旁等候。一辆辆马车驶入城中，车上载着被黑朵荷贝杀害的幽荷等支达亚，遗体已经裹好。有民众等候在聚会庭，向死难者致敬。接他们回来的队伍还带回一件算是战利品的东西——黑虫的头骨，单独用一驾马车载着，走在队伍末尾。市民们看着它经过，没有厌恶的叫骂声，只有悲戚的面容与沉默，好多脸上用灰烬抹过双眼，绘成表示哀悼的面具，一双双金色的眼眸在灰暗中闪闪发亮，犹如古老洞窟里的宝藏。

我把霜鬃交给马夫，立刻赶往主君的卧室，却在门前被几个支达亚仆从拦住。我急了，跟他们争执起来，但他们既不肯放我进去，也不说明为何拦我。正当我哀求他们放我进去看他时，房门开了，主君的卧室里走出一个高挑的身影，正是哈卡崔的妻子卑室呼。看到她，我的心更沉了，生怕出了什么可怕的事。

"琶蒙·氪斯，"她的声音柔和但严厉，"为何在这儿吵闹？"她的表情本该让我稍微放松下来——我没看到哀悼或沉痛的迹象——但我经常看不透主君一族的情绪。

"我主君哈卡崔怎么样了？我刚刚回来。为何不能进去看他？夫人，请您告诉我吧。"

她抬起修长的手指，做个要求安静的手势，然后打开门，让到一旁给我看。

## 第三章 白墙

我主君平躺在床上，双目紧闭，但我看不出他情况如何。一个全身白色的身影坐在他旁边的凳子上，身形太过修长，应该不是奈琦迦的歌者吉蓥。一时间，我想起母亲幽魂来访的梦，心中充满恐惧，然后才看清，坐在主君身旁的苍白身影并不是我去世已久的母亲，而是依然健在的哈卡崔母亲阿茉那苏夫人。森立之主张开手掌放在他胸膛上，我能听到轻柔的喃喃歌声，还能感觉到房间里的空气有种沉重感，仿佛我吸入的是比平时填满胸中的气体更实质的东西。然后，"银辫"卑室吁关上房门。

"你看到了，他母亲跟他在一起，正在竭力缓解他的痛苦，所以你被拦在外面。扈从，你不必担心成这样。"

"我不知道阿茉那苏也是医师。"我一边说，一边努力平复心情。

卑室吁轻轻笑了，但显得十分疲倦。"她可是森立之主啊，扈从，能做很多事。最近她经常来，努力帮助他。现在她唱的是最强力的歌之一，用《休养真言》保护他对抗疼痛。"

"我不在时，他的疼痛恶化了吗？"

她的笑容消失了。"有一点。让我们看看阿茉那苏夫人的治疗有没有效果吧。"

我在走廊等了一个多小时。终于，门内歌声停下，森立之主离开主君床边，走出房间，面容憔悴，脚步摇晃，显然《休养真言》消耗了她极大精力。卑室吁上前扶住她的手臂，带她回自己房间。阿茉那苏的金眸同我短暂对视一下，但没跟我打招呼，甚至像没认出我来。她看上去像是勉强打赢一场艰苦卓绝的战斗，但心里明白最终将输掉整场战争。

卑室吁和森立之主离开后，我冲进房间去看主君。房内依然弥漫着奇怪的感觉，像是突如其来的夏日风暴后的空气，还有股萦绕不去的奇怪味道，又辣又甜，类似玫瑰花瓣和徘吉拉雪松灰的混合气味。哈卡崔似乎睡得很平静，但我忘不掉刚才在他母亲脸上看到的挫败表情。而且，一想到还要去找守护者归还戒指并转达仙尼箴的意见，我就头疼。

"我在路上一直担心您。"主君醒来后，我对他说，"森立之主的歌有没有缓解您的痛楚？"

"虽然难受，但痛楚不过是身体的一种感觉而已。"事实上，他的气色比我出发前要好一些，只是表情有些困扰，"母亲的歌有些效果，但我这伤的另一个后果，就连森立之主也无能为力。琶蒙，虫血以很多奇异的方式改变了我。我感觉好像多长了一套眼睛和耳朵，能看到以前从未见过的东西、听到被龙血烧伤前从未听过的声音。而且睡着以后，梦里的情况更加诡异。整个世界仿佛在我身下滚动，向我展示一切，然而视野过于广阔、过于强烈，我常常看不懂。"

"主君，这话听起来像是还在发烧。"

他摇摇头。"没这么简单。按你所说，仙尼箴应该比多数人更能明白我的意思。可惜他不肯来，不然我可以跟他学到很多。"

"也许吧，主君，但他心中怀有许多怨恨。对于仙尼箴的过往，除了您和他家人跟我讲过的那些，其余我一无所知。但他给我的印象，是他不会忘记任何伤痛。"

主君苦笑一声，随即疼得龇牙咧嘴。"是啊，我认识一个类似的家伙。太像了。"

"不管怎么说，"我说，"主君，看到您慢慢恢复往日的样子，我很高兴、很庆幸。我本不想离开您，但这任务是您父母下派的，是为您好。"

他点点头。"忠心不贰的琶蒙，你没做任何需要自责的错事。再说了，你这一趟终究还是有收获的。我读了盎娜夫人给你的信。"

"主君，她应该真心诚意想要帮忙。"

"可是，去凡人那儿找……！"他又笑了，疼得紧咬牙关，"这会让我弟弟担心的一切都成真的。"他能开玩笑是好事，但也凸显了不

## 第三章　白墙

幸遭遇对他的影响。哈卡崔本如沉稳的化身，如今却像被蝇虫骚扰的马一样善变，上一刻在笑，下一刻就突然喘气或抽搐，脸庞拧成麻花，抑制不住烧伤之痛。即使他母亲刚来做过治疗，他依然受到如此严重的折磨，让我无比心痛，同时也想知道，龙血是否造成了别的变化。

"您会听取盎娜夫人的建议吗？"我问。

"暂时不会，芭蒙，我的同胞里还有很多医师，可以先找找。虽然阿苏瓦是我族第一大城，这里的饱学之士已想尽办法，但谁能说弘勘阳、甚至奈琦迦找不出比我父母宫中更有学问的学者呢？"

"主君，您要去奈琦迦？"我震惊地说，"去'银面'乌荼库的王宫？"我忍不住琢磨，这个念头是不是歌者吉筌塞进我主君脑子里的？

"去奈琦迦？真是个蠢问题。"他严厉地看着我，但我看出这眼神之下有更深层、更吓人的情绪在涌动。这时我才第一次明白，光是保持这往日模样的幻象，就已经花费了他巨大的精力。我想起仙尼箧的警告，他说，也许我再也见不到曾经熟悉，既是我的主君、又是我的英雄的哈卡崔了；龙血对他的改变永远无法还原。"若能找到让我变回自己的药方，我愿意去任何地方，"他说，"不论哪里。"

※

于是回阿苏瓦没多久，我又要准备另一次旅行。我感觉自己有点像哈察岛的太阳鸟，传说它没有脚，只能一直飞翔，至死方休。但我不能让哈卡崔没有我的陪同就去外面的世界，所以藏起疲倦，做好准备。

令我惊讶的是，伊奈那岐坚持陪我们同去奈琦迦。尽管他爱哈卡崔，但我怀疑，伊奈那岐也要跟去的最主要原因，是他在阿苏瓦城中并不快乐。虽然当面不说，但好多市民把他哥哥重伤怪在他头上。至少相对我主君来说，伊奈那岐的脸皮一向很薄。

仲夏后不久的狐狸月初,是北方天气对旅行者最友好的季节,虽然我主君宁愿深冬才去,队伍还是出发了。"琶蒙,我母亲尽力了,可最微弱的阳光照射也会让烧伤更疼,"他第一次试着离开卧室后对我承认,"感觉像把我的血肉放到烈火上烤。"

他并没有夸张。前往奈琦迦途中,几乎整个白天,甚至清晨或黄昏,哈卡崔都待在封闭的轿子里。有时他会被搬到马车上,但其他时候,要是路太难走,仆从会用轿子抬着主君步行。最难受的日子里,哈卡崔连轻如鸿毛的袍子都穿不上。我必须为他脱下衣服,让他赤身躺在轿中的小床上。甚至脱了袍子,他仍呻吟不止,仿佛我们包裹他的不是丝绸,而是荆棘。

在这漫长而悲痛的旅程中,我们走的是古路,如今已很少使用,毕竟来往阿苏瓦与贺革达亚领地间的旅客太过稀少。其中有些道路仍能通往支达亚的居住地,因而得到维护,但在广袤而空寂的雪原,多数地方的道路已近消失。有些凡人依然住在这片沉闷、灰暗的大地,但我们见得不多,毕竟他们多数时候会远远避开我主君一族。

我们很早就看到那座大山了,但旅程远未结束,最后几天里,我们一直走在大山的视线之下。有些支达亚说,奈琦迦曾是一座火山,同被视为南方岛国古诅咒的逊·夕纳塔山一样。当初八艘舰船刚从华庭抵达时,奈琦迦还会喷吐火焰与烟雾,周遭大地都在震动。但在那之后,它沉睡了很久。不过大山虽静默无语,仍像一位生气的长者,怒视着周围那些矮小、羞怯的小山峰。

我们终于抵达外城,并沿王家大道朝大门走去。没有欢迎我们的迹象。我猜,上次有森立家族成员到访奈琦迦,恐怕是很久很久以前的事了。路旁的门窗后有白皮面庞打量我们,但都没走出房屋,仿佛我主君惨重的伤势会危及到他们似的。我们穿过一个宽阔的广场,两边排列着历经风雨销蚀的石头雕像。前方就是奈琦迦巨大的城门,有我十倍高,用巫木制成,年代异常久远,以致颜色几近漆黑,粗大的

## 第三章　白墙

青铜铰链上覆盖着死草色的铜锈。

女王的大司祭昔冀阁下在大门内宏伟的入口大堂迎接我们。他戴着面具，遮住整张脸，只露出黑色的眼睛——许多乌荼库最亲近的宠臣，从昔至今都是如此。后来我才知道，他是我们这一行能见到的最高长官。无论乌荼库女王还是她最信任的顾问，对我们似乎都没有兴趣——至少我当时是这么认为的，日后方知实情并非如此。好在，大司祭昔冀阁下的问候既恭敬又热情，叫人无可挑剔。

我们刚刚走完十分漫长的旅途，穿过贫瘠的雪原和名为"酷风高地"的苦寒多山地带，让我相当疲倦。我们在奈琦迦主层的公共街道里穿行，四下都是造型奇特的建筑，每个路口都设有雕像。我呆滞地看着它们，提不起多少兴趣。街道昏暗而宽阔，不论走到哪里，总有一张"白王子"德鲁赫——乌荼库早已过世的儿子——的忧郁画像看着我们。磅礴的泪泉瀑布从山体内某个高处垂直落下，激起的水花弥漫半个奈琦迦，汹涌的水声在主层各处都能听见，除非躲进最厚实的墙壁后面。还有其他景色——长着幽灵般白色菌类的花园，尽管屋内挤满奈琦迦居民却仍如井底般黑暗的宏伟神庙——虽然只是一瞥而过，但应同样震撼，在我眼中却像阴影一般。现如今，我为自己未能细看、甚至不曾留意的一切懊悔不已，因为我怀疑，我再也见不到那座奇异神秘、与众不同的城市了。

当然，我最担心的还是主君。临近大山时，他正处于一次最糟糕的发作期，梦境变得愈加真切，每次清醒的时间间隔拉得更长。走进贺革达亚的城市后，我们跋涉在仿佛笼罩每一条街道、每一处公共空间的飘忽水汽中，哈卡崔则在轿子里呻吟、哀嚎。这种时候，我很难安抚他，因为我根本不能碰他：主君的伤势严重发作时，哪怕最轻柔地触碰他的皮肤，他也像遭到白热铁块的灼烧。

我的心神全被他的痛苦吸引，以致不太记得跟随大司祭昔冀阁下，前往为我们准备的住处的过程，只知道我们缓缓走过很长、很宽的礼仪台阶，爬到上层市区，走进一座房子。从外面看，那房子就是块基本无窗的大石头，里面则是阴暗的迷宫。

接下来的日子里，我很少离开哈卡崔大人身边。期间有很多医师，甚至几位奈琦迦贵族过来看他。至于我，先前银色家园和天镜湖的贵族虽然多数时间并不理我，但至少会以重要仆从的礼节来招待我。可在这儿，乌荼库的臣属就像看不到我一样。不过我也没什么期待——我知道，贺革达亚全当我族是奴隶——我来这儿是为了主君，不是为我自己。只要不违反职责，我尽量不理会他们，正如他们不理会我。

事实上，就算得到礼遇，我在奈琦迦也不会快乐。在女王的律令重压之下，她的臣民过得都很凄惨，多半时间沉默无语，我遇到的少数庭叩达亚同胞也都是奴隶。这里跟我去过的多数地方——包括凡人的领地——都不一样，无尽的昏暗街道完全唤不起我的探索欲望。贺革达亚生活环境的幽暗不仅源于光线匮乏，也是这座隐秘城市的精神的实际呈现。

到我们住处来的医师会仔细查看我主君：盯着看、戳他、问他问题，有时他们的兴趣十分强烈，甚至在他睡着后依然继续。睡眠是主君逃避伤痛的唯一方法，所以他一直需要睡觉。可梦境会随睡眠而来，贺革达亚对这些东西似乎也很着迷。这些观察者的首领是个叫夜挞敌的贺革达亚，听说是奈儒挞敌之子。后者是我们还生活在华庭时的大贤之一，事实上，有些说法认为，就是他放出了虚湮，导致了他自己的死亡和华庭的毁灭。尽管有这样的身世，但夜挞敌显然凭学识在女王的罕满堪家族备受重用，就像他父亲从前一样，而他对父亲可能做过的事也没露出半点愧疚之意。

在我见过的贺革达亚中，夜挞敌的皮肤最不显颜色，不仅是白，简直是透明。从特定的角度看去，我甚至能直接瞧见他的血管，以及肌肉和骨骼的活动，像看观赏鱼在浑浊的池水中游动一样。他骨瘦如

## 第三章 白墙

柴,一双黑眼睛却很大,射出令人害怕的热烈目光,仿佛眼前每样事物都能引起他强烈的兴趣,而他却并不在乎那是活物还是死物。

我们抵达后的日子里,夜挞敌大人带着他的贤哲同伴,花费许多时间簇拥在我主君床前。但与医师不同,比起病患,他们显然对病痛更感兴趣。他们甚至刮擦我主君烧焦的疤痕,用方形羊皮纸接住掉下的碎屑,折好带走。至于他们提的问题,很多让我觉得莫名其妙。"发作时,你有没有看见深红色的墙壁或窗帘?"夜挞敌问道,仿佛发烧时的梦境真有什么宝贵的信息。"你能听到说话声吗?用的是什么语言?"有些时候,一两位咒歌会大师——来自乌荼库的大法师幕会——同夜挞敌一起待在我主君床边。我尤其记得,其中一位名叫卡卡拉悖,因他极为老迈,指甲又长又黄,像爪子般弯曲。我从未听过他说话,他与歌者同伴全凭手势沟通——就是他们幕会内部使用的秘密手语。

其他照料哈卡崔的贺革达亚普通医师虽不像法师那么咄咄逼人,但他们使用的许多药糊、药膏,给他灌下去的难喝药水,都没能真正缓解我主君的痛苦。

我们在奈琦迦度过大半个山猫月。在此期间,我很少见到主君的弟弟伊奈那岐大人,不过有个医师告诉我,他是我们队伍中唯一一个受邀进入欧梅瑶·罕满喀王宫,与乌荼库女王见面的成员。会面之后,伊奈那岐来看望他哥哥,但我被赶出了房间,不知他俩说过什么。当时我主君哈卡崔正在痛苦之中,疼得几乎失去意识,所以我怀疑他没说多少话,后来也没怎么听说伊奈那岐对他说了什么。

这不是一次愉快的访问,乌荼库的地下城也不是令人愉快的地方。逗留期间,我感觉身边有暗流涌动,听到各种窃窃私语,还能看到周围的阴影。我不太明白这是怎么回事,仿佛这城市的所有居民都参与了我无法理解其主题的秘密讨论。虽然我很少外出,但雾蒙蒙的街道就像闹鬼一般,不光因为女王之子德鲁赫的肖像和纪念碑无处不在，还因为，从我切实听到的对话判断，这古怪城市的市民似乎只关心过去发生的事，崇拜如今已无可挽回的事物、地方和族民。他们相信，当下的时代只是个幻象而已，是在崇拜过程中必须忍耐的考验。

※

最后，奈琦迦医师显然无法医治我主君，于是我们决定离开。对此我一点也不遗憾。

我们原本计划往西走，去另一座大山城市弘勘阳。但伊奈那岐大人坚信去那儿没用。"女王说，留在那座城市的医师，水平远远不如奈琦迦。"

"可这里什么都没做。"哈卡崔脸色苍白，满是汗水。他刚刚才经历一次剧烈的发作。

"所以更没必要长途跋涉，冒险穿越冰冻的北方去那儿。"伊奈那岐对他说，"女王说，以前从没发生过你这样的情况，而她是我们当中最高龄的长辈，比我们大了许多、许多个大年。她说我们在弘勘阳找不到新方法。"

"大人，乌荼库女王似乎很喜欢您。"我说。

"扈从，我并不恨她。"他的语气生硬而别扭。我猜，若不是哈卡崔在场，他对我说的话可能要难听得多。"她要保护自己的族民，守卫自己的土地。"

我主君稍微撑起身子。"记住，弟弟，她的族民也是我们的同胞。"

但他用尽全部力气，也只说了这么多。结果我们没去成弘勘阳。

※

我们回头穿越仿佛无穷无尽的雪原，半路不得不停下整整两天，因为主君的伤痛太过严重，就连躺在轿子里也挨不住。第二天半夜，

# 第三章　白墙

哈卡崔身边只有我和一位阿苏瓦医师，他突然坐起来，一边疼得喘气，一边喊道："她也在帷幕后！到处都有她的痕迹！"他不顾一切，使劲儿捏住我的手，让我这天剩下的时间里一用手就疼。不过，他只说了这两句我能听懂的话，随后就开始发作，抽搐、呻吟，听得我肝肠寸断。

等哈卡崔能再次坐进轿子，我们继续穿越雪原往回走。但我们抵达大红河时，他突然从深潜般的昏厥中坐起，宣布我们不回家，改道西南去万朱涂。我表示反对，但他说："我答应了依拿扎希的继承人，说会去银色家园，为砍走他树林里的巫木树道歉。谁知道我以后能不能恢复到足够好的状态？荣誉要求我必须抓住这次机会。"

我心中一个角落打了个哆嗦。说到底，一开始就是"荣誉"把我们拖进这万劫不复的境地，尽管那是伊奈那岐的荣誉，而不是我主君的。现如今，我已对它的价值失去了信念。当我把自己的想法告诉从阿苏瓦陪我们走到现在的医师时，她看我的眼神好像我突然讲起异族的语言——她总是抓不住我话里的重点。"我当然不喜欢你主君的选择，"她说，"我为他配制镇痛药膏的原料快用光了，所以希望能直接返回阿苏瓦。但我们不能夺走他仅剩的这点东西。"

"你是说，他的命？"我竭力压住怒火，但没成功，"他走得越远，我越担心他的性命。"

她只是摇摇头。同其他医师一样，她温柔而富于同情心，但在这一刻，我觉得自己确实理解不了主君的族民，而这只是许多类似的时刻之一。

这一次，由于主君很虚弱，我们没从天镜湖和蕨光隧道进入万朱涂，而是沿着古老的白银大道上行进山，来到它引以为傲的南大门前。主君一路上都待在垂帘的轿子里。我们回来的消息已经传开，所以队伍获准进入银色家园后,地底城市的街道上挤满了渴望围观我们的市民。伊奈那岐似乎很享受这万众瞩目的感觉,但我主君几乎没开过轿帘。我知道他很痛苦,却下定决心要履行承诺。

我们终于把哈卡崔抬进谓识堂。在砂断的微光中,依拿扎希正在议事,但我没看到本应同他一起出席的共治者铠-恩羽。万朱涂城主窄长的五官凝成严厉、不悦的表情,看着哈卡崔的轿子被抬下台阶,走向巨大房间的中心。他的继承人乙阵市也在看,小心翼翼地保持着面无表情的模样。不难猜到,他容许哈卡崔和伊奈那岐在依拿扎希的巫木林里做的事已经在父子之间引发过多次争吵。

"哈卡崔大人,你终于来了。"轿子在高台脚下停好,依拿扎希说,"我跟你说过,你想杀掉那条虫,我是不会给予任何帮助的。但你还是拿走了想要的东西。你来是乞求原谅,还是想吹嘘自己的伟大功绩?"

即使在砂断时隐时现的微弱光芒下,我也能看到伊奈那岐脸上愤怒的血色。"依拿扎希,你说的是,不会派兵帮助我们,"他毫不掩饰心中的愤恨,"我们没有拿你的兵。我们拿的是一棵树——只是一棵树而已。"

"你们在我的树林里,拿走一棵神圣的华庭之根——你们偷了它!更糟糕的是,你们把我的儿子变成同谋。光凭这一点,我就该将你们永远逐出银色家园的领地,然而你们还敢寡廉鲜耻地坐在这里。你哥哥甚至不愿露面,虽然我听说他才是队伍的首领。"

"你怎敢……!"伊奈那岐怒斥,紧张的气氛随即横扫整个房间。我看到,好几个银色家园的卫兵伸手去拔武器。

"住口。"哈卡崔在垂帘轿子里说。尽管嗓门不大——他也没法大声说话——却惊得伊奈那岐立刻住了嘴。就连依拿扎希也停下了,似乎在等接下来会发生什么。轿帘抖了抖,缓缓拉开。我主君从轿子里爬起身,摇摇晃晃站在旁边,身上凌乱的衣袍被汗水浸透。

# 第三章　白墙

"依拿扎希尊长说得对。"他说。

大堂周围的银色家园族民全都睁大双眼，惊讶地看着他。我猜让他们震惊的，除了主君显而易见的虚弱状况，更主要是他那触目惊心的伤口：即使过了这么多月，他脖子和手臂上可怕的烧伤仍然是鲜红色。他呼吸沉重，四肢颤抖，光是离开轿子就花了极大力气。然而，即使观察最细致入微的万朱涂市民，也无法从他冷漠的面容中，猜出他每日承受了怎样的痛苦。当然他弟弟是知道的，我和其他仆从也知道。哈卡崔这时能站着，已让我们敬佩万分。

"尊长，"他对依拿扎希说，"我承认，我做了错事。我偷砍您的树林，虽然不为自己，虽然是情非得已，却也因此做了贼，令您成为受害者，令我至今都感到遗憾。"

他弟弟伊奈那岐明显不同意这话。我曾听他一些朋友说过，他的自尊也是他的诅咒。此时此刻，我能看出他正与之斗争。最后胜出的，是他更善良的一面，或者说，他更谨慎的一面。他保持了沉默。

"说得好听，"依拿扎希说，"但事实无法改变。你们未经许可闯进我的树林，趁着夜色，偷偷摸摸砍走一棵神圣的巫木树，还把我的儿子拉为同谋。如果是在奈琦迦，已经可以判你死刑了。"

伊奈那岐的眼睛都鼓起来了，但哈卡崔瞪着他，让他只能继续沉默。

"依拿扎希尊长，您儿子当时面对十分困难、甚至孤注一掷的选择。"我主君说，"他听从了良心的指引，跟我一样。跟您一样。"

"这话什么意思？"万朱涂城主眯起眼睛。

哈卡崔朝高台走去，每一步都缓慢而艰难，在场每个人都能看到，随着他的挣扎前行，汗珠从他脸上渗出。伊奈那岐别过脸去，但我看不出是因为羞耻还是怜悯。哈卡崔终于走到高台第一个台阶前，距离依拿扎希尊长的脚很近。他晃了一下，像要摔倒。乙阵市朝他伸出手，但被他挥手拒绝。

哈卡崔屈下一边膝盖,然后再屈另一边,每个动作都疼得直吸气,却仍竭力掩饰。他在台阶上缓缓放低身段,汗水从脸上不停滴落。这一幕,如同一头雄壮的野兽,中了许多箭矢后终于放弃生命,悲壮而又凄凉。哈卡崔大人发出最后一声窒闷的呻吟,在依拿扎希面前双膝跪下。他说话时,显而易见的痛楚令他的言语很难听清。"我……属于您,依拿扎希尊长,我们都来自……华庭,所以我们必须尊重我们共有的一切。我……做了错事。如果您要取走我的……性命,来惩罚我对您……犯下的罪行,那就……拿去吧。"

主君的痛苦令我无比惊骇,以致过了很久才发现,万朱涂城主依拿扎希低头注视着他,双眼通红,似乎噙满了泪水。

"把哈卡崔大人扶回他的座位。"依拿扎希的声音几乎同我主君一样颤抖,"孕育众生的华庭在上,岁舞家族之子,你被宽恕了。被宽恕了。"

# 第四章　灰地

"几个月前，拒绝回阿苏瓦的是您弟弟。"我对哈卡崔说，"当时您说他顽固。如今伊奈那岐要回去，您却不肯了。"我从未这样跟主君说过话，但我很担心他，"主君，我不明白这是怎么回事。"

"你觉得我该回家？"他质问，"回去干什么？去过一种不叫生活的生活？我在厄运缠绕的睡梦里大喊大叫，吵得屋内谁都无法安睡。因为剧痛，我没法将妻子抱在怀中，还有我的孩子……"我从未见过哈卡崔如此绝望，"昨晚我用谓识跟卑室吁通话，你知道她说了什么？她说，我们的女儿理津摩押想知道，她真正的父亲什么时候才能回家。我的女儿，再也认不出我了，龙的诅咒让我面目全非，你却让我回阿苏瓦！"伤口疼得他牙关紧咬，同时怒气冲冲，"琶蒙，现在连你也要背弃我吗？"

我目瞪口呆。我从未想过，他会对我诉说他与妻子间的私房话，更让我受伤的是，他竟然质疑我的忠心。不过我明白，他斥责我只是因为他的痛苦。"我永远不会背弃您，主君。当您其他同胞看都不看我一眼时，是您选中我、培养我。可这并不意味着，我担心您会犯下可怕的错误时仍要闭口不言。"但说实话，完全是因为我们陷入了这种异乎寻常的全新境地，我才敢如此质疑他。无可辩驳的是，有些事已经改变。

## 第四章　交地

伊奈那岐大人打算离开银色家园，返回阿苏瓦，跟他一起走的，还有几个一直陪伴我们至今的同伴。我不怪他离开，毕竟他也没办法让哈卡崔情况好转，而且是他发下了那个决定命运的可怕誓言，如今亲眼看着哥哥受到无休无止的折磨，一定格外痛苦。两人的道别是我见过最凄怆的场景之一：兄弟感情如此深厚，却不能拥抱。伊奈那岐搜肠刮肚找话说，却被哈卡崔拦住。

"弟弟，不用为我担心。"我主君说，"虚湮都无法毁灭我族，几滴虫血也要不了我的命。我们还会再见面的。"说完，他抬手挥别。

伊奈那岐低下头，面无表情地跨上青铜，骑马离开，头也不回。

哈卡崔、我，连同六位仆从，以及为主君抬轿的卫兵，缓缓走出掩藏着万朱涂的山脉，下到海岸边，终于来到益娜夫人和韶丽的家乡达-约索加。这里住着很多支达亚、少量白皮肤的贺革达亚，以及数量惊人的凡人男女——他们称这地方为"柯冉禾"。这里当然也有庭叩达亚。直到现在，从南到北多数港口城镇仍然有很多庭叩达亚居民。而且，正如我从鸦栖堡两位女士处了解到的，达-约索加的呢斯淇古老家族虽比过去少，但对自己的传承深感自豪，在贸易中占据着领袖地位，而后者则是这城镇的主要活动。

不过，这个港口虽然繁忙，却少有支达亚船只停靠，于是我们付费搭上一艘来自纳班帝国的商船。我们的存在令船上的凡人水手焦虑不安，但我们还是跟他们一起沿海岸南下，到达刻蔓拓里。这是个岩石嶙峋的广阔岛屿，是主君一族最大的聚居地之一。与其同名的城市如今仅剩废墟，在毁灭津叁门的同一场地震中被夷为平地。我们从近乎荒废的港口往岛内走去，能看到宽敞而凌乱的礼仪大道、曾是自豪城墙的倒塌碎石。传说中镶嵌着缠丝玛瑙条纹的墙面——让城墙发出夺目光彩，以致通往刻蔓拓里的路被称为"炫目大道"——早被掠夺殆尽。

这座曾经自豪、如今毁坏的大都会并不是间吉雅娜交给庭叩达亚统治的城市之一,不过,哈卡崔和我来到这里时,我们两族依然比较和谐地生活在一起。在刻蔓拓里最辉煌的日子里,与他们比邻而居的贺革达亚都走掉了。城墙与宫殿倒塌后没多久,后者就听从乌荼库要求所有部族成员去奈琦迦与她会合的命令,逃离了城市。如今还住在刻蔓拓里废墟的支达亚和庭叩达亚愤怒地控诉,说那些贺革达亚夺走了城中名为"流琴"的主谓识,带去新家。那场冲突发生在许多个大年之前,我们和刻蔓拓里的领袖们坐在曾经的谓识殿,看着空空荡荡的石头架子,遗民们纷纷哀泣,仿佛它才刚刚发生。

眼见曾以美丽著称的九大城市之一破落至此,让我十分心痛,而且我知道,主君也一样。这里曾生活着海量居民,驾驶快船,沿大陆海岸上上下下做生意。如今住客只剩一千左右,其中不少还是新近才来定居的凡人。刻蔓拓里及其市民曾因通过港口流通的香料和漂亮布料而繁荣昌盛,如今只能依靠在岛屿中间的山上放养山羊和绵羊、在农场种植谷物和根茎类蔬菜维持生计。尽管如此,刻蔓拓里的支达亚仍对祖先留下的遗产十分自豪,以致我主君虽然很想帮助他们,却不便公开,只能向岛屿统治者秘密赠送礼物。他从我们带来、准备在凡人领地使用的黄金中取出数量可观的一份,藏在遭到劫掠的谓识殿后面,好叫他们等我们离开才会发现。我很希望这笔钱能帮上他们,尤其是我的庭叩达亚同胞,后者多数靠驾小船撒网捞鱼、或在岩石岛屿内采石勉强维生。当我们踩着碎裂、破败、通往港口的道路返回时,我能听到渔夫的吆喝声,其中既有我的同胞,也有凡人。我忍不住想起伊奈那岐的警告:很快,世界各地的凡人都将取代我主君的族民。

我们从刻蔓拓里再次乘船南下,于乌龟月初一个温暖的早晨来到纳班城——一个庞大的凡人帝国的心脏——的繁忙港口。

在这宽阔的港口里,停泊的大船如熟睡的鸭子般漂浮着,数百条小船像水黾似的在它们中间快进快出。我一边观察这热闹的生活,一边为纳班城的庞大,及摆在眼前几乎不可能完成的任务而惊骇。我从

## 第四章 灰地

未见过这么多凡人,从未想过世上能有这么多凡人,更别提他们都挤在一个铺展在几座山上的城市里。如此广阔之地,或许真有医师能帮助我们,但要如何才能找到他们呢?

哈卡崔大人是他族中最知名的成员之一,所以我们登陆时,有不少纳班高官前来迎接。他们的衣着风格总体上与贺恩人及其他北方凡人差别不大,不过他们披的不是粗糙的斗篷,而是量身裁剪的披风,布料看上去更加多姿多彩。好多人还戴着塑形、染色的羊毛帽子,有些帽子的形状令人疑惑,因为它们并不能遮阳挡雨,纯粹是为了逗乐。

来码头迎接我们的贵族告诉我主君,他受邀进入塞斯兰的宫殿觐见皇帝——我猜,这是他们指代国王的新奇词汇。哈卡崔礼数周到地表示感谢,却对他们说,自己眼下不舒服,只能推迟这份荣誉,等身体恢复再说,而且他来纳班是为寻求烧伤的疗方。

欢迎我们的高官显然把主君重伤的消息散播了出去,所以我们在港口附近安顿还不到一天,就被一拨又一拨前来帮助哈卡崔大人的纳班人淹没。每天早上出现在门前的人中,有少数是凡人贤哲和的确有医术的医师,主君命我带这类人去见他。剩下的大多数,要么是来猎奇的,只想看看现实中的支达亚大人;要么是冒牌医师,带来用普通药草、动物血液、墓地泥土,甚至不太好吃的材料,按愚蠢秘方做成的混合物,更可能杀死而非救治病患。每天中午之前,我要花费几个小时,从吵嚷着求见主君的骗子与笨蛋大军中筛选出一两个值得带去见他的人。然而到最后,哪怕是这座最伟大的凡人城市中最有天赋的思想家,也没能给他带来新疗法。

替哈卡崔守门并非我在纳班城的全部职责,甚至还不到其中一半。伊奈那岐已返回阿苏瓦,只有几个仆从留下,照顾主君最基本的需要,所以在他最痛苦时,能安抚他的就只剩我一个。许多个晚上,当他疼得无法入睡时,我们就一起坐着,有时聊聊天。但其他时候,我主君连聊天都办不到,只能躺在床上发抖,我就为他朗读他最喜欢的图雅和平纳雅-枢诺的诗作、或者狄力徒的《新大陆编年史》。

由于我见过的纳班凡人医师都没什么好办法,我决定遵照盎娜夫人的建议,到我同胞中间寻找。哈卡崔也同意了,凭着庭叩达亚与梦海、华庭的羁绊,他们最有可能有办法对抗龙血的诅咒。自从在鸦栖堡留宿的头一晚,被夫人说得心生惭愧,如今我头一回真心实意地为自己不会说祖先传下的瓦傲语而感到懊悔,因为当地多数呢斯淇说的,正是瓦傲语和本地凡人语的混合语言。如此一来,我的搜寻速度既慢得令人抓狂,又充满误解。但我坚持不懈,每天下午仍会勉力挤出几个小时——我担心主君的仆从不能妥帖地照顾他——离开哈卡崔大人床边,在一位支达亚卫兵的陪同下,去集市、酒馆和观海者公会,寻找可能帮助我们的同胞。

我走到两脚酸软,在纳班码头的海边来回打听,直至喉咙沙哑,结果最后,我一直找寻的东西却是自己送上门的。当时我们在纳班城逗留了好一阵子——乌龟月和公鸡月都已过去——一位年轻的呢斯淇来到我们的旅馆。

"我是焚·哈沙。"他告诉我,"听说你和你主君在寻找真正的医师。"

"你是吗?"

他摇摇头,咧嘴笑道:"我不是,但我姑妈是南方最卓越的医师。"

我们庭叩达亚有时会被嘲讽、甚至侮辱地称为"换生灵",但这绰号并非凭空而来,因为敝族的特性就能长成与周围环境相似的模样。生活在遥远北方土地的同胞会变得越来越苍白、越来越耐寒。而生活在海边的,比如呢斯淇,会变得更像海洋生物。这听起来古怪,却是实情。还有我这样的,生在支达亚中间,就比其他族民更像不朽者。站在门前的焚·哈沙是在纳班城的观海者族群中出生的,身上带

## 第四章 交地

着所有标志性特征：一双硕大的眼睛，眼睑厚重，手臂修长，还有呢斯淇特有的粗糙皮肤——甚至可以说是长了鳞片——尤其是绕颈一圈。虽然焚·哈沙向我保证，他姑妈焚·咏娜是位赫赫有名的医师，治好过许多富裕或贫穷、凡人或其他族裔的病患，但我并不打算立刻相信这位陌生来客。不过他也没提预先支付费用的要求，也算打消了我的部分疑虑。我要求他提供能为他姑妈医术担保的名字，他说了好几个，同时增加了我的信心。大部分在门前盘桓的冒牌医师甚至不愿解释他们打算对我主君采取的治疗细节，把自己的疗方隐藏在神秘之中——这是所有骗子的主要手段之一。

焚·哈沙提供的名字里，很多是在南方诸岛染上古怪疾病的商船船长——据他说是同时影响身体和精神的疾病——但在眼下季节，他们都出海去了，也就无法向他们求证。不过，有个富裕的凡人女子热情洋溢地称赞焚·咏娜的医术，说我主君绝不会后悔雇佣她。

若在其他时候，主君和我会搜集更多关于该医师的医术证据，然而最近这段日子，哈卡崔的伤痛又变得十分严重，已是病急乱投医。于是我们雇了艘小船，前往焚·咏娜的家。小船不太牢靠，但焚·哈沙叫我放心，说船长是他亲戚，价格十分优惠。第二天早晨，我们离开纳班城，横渡海湾，前往医师居住的小岛挞普。

我不想多费笔墨描述这趟旅程，或者我们在岸边小圆屋与焚·哈沙姑妈见面的经过，理由你们很快会知道。这位庭叩达亚老太太看上去和蔼可亲，但对治疗我主君的实际疗法说得不清不楚。首先，她举行了一个仪式，在我看来，就是把熏香的烟雾尽可能浓密地扩散，而她家亲戚则在旁边，用笛子和鼓奏出节奏凌乱的曲子。然后她宣布，我主君的病情异乎寻常，只有某个所谓的"海之星夫人"能帮他，为此我们又要乘船航行一小段。到了这个地步，我们只能同意。很快，我们乘上另一艘小船，在汹涌的波涛中前行，这次是在夜里。

大概两小时航程后，我们来到一个距岸边颇远的地方。在我眼里，这地方跟开阔的海面没什么差别，但焚·咏娜医师命令船长下锚，再次开始吟唱，并用熏香炉到处喷烟。不过这次，她增加了大声祈祷的环节，主要针对她提到的那位夫人。我怀疑根本不会有事发生，我们的钱又白花了。不过，伴随着她的歌声和挥舞的手臂，我突然意识到，周围发生了变化。

我主君几乎无法坐起，所以，除了焚·咏娜古怪的舞蹈，他应该什么都看不见。但我可以看到，船旁的海水里开始微微闪光。起初，我以为那只是夜间海洋偶尔会出现的发光潮汐，但它越来越亮，以致可以看得相当清楚。不同于发光潮汐那种没有形状的云雾，那是个单独的绿色光点。让我震惊的是，绿光来自海面下的深处。

我把看到的情况报告给主君后，焚·咏娜的舞蹈和吟诵更加激烈，她喊道："夫人来了！海之星被点亮了！"

我主君没理会这些，只是随着小船前后摇晃，双眼紧闭，与我们只能想象的痛苦斗争。老妇人的歌声或祈祷抵达嘹亮的顶峰时，她在我主君身旁停下，放下熏香炉，手里有东西寒光一闪。我觉得那是把刀子，立刻扑上去挡在呢斯淇老妇和哈卡崔中间。她吓了一跳，恼怒地抱怨我不该干涉。我要求检查她弯曲的手指里藏了什么，心里依然担心这是种刺杀行径，尽管我想不出她的理由——我们的黄金都安全地留在岸上，由主君的支达亚卫兵看守。医师的侄子焚·哈沙试图把我从她眼前拉开。虽然我没有主君一族那么大的力气，但也跟阿苏瓦的年轻战士一起受过训练，而且此时此刻，我是为了保护主君而与自己的同族扭打。推搡之间，我设法把脚伸到焚·哈沙脚踝后面一钩，将他推出船外。他姑妈立刻尖叫着说，淇尔巴[1]会抓走他，叫我马上把他拉回船上。当时我认为她是夸大其词，事后才听说，夜晚的大海里确实有淇尔巴敢绕船游动，有时甚至会把甲板上粗心的水手拖进

---

[1]淇尔巴：南方海中的怪物，吃人。

## 第四章  交地

海里。

我拒绝帮助呢斯淇老妇的侄子,除非她让我看看手里的东西。她冲我们雇下的这艘小船的船主、她的庭叩达亚亲戚喊叫,后者正忙着摇动船橹,试图对抗海浪,调转船头,划向不停扑腾的焚·哈沙。老妇终于张开手指,给我看她手里握的东西——是块镜子碎片。我立刻全明白了,但知道自己不该离开哈卡崔,于是守在他身旁,让船主把焚·哈沙拉上船。

经过许多争论和威胁——我和他们都撂了狠话——呢斯淇终于把我们送回挞普。抵达时,黎明第一缕温暖的阳光刚刚爬出东方的天空。我们在那儿另找一艘船,付钱让船主把我们送回纳班城,因为我再也不肯相信焚·哈沙、他姑妈和其他亲戚。第一次拜访庭叩达亚医师,居然落得如此糟心的结果,令我羞愧难当。但我主君只淹没在自己的苦痛之中,除了没得到救治的事实,别的什么都顾不上了。

"主君,他们是骗子,"平安登上陆地后,我告诉他,"神棍、江湖术士,您爱怎么说都行。那点绿光——呢斯淇老妇说的'海之星'——一定是传说中津叁门的主谓识翠柱,很久很久以前,随那岛城的其他建筑一起沉到了海洋深处。是它发的光。我们当时一定漂浮在那座城市的废墟上。"

"不,"哈卡崔说,"那座城市和岛屿沉没之处离我们昨晚的位置很远。不过,谁知道呢?也许麻津美麓掀起潮水,推动谓识的碎片在海床滚了很远吧。不过,琶蒙,你说它只在我们到达它上方之后,才开始从深处发光,仿佛是响应她的召唤。如果只是江湖术士,他们是怎么办到的?"

"主君,她手里握着一块谓识碎片。我怀疑她除了短暂地唤醒翠柱,其他什么都不会。但对于凡人和不了解历史的人来说,那是愚弄他们的有效手段,不是吗?"

哈卡崔默默地坐了一会儿。"可是,琶蒙,并不都是假的,我们漂在那里时，我做了个新的梦，非常强烈，跟我做过的其他梦都不一样。不论他们是不是想打劫我们，那里确实有某种力量，与我从阿苏瓦的三渊池和其他主谓识那里得到的感觉十分相似。"

"这么说来，您在龙谷受伤之后，就更该远离那些胡乱使用异族力量的家伙。谁能猜到，如果我们没有阻止，那个未经训练的呢斯淇乡野女巫的瞎摆弄会对您造成什么后果？"

"我不确定我们真的阻止了她，"哈卡崔说，"我在船上做的梦十分强烈，强烈到我现在还能感觉到。梦里有个身影站在我面前，修长、苍白而遥远，用女声对我说，'来找我。我有消息给你。'如此清晰，如此诡异！自从被虫血烧伤，我做过好多梦，但没一个跟它一样。"他把手抬到面前，仿佛是要确认自己还是原来的哈卡崔，"琶蒙，我再也不知道该做什么、信什么了。"

私下里，我觉得他梦中的苍白女子身影像是贺革达亚女王乌荼库，据说她能像我们走白银大道或雪原之路一样，轻松地走进梦境之路，将灵魂送入各种幽暗境域——那些地方，即使最睿智的支达亚也不敢去。哈卡崔对这幻象如此着迷，我担心，它会把我们带回黑暗的奈琦迦。然而结果是，我们的旅程远远超出了我的想象。

※

我们带着剩余的卫兵和仆从，回到纳班城的海边旅馆，好让主君决定接下来怎么办。在我们离开期间，有一封盎娜夫人写给我的信送到，是从阿苏瓦转来的。一起送到的，还有主君妻子写给他的信。我按下盎娜的信不读，先把卑室吁夫人的信送去主君的房间。

"我眼睛疼，什么都看不清。"回来后，哈卡崔基本没起过床，"琶蒙，读给我听吧。"

我展开丝滑精致的信笺，感觉自己像个入侵者，正在夫人的房间里乱转，翻找她的私人物品。

## 第四章　灰地

"我的夫君："

我读道,

"昨天我见到你了,就像你傍晚经常做的那样,坐在最喜欢的椅子里,喝一杯黑葡萄酒。然而那不是你,只是你的袍子搭在椅垫上。
"今天我在千叶堂又见到你了,甚至还开口喊你,然而那只是片刻间化成你身形的影子。我喊出你的名字时,好多人转过头,怜悯地看着我。
"最近的夜晚,我常常走上梦境之路寻找你,可找到你后,你从不转脸看我。我同你说话,然而你仿佛站在高处,满耳风声,听不到我。
"哈卡崔,你是个鬼魂,而我成了寡妇,我们的孩子是孤儿。我觉得自己好像迷失在异域的朝圣者,跪在古老的神庙废墟前,对着已经远去的幽魂祷告,对方却听不到我……"

"够了,"主君的语气饱含悲伤,"我现在听不得这些。放下吧,等我能用自己的眼睛看再说。"他转脸冲着墙壁。我把信放在凳子上,带走鸦栖堡来的羊皮信,心里为主君一家感伤不已。

亲爱的氪斯:

我的信这样写道,

收到这封信时,希望你身体健康,你主君哈卡崔大人的伤痛也有所缓和。我这里的日子很难熬。上个月,亲爱的韶丽发起高烧,病倒了。

读到这句，我的心在胸中猛然抽紧，一时甚至无法呼吸。我不敢再读下去，过了好一会儿才鼓起勇气，继续往下看。

我害怕会失去她。但我很高兴，此时她已熬过最艰难的阶段，正渐渐恢复健康，只是依然虚弱，还要躺在床上。不过她能吃东西了，我终于相信她能痊愈。她叫我给你送去她的问候和祝福，我就在此转达吧。韶丽病倒期间，我当然很担心她。她这么年轻，未来还有很多日子在等着她。但我也担心自己。你知道，我经常接连数日见不到夫君，而且——相信我以前表达得很清楚——鸦栖堡是个孤绝之地。虽然这话说起来自私，然而失去美丽的韶丽的陪伴，我不知自己该如何是好。

希望你和你主君结束漫长的旅途并回归时，我们能有机会再见面。在我们这过于熟悉以至有些腐朽的家里，你是一缕清新喜人的气息。

由于不知何时才有机会，我当晚就给盎娜写了回信，希望能找到机会寄给她。我知道，如果听说，我们的同胞、不怀好意的焚家曾试图欺骗我主君，她会非常难过，所以我只跟她讲了那次不幸遭遇的梗概。我还写下对韶丽小姐的问候，以及希望她康复的最真诚祝愿，并建议两位女士以后写信都寄去阿苏瓦。因为我相信，一旦主君恢复到能再次旅行的程度，我们就会返回那里。

愚蠢的氪斯啊！或者，与其说愚蠢，不如说倒霉。我怎么知道，等我们再次见到阿苏瓦明亮的高塔，再度站在坦加阶梯上时，已经过去了将近四个季节？有谁能猜到这些呢？

## 第四章　交地

月亮在空中缓缓运行，丰饶季变成凋零季，我们继续在南方大地寻找也许能帮助哈卡崔大人的医师。我主君在凡人领地花了这么长时间，充分说明我们有多么绝望无助，而他的苦难有多么深重。我怀疑，他的族人里再没有其他成员曾在这短命的种族中间旅行这么久，并因此而变得十分了解他们。在我们咨询过的凡人学者中，有一些确实想帮忙，但多数人更感兴趣的，是与一位支达亚统治家族的大人见面。最后，我们确实零零散散了解到一些知识，但我说不清，这次求索——至少在纳班城的凡人贤哲中间——是否值得。

我主君支达亚一族不太需要睡眠，但我们庭叩达亚必须睡觉。对我来说，每个漫长的日子结束后，刚刚沉入疲倦的梦乡，睡不到一个小时，就被主君哈卡崔的呻吟和粗重的喘息声唤醒，真叫人疲惫不堪。说出来令人惊讶——我内心的感受更是纠结凌乱——但我开始厌倦与无时无刻不在受苦的主君一起生活了。这种感受，让我觉得自己像个最糟糕的背叛者。哈卡崔从我幼年时就挑中了我，让我走进他的生活，而这本该是留给他同族子弟的待遇。他让我做他的扈从，这份荣耀从未给予过敝族。他对我一直很好，并不只是屈尊以待。有一次，在我父亲去世之前，哈卡崔大人甚至到我家来吃晚餐，赞赏我们呈上的粗茶淡饭，还称赞我父亲，说他培养了一个优秀能干的儿子。我相信，父亲听到那番话，心里一定自豪万分，只是性格驱使他没流露出那副感情而已，尤其是当着支达亚主君的面。

如果说，我父亲琶蒙·苏是一辈子都致力于辛勤工作和冷淡沉默的老派庭叩达亚，那我母亲恩菈一定是另外一种。我对她印象不多——我只有几岁大，夺命的高热就把她带走了——但每一段记忆、或者我听说的关于她的故事，都讲述了一个全面热爱生活的形象。她会去马厩照料生病的小马驹，哪怕父亲说它们活不下去，说她是在浪费时间。有时父亲说对了，但另一些时候，她的悉心照料能把小马驹从死亡边缘拉回来。

照顾主君期间，在漫长而孤寂的夜晚，有时甚至是无眠的深夜，我会想起童年和失去的母亲。其中一个夜晚，主君在噩梦中挣扎，我则回想起一段记忆，仿佛通往过去的某扇门被打开一样，我突然想起了母亲说过的关于梦海的话。

那一日，我想加入一群支达亚孩子的游戏，但有个孩子用难听的外号侮辱我，让我十分难过。母亲把我抱到膝盖上，对我说："氪斯，你不必因与众不同而羞愧。总有一天，在你最需要的时刻，你会感应到体内的华庭——感应到梦海的心跳。"现在我想起来了，当时，在我孩童的想象中，她这番话被描绘得极为真切：我想象有股巨大的洪流从我体内奔涌而出，里面充盈着那壮阔海洋的活力精华（尽管那时，我从未见过梦海——这是当然的——除了登陆湾附近也没见过其他水体）。在当时年幼的我听来，她的话更像警告，而非安慰我的承诺，也许正因如此，后来父亲叫我不要问、也不要提她说过的话时，我轻易就放弃了。

不久之后，我俩都染上了热病。我挺过来了，但母亲恩菈一直没有起色。在她最后的日子里，疾病压垮了她，让她只能躺在床上。但她叫我每天至少在她床边待一小会儿，叫我跟她分享我看到、听到的一切，然后我们一起向华庭祈祷。等她终于离去，我不知该怎么办，甚至不知该有什么样的感受。在我幼小的心灵里，我怀疑她的死是不是我的错，因为是我第一个染上了热病。只不过，这悲伤的心结是我从未与他人分享的众多心事之一，母亲说过的话——说那神秘的海洋是我的一部分——也是。

失去她，我父亲芭蒙·苏受到的打击一定跟我一样沉重，但他有马厩的工作可以分心，我却只有住在我家旁边的那位庭叩达亚女子。她性格沉静，经常在父亲外出时帮忙照看我，但她自己没有小孩，对

## 第四章　灰地

于照顾孩子一无所知,也没打算学。父亲每天很晚才回家,筋疲力尽、沉默寡言。如今我明白,他是在以自己的方式哀悼母亲,然而当时,我感觉自己被彻底遗弃了。就在那段时期,母亲去世后的日子里,我开始每天跟父亲去马厩——主君哈卡崔第一次认识我也在那里。自然而然的,我从支达亚大人的关怀中找到了自己渴求的东西,只是那时的我并未意识到而已。拯救我的不光是他对我的兴趣,还有他的身份:微不足道的小芭蒙·氪斯,得到全世界最有权势者的关注。这感觉,如在烟雾弥漫的幽暗房间里打开一扇门,让阳光与空气涌了进来。它给了我希望,让我觉得自己的生命有了意义。

※

问遍纳班城能找到的所有知名凡人医师和神职人员后,主君开始寻找其他智慧——城市居民已然失传或从未拥有的秘方。哈卡崔认为,凡人的知识也有值得借鉴之处,于是,伴随着月份和季节飞逝,我们在南方大地探访了一个又一个较为偏远的凡人村镇,都是最早抵达这片大陆的凡人先祖的定居点,远离城市居民后来建造的宽阔道路和石头城墙。最后,为了寻找主君从凡人牧师那儿听说的一位女贤者,我们在纳班城东边的沼泽地展开了一趟艰难又痛苦的旅行。据说,那女人能用神秘仪式治好病入膏肓之人,而她在沼泽深处施行医术已有两个大年——按凡人历法计算就是一百多年——这给了我主君一线希望。

"芭蒙,若传闻属实,她一定不是普通的凡人。"有天晚上,哈卡崔疼得厉害,于是叫醒我陪他。为了说话,他必须缓慢而轻浅地呼吸,龇牙咧嘴地挤出每一个字。"芭蒙,或许她也是你的同胞,甚至有可能是躲进这片死水的支达亚或贺革达亚。"

决定进沼泽后,哈卡崔把其他卫兵遣回了阿苏瓦。他们带走了马匹,毕竟后者在沼泽地也没什么用。卫兵还带着他写给家人的信,连我写给鸦栖堡盎娜夫人的信也捎回去了。

这下只剩下我俩。我们往东来到辽阔的大沼泽边缘，凡人称这里为"乌澜"，而我主君的族民很早以前就称其为"大泥沼"。我们好不容易才走到一个叫"关-涂-瀑"的地方，它坐落在广阔湿地边缘的一个河口，由于旅客往来频繁，逐渐发展成一个杂乱无序、破破烂烂的聚居点。我们雇了个当地向导，让他用船载我们深入沼泽。

我们坐着平底船，滑行在潮湿、多虫的沼泽，过了好多天才到女贤者的村庄。她叫赫玛，与我主君的猜想不同，是个凡人，身材瘦小，牙齿掉光，和蔼可亲。她住在一条水流迟缓的宽阔大河旁边，用木头和芦苇搭了间小屋。由于我和主君的无知，我们进入沼泽是在豺狼月，正是雨季之初。赫玛好心地收留我们，跟她们一大家子一起躲雨。接下来的漫长季节里，雷雨连续不断，我们只能住在她家。可以想见，小屋里简直挤得不行。

我第一眼就觉得这片沼泽太像龙谷，所以永远不可能过得舒适。而它又是个无比庞大的"龙谷"，感觉就像整个世界。在这潮湿、难受的地方待得越久，感觉就越糟糕。雨水不断敲打茅草屋顶，如果我必须走出医师小屋，它们就会敲打我的脑袋，最后简直要把我逼疯。然而雨季一开始，所有河流都涨起洪水，叫我们无法离开。要不是赫玛和她家人收留，我们很可能命丧于此。

结果，我们在这善良的人家、在纠缠的树枝下生活了足足三个月。几乎每根枝丫都缠着长得像蛇的藤蔓，它们旁边却是酷似藤蔓的致命毒蛇。大多数夜晚，猿猴的吠叫和雀鸟永不间断的啾鸣化成唯一的音乐。在这萎靡的土地上，致命的生物不止蛇类，有些沼泽动物的恐怖程度甚至不亚于洒血烧伤我主君的黑虫。在赫玛家门前随便丢颗石子，就能砸到全身盔甲、足有双驾马车那么长、漂在泥水里的鳄蜥。有一天，我看到一只斑点猫，身材有小马驹般大小，医师警告我们，那只满嘴獠牙的捕猎者会爬到树上，自上而下、悄无声息地扑到

# 第四章 交地

猎物身上。

我大部分时间待在赫玛的小屋照顾主君,这是件幸事,因为在这沼泽地里,死亡无处不在。就在这个雨季,医师有个儿子差点被河里某种生物拖走。他逃脱了,但我们查不出是什么东西抓他。还有一次,医师众多孙儿中的一个被泔蟹抓走,再也不见影踪。好多人说,北方平原的小地鬼很可怕,然而它们根本比不上泔蟹。后者与人尺寸相近,长得像只大螃蟹,却能像猿猴一样用后脚站立,群居在用泥巴和黏液糊成的巢穴里。

但更让我心神不宁的,是我们在这里忍受漫长雨季期间,主君发生的变化。

"芭蒙,我又做梦了。"有天早晨,他起不了床,对我说,"那晚在海上,我们在翠柱上方漂浮时,我身上起了变化。而且,我感觉每次睡觉,它都变得更加怪异、更加强烈。"

"真的吗,主君?"我难以置信。哈卡崔跟我讲过他在虫血幻觉里见到的许多异象,我无法想象它们还能变得如何奇怪。

"现在有什么东西,或者什么人在呼唤我。"哈卡崔告诉我,"与其他梦境不同——其他那些会让我癫狂——这个感觉更加真实、更为强烈。我经常看到一个高挑、苍白的身影,像是个白袍女人,她在等我。"

我起了身鸡皮疙瘩。"自从您第一次跟我说起这个梦,我就觉得,召唤您的人像是贺革达亚那个女王。"

他摇摇头。"我觉得,不是乌荼库。我在梦里没看到银面具,而且有时,那影子根本不像人影,更像一根手指,竖在我面前,像在警告我。"

"可您说,梦在召唤您,怎么可能又是警告呢?"

他筋疲力尽地躺回床上,然而这一天才刚刚开始。"我不知道,芭蒙。我甚至不知道它是真的还是更加疯狂的梦魇。有时候我觉得,

201

污秽的龙血已将我彻底烧透,甚至侵入我清醒时的意识——像要摧毁我在龙谷屠龙之前所有存在的痕迹。"

"别说这种话,主君!"我真的吓坏了,"这只是绝望时的胡说。您依然是您。要问谁最知道,那就是我。您还是原来的您,您只是在忍受没人受过的折磨。"

他的头懒懒地搁回用沼泽芦苇编成的小床。"说实话,我再也没法确定自己能不能分辨现实和想象了。芭蒙啊,此刻我是在跟你说话呢?还是在跟旧日的某段记忆说话?"

"主君,永远不要说这种话!"尽管知道很残忍,我还是握住他的手。他被我捏得面容扭曲,但我不肯放手。"疼痛是真实的,我也是真实的。"眼见他的痛苦,我泪流满面,但依然抓着他的手指,直到他用力挣脱。"我是真实的,哈卡崔大人,绝对不要怀疑这一点。"

"但我必须找到呼唤我的家伙。"他说,"那条龙死后,在我经历的所有瘟疫般的幻象中,只有这个新梦似乎有些意义——有其目的。我必须找到那个高大苍白的身影。我感觉,它关系的不仅是我自己的命。当我看着它时,我能感觉到一种强烈、冰冷的空寂,仿佛有个深洞正在我脚下开启,而我已经迈出了第一步,再也没法阻止自己。"他打个冷战,坐起来,"帮帮我吧,善良又可靠的仆从。向我保证,你会帮我找到这个梦的含义。我再没权力要求你……"

"再没有权力?"我好不容易才忍住,没再去握他的手,"主君,不论出于忠诚还是友谊,您完全有权力对我提出要求。我发誓,我永远不会放弃您——绝不。"可悲啊,我依然没能学会伊奈那岐的骄傲带给我们的教训。

哈卡崔大人悠长而嘶哑地叹息一声。"北方,"他说,"芭蒙,它要我去北方。我必须听从它的召唤。"说完,他再次陷入辗转反复的睡眠,留下我独自琢磨这一切究竟意味着什么。

老医师赫玛始终无法为我主君所受的病痛找到真正的疗方,但她

## 第四章 灰地

尝试了许多方法，最后用沼泽植物的根茎调配出一种药膏，敷在他受伤的皮肤上，能在一定程度上帮他缓解疼痛。我十分感激，因为我们带来的那一点点肯-未剂已经用光了。

雨季终于结束，我们可以离开沼泽了。我收拾好为数不多的行李，如今再加上满满一袋赫玛的球状树根。我们从剩下的黄金里分出一大份留给医师，感谢她的时间和款待，然后沿着黑乎乎的沼泽水路，慢慢穿过丛林，往回走。

※

我们北上之旅一开始很顺利。先回到"关-涂-瀑"，用最后的金子买马。马贩子见我主君病弱，企图把劣马卖给我们。可我这辈子都在阿苏瓦的马厩里照料世上最漂亮、最迅捷的骏马，轻而易举就能区分有用的好马和无可救药的劣马。我迫使马贩子卖给我们的马匹，虽然品质远远不如自家那些，但至少能驮着我俩，穿越横在这里和家园之间的辽阔草原。尽管如此，这些勉强及格的马匹依然要价过高，我很清楚这一点，所以利用马贩子对主君一族迷信般的畏惧暗示他，如果他敢欺骗我们，就会受到精灵的诅咒，以此说服他白送了两套鞍鞯和其他马具。尽管我觉得，凡人喜欢使用的嚼子很残忍，但这些马没学过其他驾驭方式，而我既没有时间、也没有"蛾翼"重新训练，只好心疼地给它们戴上。

我主君挑了匹灰马，它的名字毫无想象力，就叫"灰"。而我则骑上"靴子"——一匹四蹄雪白、鼻子上还有块白斑的栗色母马。这两匹马在故事里的出场时间都不多，我之所以记下它们的名字，是因为它俩的服务出乎意料地出色，尤其考虑到原马主可疑的诚信度。事实上，它俩离开马贩子的马厩时都显得很开心，跟随我们期间也很享受我的照料。

上马后，哈卡崔和我往北进发。我们在灰暗的天空下，穿过仿佛无边无际、被支达亚称为"轻语荒原"的草原。我很想回家,但至少在接下来一段时间内,我经常会失望。

最猛烈的风暴已然过去,但每年这个季节,草原上的迷雾仍每日萦绕、经久不散,直到太阳高挂才能蒸发殆尽。天空时常被厚重的云毯遮盖,我们好像骑行在没有颜色的世界里。偶尔还会下雨,雨水扫过平坦的大地,把草原变成泥泞,严重拖慢我们的速度。不过,没有东西能阻拦我主君的梦。

"想休息真难啊。"一天晚上,我们坐在我生起的营火旁,哈卡崔对我说。由于坐骑不是脚步稳当的支达亚马匹,所以我们在暮色降临后绝不多走,生怕有哪匹马会在黑暗中摔断脚。"只有我们北上时,这种被拉扯的感觉才能稍微减弱。"

"我们已经在北上了,主君。"

"琶蒙,即使停下来过夜,召唤我的人也不会停止呼唤。它时时刻刻都在拉扯我。"

我只能耸耸肩。如今我是哈卡崔最后且唯一的仆从,这趟旅程令我疲惫不堪。我要照顾马匹,每晚停下时要生火、寻找食物并为我俩准备晚餐,然后把赫玛采集的树根碾磨成药膏,涂抹在主君的伤口上,好让他从白天骑行的痛苦中缓过劲儿来。每天晚上忙完,我都筋疲力尽,倒头就睡,直到草原清晨微弱的晨光将我再度唤醒,重新面对自己的职责。

当时我还不知道,这已经是本次旅程中最舒服的日子了。

刚开始穿越轻语荒原的日子里,事态似乎充满希望。随着更新季的临近,周围草原上的一切都变成生机勃勃的绿色。赫玛的树根药膏为我主君提供了足够的舒缓作用,让他能坐在马鞍上骑行,有时甚至能睡个安稳觉,不会做杀死黑虫后就一直在折磨他的可怕噩梦。他母亲的《休养真言》无疑也起了作用。有几天,我们甚至像是重回龙谷屠龙前的旧日时光。我为主君唱歌,都是他喜欢的古曲,尽管他朗

# 第四章 交地

声大笑,说我把古老的歌词唱得乱七八糟。我差点说服自己相信,情况正在慢慢恢复成以前的样子,哈卡崔大人和我会向北穿越草原,在更新季转为栽培季前就能回到阿苏瓦。

随着我们深入轻语荒原,女贤者的树根药膏开始失效。它不是突然失效的,然而一旦开始,就再也无法忽视。它对剧痛的缓解时间缩短了,对痛苦程度的减轻也不如以前那么显著。日子一天天过去,每一日都如身边的平坦草地一样空寂。我们每天用的药量越来越多,以致我每晚至少要花一个小时,才能把第二天的用量捣成糊状,以便温柔地涂抹在主君疤痕累累的皮肤上。一整袋树根迅速空了下去,就算我们立刻调转马头,直接返回阿苏瓦,也会在抵达之前用光。

我主君甚至考虑返回沼泽,去拿更多舒缓药膏。但我指出,光靠我俩和我们的马匹,就算回去把鞍囊装满,也不够穿越整个轻语荒原。

"那么,扈从琶蒙,你有什么建议?"他质问,"让我躺在这里等死吗?"他那愤怒的语气和眼中闪过的寒光吓了我一跳:我俩相处这么多年,主君从没用这种态度跟我说过话,一时间,我觉得眼前像是个陌生人。"你总在我不需要你的意见时充满智慧,"他说,"现在,那些智慧去哪儿了?"哈卡崔竟然抬起手,作势要打我。我惊叫一声,倒退几步,他立刻意识到自己做了什么,面容惊恐地扭曲起来。

"原谅我,好琶蒙。"他喊道,"有时候我不知道自己在做什么、说什么。疼痛又来了——像被火烧!永远不会停止,就连睡觉时也一样。那个白影依然霸占着我的梦,呼唤我前进。我没别的指望了,只能遵从召唤,祈祷它也许代表某种救赎。"

事实上,穿越草原期间,甚至在赫玛的药膏失效之前,哈卡崔就变得越来越古怪。他胸前、腹部、手臂的疤痕不再是刺目的红色,虽说疼痛缓和了一点点,其他方面却恶化了。旅途中有好几次,我从睡梦中醒来,发现他在夜色下的营地里一瘸一拐地徘徊,挥舞着锋利的

# Brothers of The Wind

巫木佩剑"雷鸣",一边喃喃自语,一边呻吟。第一次看见时,我以为他在利用夜间不用赶路的时间练习,好让自己保持战备状态,于是我翻身躲远些,继续睡觉。可第二次,我听了听他说的话,觉得他明显是在梦游,或者更准确地说,是在梦中战斗。这把我吓破了胆,因为我主君即使身负重伤、步履蹒跚,也是夺命的剑士,要是他在梦中把我误当成敌人,我将很难活命。等他终于醒来,恢复到较为平常的情绪,我问他做了什么梦。他说,他在跟黑朵荷贝战斗。"我扎了它一剑又一剑,就像在龙谷时一样,可那怪物就是死不掉。"

我懒得提醒他,当初他屠龙,用的是以巫木树干制成的巨矛。

另一个晚上,哈卡崔把我从地上粗暴地拽起,让我惊醒过来。一时间,我既迷惑又恐惧,以为主君要打断我的脊梁骨。但我很快明白了,他把我当成了弟弟伊奈那岐,以为我在龙谷被黑虫杀死。他大声哭喊,撕心裂肺,我真担心野狼或强盗会被吸引过来,看看是什么东西在空寂的草原上,制造出如此响亮的噪音。

横穿草原旅行期间,那神秘而强大的召唤者、高大的白色身影一次次来找他,多数在他断断续续的睡眠中出现,有时甚至在他清醒时。

※

轻语荒原是个奇怪的地方,我们在荒野间度过的日子也很奇怪。主君有时目标坚定,有时却又问我:我们要去哪儿?为什么去?当我告诉他,领路的是他而不是我时,他显得苦恼万分。

旅途中,我们遇到过几次凡人。他们居住在广阔荒芜的草原上,大多是牧民,以家庭组成团体四处游荡。男人的下巴上留着长长的胡须,骑着矮小但强壮的小马。这些牧民能在马背上弯弓射箭,比多数凡人站在结实地面上准头更高。随着季节流转,他们跟着自己的牛羊,从辽阔草原的一侧漫游到另一侧。虽然我们见到的牧民不多,但

## 第四章　灰地

他们多数对我们保持警惕，或者干脆很害怕，但也不会伤害我们。少数几个凡人甚至提醒我们，要小心全由男骑手组成的队伍，因为草原也是亡命徒、盗贼和谋杀犯的避难所。

更新季开始的一天，我们果然遇到盗贼侵扰，但吸引他们的不是我主君在噩梦中的喊叫，而是迟午时分，他们远远就发现了我们，随后紧追过来——当然了，率先看见他们的是我主君。随着太阳在空中滑落，那十来个骑手与我们的距离一直在稳步缩短。他们的第一个错误，是刚刚追到足够近的位置就动手袭击我们。那时太阳已经落下，暮光正在消退。我怀疑，他们以前根本没见过支达亚，可能不知道，我主君在接近黑暗的环境下看得比他们清楚得多。

他们的第二个错误，是见我主君态度消沉、明显十分难受，就把他当成了容易得手的目标。事实上，在那个天色渐暗的傍晚，他们逼近时选择避开我，首先攻击他。等我反应过来，要不是担心得要命，一定会当场大笑出声。

光是这两个错误，就注定了他们的厄运。如果他们从距离还远时就开始放箭，还是有可能赢的。我主君也有弓箭，但他们所有人同时放箭就能压制他。然而，他们却以雷霆之势朝我们冲来，弯刀高举过头，划破空气，其间只有一两人放了箭，目的却是为了不让我们逃走。

转眼间，我主君用弓箭射杀其中三人，然后抽剑出鞘，踢马迎向对手。我用脚跟猛踢坐骑身侧，调转马头，跟过去与他并肩作战。我砍掉一个大胡子袭击者的手，看到他脸上露出近乎滑稽又愤愤不平的震惊，好像他要表达某种善意，而我却误解了他，然后滚下马鞍。没等我冲到下一个强盗近前，主君又杀死一人，另外砍伤一个。他手上挥舞的"雷鸣"如其名称来源的雷电般迅疾而可怕。没多久，最后一记砍杀的血雾还在空气中飘落，剩余强盗便放弃进攻，抱头鼠窜，一边撤退一边在马鞍上回身朝我们放箭。不过，要么是我们交了好运,要么是他们太过害怕而瞄得不准,没有一支箭落在我们周围。

我赶到主君身旁想感谢他,因为我相信,如果身边换成任何一位不如他厉害的战士,我都死定了。可追上他后,我吓坏了。他弯腰趴在"灰"的马鞍上直喘粗气。我伸手扶他,他猛地朝后躲开,我才知道他并没被流矢击中,而是被刚才的战斗耗尽了气力。我已经好久没见他如此无助。就在我眼前,他半滑半滚,从马鞍上跌落在地。

我急忙下马,从鞍囊里掏出最后的树根药膏,点上火,用最快的速度烧热一块干净的石头。等石头热到开始崩裂,我用棍子把它从火里拨拉出来,扔进煮水锅,把水烧开,然后用热水软化树根药膏。等药膏凉下来,我把它捧到哈卡崔大人面前。他好不容易才认出我,才肯让我把树根药膏涂在他的伤口上。

然后我守候在旁。夜色越来越深,主君一直蜷缩在地上,直到月亮浮上天空,他才动了动,坐起身。即使在月色下,我也能看出他眼里流露的恐惧。

"刚才我还以为,虫血之梦永远不会结束。"他告诉我,"忠心耿耿的琶蒙啊,我要感谢你。没有你的忠诚与帮助,我不知道自己该怎么办。我欠你的恩情永远无法偿还。"

我听得心里一惊。这种话会把世界搅得天翻地覆。我不想生活在自家主君如此虚弱可怜的世界里,它扰乱了我这一生所知晓的全部秩序。"我是您的仆从。"我只回答这么一句,奇怪的是,从此我再也无法确定,侍奉他的含义到底是什么。

※

有天晚上,我们在轻语荒原深处一个地图上找不到的位置过夜。我梦见自己着火了,感觉就像真的一样。

我惊醒过来,尖叫、扭动,感觉火焰正沿着四肢往上蹿,于是用手胡乱拍打,想把火扑灭,却发现那不是真火。然而,它们刚才是真

## 第四章 交地

的,至少感觉十分真实。我蜷缩在繁星和无垠的夜空下,依然感觉痛楚在体内活跃,像被剥皮似的,持续攻击着我的神志,如同永不止歇的尖叫。熬了大概十来下心跳的时间,折磨终于减轻,我缓过气来,看见主君已坐起身,睁大双眼盯着我。

"怎么了,芭蒙?"

"不知道,主君。"我喘息着,"感觉像有人往我皮肤上浇了滚油。我猜只是个噩梦,但我醒后,它好像仍在继续。"

"我很抱歉。"哈卡崔表情阴沉地说,但那一刻,我没听懂他的意思。我的心跳得太快,撞得胸口痛,肺却吸不进足够的空气。过了很久,我才敢重新入睡。

※

那不是我最后一次参与主君的梦境。后来的日子里,我经常从恐怖的幻象中醒来,发现哈卡崔大人在他自己的噩梦中翻滚。我越来越确信,自己是在分担他夜间受到的折磨,却不明白是怎么弄的。然而困扰我的,并不光是烈火焚身的可怕噩梦。有时候,尤其是在似睡非睡的状态下,我好像根本没在做梦,却又滑出了包裹所有生命的帷幕,进入了某个截然不同的领域——一个无边无际、无人知晓的世界。拦在清醒的自我意识与未知的疯狂港湾间的阻隔竟然如此薄弱,这种感觉叫人遍体生寒。

一天早上,我早早醒来,看到哈卡崔已经起身,正在营地里四下走动,狂躁地收拾行李,像是准备逃离某种危险,但他的表情更像兴奋而非忧虑。

"起来,芭蒙,起来!"他说,而我还在揉眼睛。"我终于知道方向了。我知道那个白色幻影在哪儿!"

"能告诉我吗,主君?"我问。

"我带你去看更好!上马!它在等我。"

我听话地收拾好烹饪工具和先前几件从鞍囊里取出的物品，准备离开。我刚刚爬上马鞍，哈卡崔就踢马出发。我得使劲催促"靴子"才能勉强跟上他。马匹奔跑时，清晨的迷雾在身边盘卷。有时，我感觉自己在独自骑行，追赶的不是阿苏瓦的大人，而是某种远远比他虚幻的东西。

跑到日近中天、迷雾蒸腾殆尽时，哈卡崔来到一座低矮小山的山顶，勒马停住，回头喊我。"在那儿，琶蒙！我跟你说了吧？"他满怀喜悦，以致我有点担心。不论他找到了什么，那东西已牵着我们走了好多天，所以我快步追上他时，心里只有忧虑。等我赶到他身旁，这种情绪更加强烈。

铺展在前方的草场形如上菜盘，但我第一次看到，这片草地的北方边缘出现了古老之心大森林的昏暗影子，随即意识到，过去短短数日，我们居然走了这么远，心里不由一惊。不过，更让我震惊的是，在摇摆的青草之上，高高耸立着一个有棱有角的物体，由岩石和泥土构成，体态修长，看上去确实像个身披白袍的人影。只不过，没有任何人、巨人，甚至龙能长那么高：面前这根有棱有角的石峰拔地而起，高耸入云，像是一根柱子的下半截，侧面和顶部却被青草和浓密的树木遮盖；脚下环绕着一泓浅湖，像护城河似的，但那又不是一座城堡。不论凡人还是不朽者，都造不出这样的东西。事实上，在我看来，眼前这座山形尖塔更像一根巨大指骨的钝头。看着它，让我不寒而栗。

"这是什么地方？"我喊道。

"离别石。"我主君也喊着回答，"瑟苏琢！"

我从未见过这座石峰，但知道它的传说，正如对逃离华庭或奈拿苏之死的故事一样熟悉。在好多好多个大年以前，我主君一族的两个分支、支达亚与贺革达亚曾在离别石上会面，协商分离事宜。那一刻被后世称为"决裂"。在那之后，乌荼库带领她的族民赶赴奈琦迦，

## 第四章 灰地

躲进山中要塞，宣布再也不与间吉雅娜及其族民生活在一起。对于从华庭来到这里的不朽者来说，瑟苏琢决裂之后，一切都变了。

"可是，主君，我们为何要来这里？"我问，"这地方肯定没人吧。"

"确实没有生灵，"他边说边踢马走下斜坡，朝那巨大的泥石柱走去，"但它一直是活的——它在呼唤我。"

说完，他又用脚跟踢一下"灰"，迫使我催马狂奔，只为跟上他。

※

我们的坐骑小心翼翼穿过瑟苏琢山下的浅水区，谨慎得有些夸张。无需用上我在阿苏瓦马厩的多年经验，也能看出，在凡人土地上成长的马匹不喜欢离别石：它们每一步都像走在昏昏欲睡的大型猛兽眼皮子底下似的。我也不喜欢这里。决裂的传说很少提及瑟苏琢本身，它与我一生到过的其他地方都不一样，庞大而荒芜，其体积本身就造成一种错觉，仿佛它是某种异世之物，被放在一片空阔的土地上，然后被人遗忘了。

"我看到残余的堤道。"哈卡崔对我喊道，"这边来，琶蒙。我们可以沿着它一直走到石头跟前，不用打湿坐骑的肚皮。"他心情很好，却像先前饱受噩梦和痛苦折磨时一样令我忧心忡忡。我忍不住寻思，这地方为何对他如此重要，还问出了声。

"因为我在梦里见过它太多次。"他回答，"那些梦正是我的苦难之一。"

"可这不该是避开它的理由吗？"我问，"我们只要往西走一天，就能抵达岸韶桑羽的城墙。我们在马背上走了将近两个月。主君，您受了太多苦，我们都很劳累，还很饿，赫玛给我们舒缓伤痛的树根也已用光。我们回家吧，或者去岸韶桑羽——我们可以在夏城休息，恢复力气。然后，如果您还想来，我们可以在返回阿苏瓦途中转道这里。"

愚蠢、可怜的氪斯啊！在那一刻，历经了漫长的旅途，我仍以为过几天我们就能回家。

哈卡崔只是摇头，仿佛我未能理解某个最基本的事实。"我们已经来这儿了，芭蒙。在我那些受诅咒的梦境里，离别石呼唤了我这么久，现在我怎能转身离开？"

围绕大石峰盘旋而上的山路十分宽敞，足够两辆马车相向而行。骑马上山时，哈卡崔跟我讲了更多关于这里的事。然而我听了之后，焦虑没有丝毫减退。

"这座山本身就是一件谓识。"他说，"这里有股力量，就连我族最睿智的成员也没法完全理解。"

"您是说，这块大石头是个主谓识？我以为主谓识只有九件，每个大城市一件，比如我们家乡阿苏瓦的三渊池。""家乡"这个词从我嘴里说出，已经有了灰烬的味道。自从我们出发前往奈琦迦，我时常担心主君再也见不到他的家人，担心我要把他的死讯带回给他母亲阿茉那苏和妻子卑室吁。最近一段时间，我开始希望担忧是多余的，我们也许有办法回家。然而此时此刻，突然间，情况又变了。

"你已经知道，谓识不止一种。"哈卡崔告诉我。我们的坐骑正埋头攀爬陡峭的山径。"我带的是一种。"他把手伸进束腰外衣，掏出一面镜子。他的第一面镜子遗失在龙谷，手里这面是后来得到的。"你见过的主谓识也是一种，比如阿苏瓦的三渊池、万朱涂的砂断，它们可以掌控小谓识，或同时与许多谓识通话。但还有其他类型的谓识，其中一个就在瑟苏琢。就在石头里面，也许深埋在底下的泥土里，谁都不知道详情。即使我族最熟练的族民也无法掌控它的全部力量。它还可以增强其他谓识的力量，有时在某些方面，其他主谓识甚至都比不上它。藏在我们脚下的东西被称为'遥夜砂曼'，意思是'地龙之眼'。正因为它的力量，我们才选在这里举行决裂仪式，用

# 第四章　交地

《力量真言》约束那决定命运的契约。其他主谓识早被支达亚或贺革达亚占据,只有埋在这里的谓识是无主之物。"

我一边听,一边压抑心中的担忧,甚至还有些许愤怒。"可是,主君,这依然没能解释我们为何要来这儿,以及您为何如此坚决骑马爬上这石峰山顶。您能告诉我吗?"

"不,琶蒙,我不能,因为我不知道。但我知道自己受到召唤——我应该来这儿。"他说道,好像这句话就能平息我的焦虑似的。

然而,是谁,或者什么东西在召唤您?我心里琢磨。我主君已历尽磨难,我原本不相信他还会有更凄惨的遭遇。可在这荒僻而诡谲之地,冷风呜咽,掠过山下空寂的草原,撩动石峰周围的浅湖,我第一次担心,最糟糕的事态也许就在前方等待。

※

我想起主君的族民很喜欢的一段话,是刻蔓拓里的平纳雅创作的长诗中的一段:

> 先是海洋,后是岛屿。
> 先是森林,后是树木。
> 先是树木,后是枝丫,再是夜莺,
> 然而在夜莺歌里,是一切。

说实话,我不太理解这节诗的含义。支达亚常常引用它来表示,有些事拆开来看是很难理解的,只有作为一个更大的整体看才行。不过,"夜莺"也是我主君一族对间吉雅娜的称呼。在逃离华庭、来到这块大陆以后的森立家族中,她是最受爱戴的一位,因美丽和善良在死后多年仍被铭记。传闻说,间吉雅娜出生时的发色与众不同,并非白色,而如无星之夜般漆黑。她的肤色也不是大多数族民的暖金色,而是如同春日的报春花一般的浅黄油色。阿苏瓦最高的塔楼顶端有一尊她的雕像,回望东边。有些人说,她是在遥望华庭本身,另一些人说她是在看土美汰,后者在间吉雅娜漫长的一生期间被冰雪吞噬。从很多方面讲,那尊雕像都是这片大陆上支达亚的象征,所以我知道,对我主君的族民来说,夜莺远不止是一种鸟。

来到离别石峰顶,我心里还在琢磨平纳雅的诗。最开始,这座石峰似乎只是草原中一块巨大的凸起。接下来,它成了螺旋往上的陡峭斜坡。但我们沿着在山顶变宽的山路走到瑟苏琢峰顶时,它又成了截然不同的另一种东西——飘浮在空中的岛屿。

此时,大石峰顶上的废墟出现在我们眼前,好一幅被遗忘的壮观景象。我第一印象觉得那是片荒废的城市:建筑没有屋顶,成片成片的露天瓷砖或陷在泥土中、或被破砖而出的植物挤翻。不过,瞠目结舌地看了一阵子,我意识到这遗址太小,不像是真正的城市,但其建筑又太过宏伟,不该是小型聚居点。最后我明白了:所有这些建筑,单纯是为那次盛大又悲伤的决裂仪式而建,然后就被遗弃了。

"对,琶蒙。"主君误会了我的表情,"你的族民努力建造了这一切。没有其他种族能在力量如此强大的地方办到,但你族民的血液中充盈着华庭的力量。"

我只顾东张西望,以致没太听懂他的话,日后我很后悔当时没问他是什么意思。即使到了今天,我仍想知道,这种对我而言是难解的谜团、对我主君族民而言明明知道却几乎不会考虑的事,到底还有多少?

"主君,我不喜欢这个地方。"我说。

"因为你能感觉到它有生命。"他似乎又陷入狂热的情绪,"或者至少,这里有东西在等待被唤醒。"

"主君啊,您这话让我更不喜欢它了。"

此时的哈卡崔几乎没注意我,他目光炯炯地盯着石峰上最大的建

## 第四章　交地

筑。与其他房屋相比，它破损程度较轻，呈圆形，像个酒桶盖子，宽约一弗隆，顶着个形状古怪的矮圆顶。

"那是 Kosa'ajika，"他说，"十字路口。我祖先给它起的名字。"

我打量这古怪的建筑。"十字路口？主君，为什么起这名字？我连路都没看见，更别提十字了。"

"全名是'时间的十字路口'。"话音未落，他已拍马朝它走去。我慢吞吞地跟上。

苔藓附在珍珠色石头穹顶各处，野草和其他绿植高高地攀在侧壁上。直到这时，我才体会到主君说的"这个地方有生命"是什么意思，只觉毛骨悚然，活像躺在阳光下却被阴影遮盖，而这阴影却笼罩着我始终不肯离去。不知哈卡崔是否也有同样的感觉，但他并没有放慢脚步。他下了马，快步穿过原本立着大门的空门洞。我在门外犹豫不决，看着主君走到低矮、昏暗的圆形房间中心，手里捏着他自己的谓识。过了一会儿，哈卡崔双膝跪下，双手掌心朝上，托起镜子，动作像从小溪里掬起一捧水来喝，然后低头看着它。

我突然心生警戒，快步跨过凹凸不平的瓷砖地板走到他身旁，但他示意我退后。

"我说了，不知道会发生什么。"他继续凝视谓识，后者已被激活，微微闪光，"所以琶蒙，不要靠得太近，不管任何情况都不要碰我。我不希望你因此受伤。"

尽管我心里越来越忧虑，听到他的话却差点苦笑起来。主君不希望我受伤！然而他承受的悲惨折磨早就在伤害我了，只因我爱戴他。而且现在，哈卡崔的幻象已开始溢出，侵入我的梦境，里面充斥着我无法理解的可怕事物，灼烧我却不留痕迹。这时才说不希望我受伤，已经太迟了。

"为什么召唤我来这儿？"哈卡崔盯着谓识问道，"谁在召唤我？你有疗方吗？抑或是另一个诅咒？"

215

接下来，我眼前发生了更诡异的变化。穹顶"十字路口"的墙壁原本离我很远，这时似乎开始收缩，朝我逼近。我的视野越来越狭窄，黑暗从四面八方压迫过来。不过我猜，这些景象不是通过我自己的眼睛，而是通过哈卡崔的眼睛看到的，因为在我前方，谓识亮成个光圈，晃得我看不到其他东西。镜像仿佛中午多云的天空，全是翻滚的灰云，从这里或那里的云隙间洒下一束束阳光，穿透昏暗，片刻后又再度消失。然后，突然间，我往前跌入光芒与阴影的漩涡之中。

一片混沌中，渐渐现出一个小小的身影，披着斗篷，戴着兜帽，如烟雾般纤细。我看不清它的脸，但它说话的声音像个女子。

这么多年了，我终于找到你。她的话不是通过耳朵传来，而是在我脑海中响起。

是你呼唤我来这儿的吗？这无声的回应似乎来自我，但这是我主君说的话，不是我的。此时我能感觉到哈卡崔的疼痛，就像先前在梦里有时也能感觉到的一样。痛楚越来越强烈，以致我难以聆听或思考。

不是，声音告诉他——告诉我们。吸引你到此的是某种更宏大、更精妙的力量。但我赌你会听从它的呼唤，并为此押上了许多。时机已到。不在这里，不是此刻，并非为你，却是为了其他的一切。世间万物平衡，然而平衡将会在瞬间倾覆。

可是，为什么呼唤我？我主君问道，你能告诉我吗？我受的苦难到底有没有意义？

模糊的身影做个否定的手势。我恳求你，不要提问。我们时间紧迫。你是被焚者。这是事实，我无力改变。哈卡崔·因-森立，我没法帮你减轻痛苦，甚至没法给你解释。苦难就是苦难。重要的是苦难之外发生的事。

悲痛越来越强烈，在我或我主君的脑海中抓扒——二者不可能分辨清楚——威胁着要把它撕成碎片。Kosa'ajika，或者谓识，或者二

## 第四章　灰地

者一起，似乎都在加剧这种痛苦。那毫无意义！我只知道我在受折磨！

此症无药可解。安静下来，求求你。女子的声音中既有悲伤、也有急躁。

我感觉主君心中突然涌起一阵绝望——在这里找不到解除我们苦难的药方。那就说吧，他说——我说，说，然后去死吧。

这完全有可能。白色身影张开双臂，开始闷烧，如煤炭被吹气后复燃。周围的黑暗朝它收缩。我为你带来的不是预言，而是一段尚未产生的记忆。将来会有一个时刻，只有你，岁舞家族的哈卡崔，站在生命与黑暗之间。那一刻，你必须想起这段记忆，你必须做出选择。

选择？什么选择？

我没法用言辞帮你理解。选择尚未出现。也许永远不会出现。然而它出现时，你必将，或者必须，在某时某处回想起这一刻。你要谨慎选择。现在，我的时间用完了。

可是，等等，我还没明白！主君的思绪绝望又迷惑，选择什么？还有，你是谁？

我是谁并不重要。闷烧的光芒渐渐微弱。等我们再次相遇——如果我们还能再次相遇——你会知道的。光芒如强风下的烛焰，摇曳不定，等我们再次相遇……

不！回来！别给我只留这么一点点信息就走……！

这就是我记忆中最后的话。

※

我从来不知道，世上竟有如此深沉的黑暗，好不容易才从中挣脱。我四仰八叉倒在"十字路口"的石板地面上，瞪着头上的穹顶。它的石缝间闪烁着阳光，亮如闪电。我喘着粗气躺了好一阵子，头晕脑涨，心跳飞快。然后我想起主君，赶忙爬起身。

哈卡崔摊开身子，趴在离我不远的凹凸地面上，脸庞朝下，一动不动。我心惊胆战地想尽各种方法叫醒他，可除了微微起伏的胸膛，他没有别的生命迹象，皮肤也是冰冷的。他的谓识掉在地上。我把它捡起来看看，它也一样缺乏暖意和生气。

不论我用什么办法，都没法唤回主君的意识。最后，我用双手环抱他的胸膛，任由他的脚拖在地上，拉着他走向空门洞，回到外面正逐渐暗淡的迟午阳光下，在焦躁不安的坐骑旁又费了九牛二虎之力——我没想到自己能有这么大的力气——终于把他举起来搭在马鞍上。我的脑袋就像一面鼓，被敲了又敲，鼓皮都裂了，所以满脑子只想到一个念头，就是把哈卡崔带出这个鬼地方。

我牵着主君的坐骑和昏迷不醒的主君，骑马沿着盘旋的山路走下山顶。在"时间的十字路口"的片刻经历让我满心惶恐，很担心它对哈卡崔造成什么致命的打击。我得用最快速度为他找到帮助，但阿苏瓦要走数日路程才能到。马匹终于走到瑟苏琢山脚的浅湖，我调头转向东边的岸韶桑羽，那里只要几个小时就能到。时候已到傍晚，我得一直骑行到天黑。靠近古老之心边缘的草原危机四伏，有狼、熊和凡人强盗出没，森林本身还有其他危险，可我不敢浪费时间等到安全的白天。

我在黑暗和惊惶中骑了一夜，途中还得频繁停下，把主君推回原位，以免他从马鞍上滑落。而且我骑的不是自家那些脚步稳当、双目清明的支达亚骏马，所以速度慢得我抓狂，唯一的轻松时刻是在午夜时分，我听到主君呻吟了一下。虽然他没醒，但我至少确认他还活着。

这段短暂的行程不像几个小时，更像有好几天。终于，古老的城市在森林阴影中浮现，城墙上灯火闪亮。一支小队出城门迎接我们，他们大多举着火把。这个时期，夏城访客稀少，虽然在夜色中，但他们很远就发现我们了。骑手走到我们跟前，凭着欢迎队伍——至少我

# 第四章 交地

是这么希望的——首领那顶装饰着展开双翼的著名头盔,以及染成石蚕花紫色的头发,我认出他就是"红翼"闵纳韶,岸韶桑羽的守护者,城中大司祭松娜雅荼夫人的儿子——他们母子都是岁舞家族最可靠的盟友。

"您好,陌生来客。"他看着我们靠近,喊话道,"您是夏城的朋友还是敌人?您带的是谁?他死了还是受伤了?"

"我带来阿苏瓦的哈卡崔大人。他还活着,但极度需要医师。"若在其他情况下,我不会这么开门见山。可照顾哈卡崔这么久,我已经厌倦了各种礼仪,尤其它们只会妨碍我主君接受治疗。如我所料,闵纳韶和骑手们都惊讶地看着我。他们直到这时才发现,原来哈卡崔的伙伴是个庭叩达亚仆从——还是个胆大鲁莽的仆从。

"森立家的哈卡崔?"守护者问,"你们遇到袭击了?"

"您应该听说了,我主君杀了黑龙黑朵荷贝。"我说,"可能还听说,他被龙血严重烧伤。从那以后,他一直在寻找治疗和缓解痛苦的方法。在哈卡崔大人坚持下,我们爬上高耸的瑟苏琢,他在一个叫'十字路口'的地方使用谓识,然后就被我无法理解的可怕力量击倒。我没能力帮助他,只能带他来这儿。"

"红翼"闵纳韶立刻展现出精明干练的一面:他命令一位手下坐到我主君身后,把他安全地扶在马鞍上;然后派遣另一名手下,迅速赶回岸韶桑羽城中,为我主君准备床铺并召集医师。"他能说话吗?"闵纳韶问我。

"出了瑟苏琢,他再没说过一句话。我们穿越轻语荒原期间,他几乎每晚都走在梦境之路最恐怖的区域,他的梦诡谲又惊悚。我甚至觉得,爬上那座大石峰之前,他已经没剩多少力气了。"

闵纳韶显得很迷惑。"我知道他早先离开了阿苏瓦,不过,他——你们——当真走了这么远?"

"尊长,我没法告诉您究竟有多远,因为我们的漫长旅途并非直来直去。我陪在他身边有好几个月了,想尽办法保他平安,让他尽可能舒服。"我往前靠了靠,"守护者阁下,我也很累了,但我保证,如果您能等到我主君安顿下来,我将有问必答。"

闵纳韶给了我一个古怪而敏锐的眼神。"仆从,你叫什么名字?"

"尊长,我叫琵蒙·氪斯,是哈卡崔的扈从。"

他哈哈大笑,但笑声更像吃惊而非开心。"当然!我差点忘了——哈卡崔的庭叩达亚扈从。"他再次露出若有所思的表情,"对,扈从琵蒙,你和我,我们得好好谈谈。"

※

等我们走到岸韶桑羽城市中心,天色已经全黑,所以对这传说中的地方,我能看出的特别之处只有一个:森林与夏城以一种奇异的方式交相生长在一起。城中很多地方把最高大的树木当成建筑的重要组成部分,在粗壮的山毛榉、橡树和铁杉上砌着各种平台,并用摇晃的小桥相连,后者像蛛网般藏在枝繁叶茂的高处,近乎隐形。还有一些地方,石头建筑围绕某个天然岩石凸起而建,以致很难分辨哪部分是建造的、哪部分从世界黎明之时伫立至今。不管我望向哪边,森林和城市都像生长或交织成一体,叫人没法区分哪些是纯粹的大自然杰作、哪些是能工巧匠的手笔。

在岸韶桑羽度过的第一个晚上给我留下的古怪感,就连奈琦迦阴影重重的昏暗通道也比不上。这个城市之美令我赞叹不已,但与此同时,它的空寂也让我大为震惊。过去几个月,我见识了支达亚一族的传奇城市——奈琦迦、万朱涂,还有几近荒废崩塌的刻蔓拓里——但走在岸韶桑羽树荫遮蔽的街道和公共广场上时,我才开始思考,也许伊奈那岐是对的,对于在华庭毁灭后接纳我们的这个世界,我主君的族民正渐渐失去对其的掌控。

闵纳韶一家主要居住在金叶府,那间房子的支柱是五棵雄伟的闪

## 第四章 交地

电状橡树。树干间架起木制屋顶,遮住下方的主平台。屋顶之上还有两层,所以这建筑里最高的房间能眺望森林的树冠。

我主君仍昏迷不醒。他被抬进一间空套房,刚刚放到床上,就被一群医师包围。不过我猜不出,这些医师有多少是来帮忙,又有多少是因为他显赫的名声并与黑虫战斗过而来围观的?我把哈卡崔交给他们照顾,然后被带进另一间房,后者朴素得多,但好歹是个单间。此时就算有人需要陪伴,我也没法提供更多欢乐——卸下肩上的重担,我倒头就睡着了。

沉睡中,我再次感受到灼烧的痛楚,但这次没那么强烈。而且我再次发觉,梦中除了折磨之外还有其他东西——我瞥见了帷幕背后。我发现自己在一个奇异至极的地方,周围全黑,风声呜咽,有闪光吸引我朝一个方向走去,然后它又出现在另一个方向,如狐火般飘忽不定。我看到身边有影子,起初模糊而遥远,于是试着追上、凑近,本该能看得很清楚了,然而它们依然只是朦胧难辨的影子而已。

我死了,我心想。我是哈卡崔,我再一转念,不对,我是扈从氪斯。可惜在这梦里,两者似乎没什么区别:我主君在受苦,我也在受苦。我无助地在那里飘荡,黑雾弥漫,有许多声音在恸哭,像鸟儿的啾鸣般没有言辞。疼痛又开始了,如夺命的高烧般炙热,无情地烫灼我。我尖叫着醒来,脸上汗如雨下。

门口站着一个很年轻的支达亚,脸上写满关切。

"你是芭蒙·氪斯?"他问。

我点点头,被梦境吓得惊魂未定。"我躺下时是的。"

他不知道我是不是在开玩笑。我自己也不知道。"闵纳韶尊长要见你。"他说。

我突然心生寒意。"我主君怎么了?"

"好点了——至少我是这么听说的。现在跟我来吧。"

我松了口气,起身跟他出去。我以为小支达亚会带我去哈卡崔身边,但我们下楼经过大堂,走到屋外,来到环绕金叶府的森林花园,然后走出从城门延伸过来、弯弯曲曲的主干道,经过了好几座小房子。街上依然看不到人烟,我不禁寻思这是怎么回事。莫非金叶家族的习惯是晚上要远离公共场所?就算在奈琦迦,尽管市民被乌荼库王室定下的条条框框束缚,街上也没这么寂寥啊。

我们终于来到一块空地,这里孤零零伫立着一棵巍然挺立的橡树,树上挂着一串梯子,通往高处。小向导麻利又自信地爬了上去,我虽然不如他,但也尽力跟上。树顶有个宽敞的平台,架在一片树叶繁茂的枝丫下。这时我才头一回知道,盘问我的不光有闵纳韶,他母亲松娜雅荼·娜-珊吉达也在等我。她身着长袍,款式简单但布料柔软,泛着黄铜光泽,十分漂亮。同许多年长的支达亚一样,她的年纪只能通过各种微妙的特征猜测,但我知道,她已领导夏城族人度过了许多、许多个大年。松娜雅荼是所谓的"陆生代",即逃离华庭后,在这片土地诞生的第一代贺革达亚和支达亚。她与儿子一样留着浅紫色头发,拢起来高高盘在头上,用淡紫色的血木发簪固定。她的表情虽然平淡,却不像儿子闵纳韶对我那么冷漠。我对她深鞠一躬,唱起尊请六歌表示敬意,可没等我唱完第一句,她就用优雅的手势拦住我。"扈从,行礼就够了。"

"对,别在礼节上浪费时间了。"闵纳韶看我站起来,说,"告诉我们发生的一切。"

"我主君,"我问,"……怎么样了?"

"在睡觉。他曾短暂地醒过,跟医师们说过话。他知道自己在哪儿。"

我向华庭默祷祝谢。"是个好消息,尊长。我将知无不言,告诉您您想知道的一切。"

"首先,给扈从搬把凳子,让他舒服些。"松娜雅荼夫人嗓音深沉,犹如竖琴最低的音调,"再拿些食物来,让他吃顿早餐。"

## 第四章 交地

给我带路的小支达亚连忙出去,很快端来一碟蜂蜜面包和森林水果。我饥肠辘辘,但仍竭力保持礼貌慢慢吃。我的回答有一半是在咀嚼食物时想到的。

从贺恩使团抵达阿苏瓦那天开始,我尽量全面地把发生的一切都讲了一遍。松娜雅荼母子如此迫切地想了解事情经过,应该是出于对我主君的喜爱,并因他的苦难而痛心,否则我猜不出其他原因。当然了,他们是阿茉那苏和伊彦宇迦的亲戚,也是我主君和伊奈那岐大人的血亲,九大城市的统治家族大多有血缘关系。我讲述时,他们多数时间沉默不语,只是频繁地交换眼神,时不时叫我多讲讲某些特定的事,尤其是我们在瑟苏琢的经历。但我惊讶地意识到,他们最感兴趣的,既不是那次奇怪的插曲,也不是屠龙之战,甚至不是我们与"放逐者"仙尼篾的交集——其他听众似乎对他很着迷——而是我们的奈琦迦之旅,以及那段时间,我主君的弟弟在做什么。

"再讲讲你们进山后第一天的情况。"闵纳韶问我,"你说,伊奈那岐先跟大司祭昔冀见了一面,然后你提到夜挞敌阁下。你还记得其他名字吗?"

我摇摇头。"我说了,我主要待在哈卡崔身边。乌荼库女王有许多顾问来看望我们——他们就像牧师来祷告一样,在我主君房间进进出出。但我听说,伊奈那岐大人见过乌荼库女王本尊。"

两位支达亚就奈琦迦问了好一阵子,终于让我把剩余故事讲完,以我们穿越草原、抵达岸韶桑羽城门作结。

讲完后,我们默默坐了一会儿,在我看来,闵纳韶和他母亲不用说话也能达成一致。然后他们感谢我,并由带我来此的小支达亚送我回金叶府。

接下来好几天,哈卡崔大人一直在沉睡,偶尔勉强算是清醒。医师们在他房间进进出出,像父母一样尽职尽责,但其中一位悄悄对我承认,他们除了让他舒服一些,也没别的办法,毕竟龙血诅咒在当今时代已极为罕见。我给他们讲了在瑟苏琢发生的事,却让他们更加迷惑——为免辜负主君的信任,我隐瞒了他与那个神秘存在的对话内容。

"在瑟苏琢使用谓识十分危险。"一位医师告诉我,"受到如此严重的虫血烧伤,我无法想象,他那么做的危险程度会放大多少。"

尽管我主君心怀希望,但他在离别石的经历似乎对他没有任何帮助,甚至可能让他病情恶化。我责怪自己袖手旁观,任由主君冒险受到伤害,但实话实说,我至今仍想象不出,除了使用暴力拖他离开,还能有什么别的办法?而那只可能让我俩之一严重受伤甚至死亡。我永远不会忘记,自己曾在半夜醒来,看到主君沉浸在幻觉中,朝梦中敌人挥舞利剑的情景。

哈卡崔终于完全清醒,像在贫瘠沙漠爬行多日的人一样狂饮了一大瓶水。这时我问他,还记得瑟苏琢的事吗?

"只记得一点点,"他一边回答,一边眨着眼睛,像被房里昏暗的光线刺痛一样,"却又记得很多。"我一定皱起了眉头,因为他又说,"忠心的芭蒙,别这么不高兴,我不是在玩文字游戏。我只想告诉你实情。"

我学着主君一族的做法,尽量收敛脸上的所有表情。"主君,我在听。"

"当我望向谓识里面时,我……掉进去了,或者说,我感觉自己掉进去了。我看到成百,不,上千个哈卡崔!四面八方,全是我自己,一个完全由我自己的镜像组成的世界。"

这跟我看到的幻象截然不同。我犹豫要不要告诉他,最后还是忍住了。这是我这辈子最接近对主君撒谎的一次,直到现在仍为之痛苦。"上千个哈卡崔?"我问。

"谁知道呢?可能还有更多!无数张我自己的脸,但每张都略有不同。然后有个声音对我说话,是个不认识的女声。它告诉我,将来

# 第四章 灰地

有一天——也许是未来的一千年以后，也许永远不会来——到那天，我将被迫做出选择。在它说话的同时，我看到我所有影子都在活动、在说话、在生活。它们每一个都是独立的，拥有自己的人生，且没一个与我有关，然而不知为何，它们全都是我。"

至少女声这部分跟我听到的一样，但我仍没告诉他我自己的经历。我不想承认自己在 Kosa'ajika 窥探到主君最私密的思绪——感觉就像他最脆弱时辜负了他的信任，我担心他会有遭到背叛的感觉。"主君，这太难懂了。"

"我也这么觉得。"他说，"不管对我说话的是什么人或什么东西，它都治不了我的伤痛，甚至连舒缓的办法都没有。它只告诉我：'受着吧。'"

"那就是个坏神谕，主君。"这一点我很肯定。不论凡人还是不朽者，眼见我主君受苦受难，又岂能袖手旁观?! 更别提如此冷酷地嗤之以鼻了。

"不，琶蒙，我认为从地龙之眼的智慧中得到的知识没有好坏之分。"他在床上换个姿势，疼得皱起眉头，"不是说它每个字都得遵从，甚至不一定要相信，但我认为，这力量只能展示真相，剩下的问题是还有多少、还有什么真相未曾展示。"

这微妙的差异超出了我的理解能力。"哈卡崔大人，我只在乎您是否安好。我觉得，您没必要为这事消耗太多精力。"

我主君微微一笑，但这是个多么悲怆的表情啊，看得我心碎。"好琶蒙，那我该为什么事耗神呢？为我无法触碰的家人？为害怕我的小女儿？为我无穷无尽的痛苦？"他摇摇头，"那个声音预言的厄运，认定悬在我头上的结局，至少有一个优点：它就在未来的某个时刻等着我。我宁可要它，也不想要现在的这种日子。"

※

不久后，哈卡崔大人又久久地高烧不退。我每日照顾他，但他很少意识到我在身边。就算我暂时离开,筋疲力尽倒头大睡,感觉仍像在照顾他,我的梦境似乎完全被主君的梦主导了。有一次,我请教一位岸韶桑羽医师:她也近距离照顾哈卡崔,那她的梦有没有受到影响呢?那是位支达亚女子,名字已经记不清了,我只记得她很震惊。

"你梦到了他的梦?"她反问。

"我怎么知道?龙血烧伤他之前,我从没做过被烧伤的梦,也没在梦境之路游荡过那么远。在瑟苏琢,我听到……"我闭了嘴。我不能对主君承认,说我看到过他在"十字路口"看到的幻象,又怎能对一个陌生人讲呢?"在梦里,我会喊出不认识的名字。"我改口道,"就像看到老朋友,但对方听不见我;或是看到旧日的敌人,我必须与其战斗,但总是碰不到他们。"

医师显得迷惑不解,最后说:"也许是因为你的血。"

"我的血?但我没跟黑虫战斗啊。它死的时候,从那颗邪恶心脏里喷出的黑血并未在我身上留下疤痕。"

"你是庭叩达亚,对吧?来自华庭的瓦傲之一。"

我的血统又一次被拿出来说道。"那又如何?"

"你们一族在这方面很奇特,"她只回答一句,"对梦境之路很敏感。"

我主君恢复到勉强健康的过程十分缓慢,所以我们一直留在夏城。数月时间如飞一般过去。挨到狐狸月渐渐变圆,我开始觉得自己的生活已被完全剥夺。尽管写下这些文字时,我为自己的自私羞愧难当,但必须承认,我曾多次猜想,阿苏瓦的家人们是否还记得我,或者他们只想着哈卡崔?我还想知道,鸦栖堡的朋友会不会时时谈起我?时光飞逝,我开始回想自己这辈子留下的印迹,发现除了照顾主君,我为这世界带来的改变是如此微不足道,不禁有些懊恼。我的生命毫无价值,只有生活与更重要的人物交汇时,我才算存在。

在夏城期间,主君得到金叶家族悉心照料,我可以在城里四处逛

## 第四章　灰地

逛，探索它的古老花园和森林。我遇到一些市民，其中既有主君的族民，也有敝族的同胞。我同他们聊天，很快了解到我先前没猜错，许多居民已离开岸韶桑羽。自从土美汰被弃，古老之心森林东侧的贸易道路已经荒废。随着往日的北方大城消失在入侵的冰雪之下，那一带剩下的支达亚村落太小，弥补不了它留下的缺口。同我聊天的市民中，很多人承认他们也会很快离开，前往阿苏瓦、万朱涂，或者其他更容易生活的地方。在我们抵达之前，我对夏城了解不多，可在城里生活了这么长时间，我开始为它哀痛，就像眼看着深受爱戴的老者奄奄一息。我再次想起伊奈那岐那悲观的预言，忍不住寻思，要是支达亚一族消亡了，我的族民是会获得自由，还是会跟着侍奉的不朽者一起消亡呢？

这一日，我又去外面的城市散步。回到主君房间时，发现他还在睡觉，但床边坐着守护者"红翼"闵纳韶。按照支达亚的标准，闵纳韶的年纪对于他承担的责任算是年轻的。不过，虽然他看上去像跟我主君一样刚刚步入青年期，但我知道，他的实际年龄要大一些。我走进房间时，他脸上没有年轻人那种无忧无虑的表情，而是屈服于忧虑的愁容。

"今天我在这儿等了很久，可哈卡崔没有醒过。"他告诉我。

我用手轻轻抚摸主君的额头，很温暖，没发烧。"这是常事，尊长。"我回答，"有时疼痛十分严重，他除了睡觉别无他法。事实上，在那种时刻，睡眠是更受欢迎的逃离方式。"我迟疑了一下，"除了他的梦。"

"这个问题，我听医师说了一些。"他说，"跟我讲讲这些梦吧。"

"如果那还能称为梦。"我为闵纳韶送上饮品，他拿了杯葡萄酒喝，一边看着我主君，一边听我讲述哈卡崔在那条龙死去后看到过、感受过的怪事，以及他清醒时对我描述的奇异旅途。

"所以，你们爬上瑟苏琢之前，这些可怖的梦就开始了？"

"在那之前,几乎从我主君刚被黑朵荷贝心脏中涌出的血溅到那一刻就开始了。不过,我们跟着冒牌医师焚·咏娜出海那一晚之后,它们发生了变化。但它们从来都不是普通的梦。他向我发过誓,说他曾从过去飘到未来,再飘回来,完全无法自制。"

"就连我族最睿智的长老也无法完全理解梦境之路。"闵纳韶承认,"可你说的过去和未来,是什么意思?"

"尊长,我知道的一切都是主君跟我说的。不过有好多次,他确信自己看到了尚未发生的事。"我有些犹豫,"有一次,他看到这里,岸韶桑羽伫立之地,是一片废墟——几乎被树木和荆棘完全吞没的破碎石块。另一些时候,他说,他跟一些凡人谈过,那些人只在古老传说里听说过支达亚。您觉得那是纯粹的发烧胡话吗?他怎么能跟尚未出生的人说话?"

闵纳韶摇摇头。"如果他看到我们的城市是废墟,那他看到的或许是真实的未来——至少是可能发生的未来。华庭的大司农嘉柯娅曾亲口说过,未来将发生的事就像有许多分支的大道,在我们前方延伸,每次你我选择一个方向,我们的一个魂魄就会走上另一个方向。"

"魂魄?"我不喜欢这个词,"是说死者的灵魂吗?"魂魄是凡人才相信的东西,以前我从未在支达亚口中听过。

"准确来说,不是。如果嘉柯娅说得对,那我们的孪生化身就不会认为自己是魂魄。另一个闵纳韶,另一个哈卡崔,或者另一个扈从芭蒙,不会知道有孪生化身的存在。它会继续过着它所知道的唯一一种生活,并相信自己才是真正的本体——正如我们所有人都走着自己的旅途一样。"

这话我完全没听懂。事实上,这理论让我头晕。"所以,我们全都有个孪生化身?"

闵纳韶轻轻一笑。"不止一个。若你相信嘉柯娅的说法,那就有数百上千个。我们每次做出选择,其他选项也会被选中,所有那些版

## 第四章 灰地

本——所有孪生化身——就会从那里出发。"

我忍不住想起主君说过的许多哈卡崔的幻象,每一个都过着它自己的生活,彼此独立,却又高度相似。由此又突然联想到数千个氪斯的镜像——像一支军队——散往无数方向,选择不同的道路,过着各自的人生。我的心突然难过地揪紧,不光因为,那些影子可能过着我只能在梦里过上的有选择、有自由的生活。"我不明白,尊长,事实上,我觉得思考这种问题很痛苦。"

"痛苦?"他站起身,也许决定不再等我主君醒来了。

"因为那意味着,必定有一个镜像哈卡崔大人没有站出来对抗那条龙。"我主君在熟睡中翻个身,被子滑落,我低头看着他腹部和胸前恐怖的疤痕,"那个孪生化身健康而平安,没有痛苦。"我说,"因为它弟弟没发下那极端的誓言。"

闵纳韶点点头。"也许这就是你主君嗜睡的原因。也许他正在梦里追寻另一种生活,在那里,伊奈那岐没发下那个誓言;在那里,没发生这一切。"

我告诉他,这些假想对我过于艰涩难懂了。

"也许是该把这些思考都抛到脑后吧,"他说,"我们在自己的世界和时间里已有太多烦恼了。在这个时空的伊奈那岐确实发下了那个誓言,随着每个月过去,他也变得更加古怪、绝望。"

"守护者,为何这样说我主君的弟弟?伊奈那岐跟我主君不同,他没受到半点伤害。事实上,主君和我甚至有半年多没见过他了。"

闵纳韶低头看着沉睡的哈卡崔。"也许只是我的问题吧,扈从,自从黑虫被杀,我一直在琢磨并担心你主君的弟弟。"他转头看向我,笔直的凝视目光吓了我一跳,"伊奈那岐很愤怒。他最生气的当然是他自己,但他的性格会把怒火同时发泄到内部和外部。我从阿苏瓦的朋友那里听说,尽管伊奈那岐的母亲阿茉那苏已表明态度,不允许因哈卡崔受伤去威胁短命的贺恩人或其他凡人,但他每天都在咒骂凡人。阿茉那苏认为那不是凡人的错,但伊奈那岐怒火炽烈,没法轻易熄灭。他还在阿苏瓦之外找到了跟他有同样怨恨的盟友。"

"阿苏瓦之外?"我听糊涂了,"您是指银色家园的依拿扎希尊长?他与贺恩人的恩怨由来已久,但他跟伊奈那岐……"

"不,不是依拿扎希。我说的是奈琦迦的银面乌荼库,自封的贺革达亚女王。"

我大吃一惊,但闵纳韶的话,为我们在奈琦迦深处做客时伊奈那岐的长时间外出提供了新的解释。"可伊奈那岐大人肯定知道,那个北方女王不可信啊。"我说,"早在他出生之前,他父母就跟那个女王有过多次纷争!"

"话虽如此,但狂热的心会无视它不想知道的一切。"闵纳韶说,"当它需要找人分担怨恨时,会原谅最不可原谅之事。"

"不会的——他很善良。"一个虚弱嘶哑的声音说。我主君醒了。"伊奈那岐心地善良。不要错判他受到的伤害。"

闵纳韶在床边跪下。"能听到你说话真好,哈卡崔,不要累着自己。"

"我弟弟爱我。"

"是啊,"闵纳韶说,"是啊,他爱你。这正是他如此愤怒、绝望的原因之一。"

"水,琶蒙。"主君说。我忙去给他端来一杯水。他从我手中接过杯子,但自己的手抖得厉害,洒掉的水比喝下的多。"我刚才梦到时间逆转了。"他用颤抖的手背擦擦下巴,"太阳在空中逆行,从西往东。岁月倒退。在这期间,我好像听到我弟弟在喊:'三位!三位会替我们报仇!'"

闵纳韶摇摇头。"哈卡崔,忘记这些梦吧,仔细听我说:你是时候回阿苏瓦了。"

我主君望向夏城守护者的眼神,好像从未见过他一般。"什么意

## 第四章 交地

思,闵纳韶?我几乎不能动弹。龙血时刻折磨我的身体。我不能怪你厌倦了我这没用的废物……"

"不,哈卡崔,你误会我了。不是我们希望你走,而是我母亲和我担心,你弟弟在你离家期间,可能会做出一些事。"

这话激怒了我主君,他想坐起来,但一动就疼得面容扭曲。我既不敢碰他,又想按住他,因为我知道,他事后会为此时想坐起来的努力付出高昂的代价。"闵纳韶,就算是你,提到我弟弟也该小心。"哈卡崔从紧咬的牙关中挤出话来,"你是我的朋友和亲人,你母亲深受我母亲喜爱,但我不准你这么说伊奈那岐。"

闵纳韶沉默不语,直到我主君放弃徒劳的挣扎,倒回床上,难受得大口喘气。"抱歉,哈卡崔。"最后他说,"然而我必须说出事实,即使是令人害怕的事实。本来我想等到你情况好转再跟你说的,可我等不下去了。自从你们与黑虫大战之后,你弟弟跟乌荼库一族就走得很近。还记得瞎子吉筌吗?就是你们第一次回阿苏瓦后,照顾你的贺革达亚法师。"

主君摇摇头。"那段时间我记不太清。"

"他是山中女王咒歌会里地位最高的成员之一,是位强大的魔法师。"

哈卡崔压抑地笑了一声。"那他的法力失效了,他没能治好我。"

"如果那是他的目的,他确实失败了。但他也许怀有其他目的。事实上,我听说,吉筌已返回奈琦迦——独自一人。"

我主君正咬紧牙关,忍受又一波潮水涌来般的苦痛,只好由我代为提问。"独自一人?守护者尊长,这意味着什么?"

"乌荼库咒歌会的另一位法师没跟他一起回去,而是留在阿苏瓦,且常跟伊奈那岐待在一起。"闵纳韶说,"那个贺革达亚叫鸥穆,能力仅次于吉筌,但傲气和野心与之不相上下。"

"我见过她,"我说,"很多次。她从不说话。"

"但她似乎会跟伊奈那岐说话。最近这段日子，他俩形影不离。"此时他压低声音，听得我浑身不自在：身为金叶家族的继承人，在自家府邸说话为何要这么小声？"我在阿苏瓦的朋友说，鸥穆成了你弟弟的影子——如影随形跟着他，常在他耳边低语。这怎能不让我们疑惑，她对伊奈那岐说了什么？那些话虽从鸥穆口里说出，但毫无疑问是乌荼库的言辞、乌荼库的想法。贺革达亚女王对凡人的憎恨，甚至比她对我们这些与她意见相左的亲族的藐视更加强烈，而她似乎发现，你弟弟是位专心的聆听者。"

闵纳韶的话引起了我主君的关注。"氪斯，你可以退下了。"哈卡崔突兀地说，"你肯定陪我坐了很久。"

我没有——我才来——但我明白他想跟闵纳韶私下谈话，而我已听了太多我本不想听到的事。

# 第五章　绿海

# Brothers of The Wind

　　山猫月第一个月牙爬上夜空时，我们离开岸韶桑羽，返回阿苏瓦。我主君决意骑马，并且拒绝了金叶家族为他提供的骏马，将这光荣留给了我们从凡人领地带出来的两匹马。本来他愿意的话，他的岸韶桑羽亲戚甚至可以用担架抬他回去。但离开族民这么长时间，我主君不想以这种方式回家。他下定决心，要么自己坐上马鞍，要么根本不回。这就是他的处事方式，真正尊贵、高尚之人的处事方式。我们这些小民只要为自己、有时也为家人考虑就够了，但伟大的领袖——身居高位者——不一样。他们知道，自己的所作所为、举止气度比他们本身更重要，那是个征兆，是治下之民害怕与希望的基础。离家这么久，哈卡崔决意向阿苏瓦民众展现一张勇敢的脸。

　　然而正如我的担心，他为勇敢付出了代价。抵达阿苏瓦后，他立刻被抬回宫里的房间，后面好几天都困在床上。第一天，伊奈那岐和父母都来看望他。伊奈那岐发现，他跟上次两兄弟相见时并无好转，甚至更加疲倦，因而愁容满面。我相信，阿茉那苏和伊彦宇迦一定也是同样感受，但他们嘴上却说，能与他重聚十分高兴，只是见他仍在伤痛中挣扎又十分心疼。

　　让我惊讶且暗喜的是，回来后发现有封来自鸦栖堡的信在等我。我一直等到主君由阿苏瓦的医师接手照顾，才退到一旁读信。

## 第五章 绿海

亲爱的扈从芭蒙·氪斯：

信这样开头。

我们灯塔峰上的住民向你和你主君致以最美好的祝愿，希望旅行对你俩不要太过劳累或痛苦。不知你会在何时读到这封信，希望离此信寄出别太久，因为我们送去的消息，即使在最新鲜热辣时也算不上让人兴奋，时间一久就更没意思了。

所谓"我们"，当然是指我们两个，盎娜夫人（正在写这封信）和韶丽小姐（加上她要传达的信息）。

我坐在这里，望向窗外，当然看不到阿苏瓦。但我经常远眺东方，想起你和你主君。你们第一次来鸦栖堡做客，简直像发生在另一辈子、另一个世界。这就是远离人烟稠密之地的放逐生活的特点，我们有时觉得，时间把我们这里遗忘了——而其他人都如划船手抵抗潮汐般，与这恒久的力量做着斗争。在这里，除了季节，其他一成不变。甚至连季节——此时是冬季——仿佛也是对某个更加真实的过去苍白、无趣的重现。

芭蒙·氪斯，这些文字若使你沮丧，请原谅我。最近我生病了，但正在好转，等身体健康起来，我的心情也会振作。

鸦栖堡最近没什么事，而我也没有技巧或智慧能在过去的平凡日子里写出优美的诗句。事实上，我承认，我写这封信主要是因为，你说过你们要去南方的凡人领地，那你肯定会见到各种奇闻轶事，希望你能反过来跟我们讲讲。那里的凡人个子小吗？身高是不是跟侏儒一样，像传说中寒冷北方的矮怪那么矮？我还听说，南方沼泽地区生活着一种叫鳄蜥的庞大蜥蜴，你有没有见过？更重要的是，你们在旅途中有没有找到能让你主君减轻伤痛的方法？

氪斯，可以的话请给我们回信。访问阿苏瓦的凡人中肯定有人会回南方，他们能帮你捎信。或者——我几乎不敢问——你还能到高耸又孤独的灯塔峰来看望我们吗？这里的日子死气沉沉。我这么说不是抱怨夫君——结婚时我就知道他的生活方式、他的痛苦，以及我们婚后的生活会是什么样子。可坦白讲，我没想到这里的人丁会如此单薄，也没想到可供度日的消遣会这么少。韶丽和我度过的每一日都跟前一日相同。我常在屋顶散步。韶丽看书。最近她发现了我族古代诗人挞-印黛的诗篇，于是花很多时间研读里面的诗句。

看看我写下的文字，我清楚地知道，这封信里除了埋怨什么都没写。更糟糕的是，我把你当成了救赎我们的工具。不论是谁，都不该被迫承受这样的重担，尤其是你这么谦和的生灵，亲爱的氪斯。好了，再说说韶丽吧，我该让你去找她决定给你送去的信息了。

我向你保证，改天我的心情就会好转，到时会再写一封更让人愉快的信。你甚至可能会先读到后来的信，然后完全没想到，我会在这封信里如此消沉。

她用这句突兀的补充结束了这封信，然后是结束语"你的朋友"，并用漂亮而精致的花体签上全名——鸦栖堡女主人飒-努言·盎娜夫人——想要推迟封信的动作。

我打开韶丽的信，它折在盎娜的信里面。我吃惊地发现，那是张空白的羊皮纸，唯一的内容是一朵被压平的白色干花——山楂树的花。我久久地盯着它，想理解它的含义。盎娜夫人写道，这是韶丽送来的，所以干花不是意外裹进去的，也不是盎娜写完信时刚好在旁边而放进去的。

我百思不得其解，甚至有些失望。我本以为，分别这么久，至少能读到韶丽几句友善的闲聊或问候，但她只送来一朵干巴巴的残花，肯定是在上一年的夜莺月期间摘的。

## 第五章 绿海

我向主君的几位医师打听山楂花有何含义,结果被上了堂又长又细的课,知道它能治疗多种疾病——从胸部黏膜炎到心绞痛,甚至肝病——极具药用价值。可我想不明白,韶丽小姐出于什么原因会关心我的五脏六腑。我又读了一遍信,发现益娜夫人提到韶丽在研读挞-印黛的诗作。我不认识这个名字,正打算去找阿苏瓦的著名学者和编年史学家咨询时,一位年长的庭叩达亚马夫指出:这是个瓦傲名字,所以我该在同胞间打听,而不是去找支达亚。我没意识这一点,真是蠢得可以,但我为照顾病重的主君一直忙得团团转。

年轻人纳笠-云听到我们的对话,说:"你该去问我曾祖母,她也是医师,或者说,来这儿之前是。她对书籍等方面的知识十分渊博。以前我们族民称她'Val Adai'——睿智的女人。"

我没听过这个词,但知道纳笠-皮娜。阿苏瓦的庭叩达亚大多互相认识,至少效忠森立家族各位大人和夫人的庭叩达亚皆是如此。"真的吗?"我问他,"我没听过别人这样喊她。"

他嫌弃地摇摇头。"氪斯,有时你好像连自己属于哪个种族都不知道。"

我开始觉得,他说得对。

"挞-印黛!"老妇人听我说完,轻轻拍着手掌叹道,"好多年没听过这个名字了。想当初,在杉纪都的时代,好多人称他为'梦海之声'。他是卓越的作曲家,尤其擅长用歌谣讲述我族在华庭及后来在放逐中的故事。"

纳笠-皮娜同纳笠-云的大家庭一起住在仆从宿舍,位于阿苏瓦的访客庭旁边,由许多拥挤的房间组成。她可能是城中年纪最大的庭叩达亚,像干苹果一样枯瘦,头上白发稀疏,能看到大片头皮,但精神矍铄。这更突显了哈卡崔大人一族与我自己的同胞间的差距:我主君的母亲阿茉那苏夫人的年纪肯定有纳笠-皮娜的二十倍,但完全没有同样的衰老征兆。

"跟我讲讲这朵花的含义吧。"我求她。

"得看是谁、什么时候送你的。"她咧嘴露出仅剩的牙齿,戏谑地笑道,"众所周知,在夜莺月把山楂花带进屋里很危险。如果是敌人送来的,那他们可能希望你走霉运。"

我摇摇头。鸦栖堡两位女士故意给我送来霉运的象征?这念头光想想就让我反胃。"不是敌人送来的。"我斩钉截铁地说,"是一位庭叩达亚小姐,我相信她是我朋友。"

她看了我一眼。我敢发誓,那眼神主要是逗趣。"哈!但这说明,你跟现在好多人一样不知道挞-印黛的诗。"

"您知道我不知道啊,所以,奶奶,我才来找您。"对庭叩达亚一族来说,所有族民都被视为一家子,每个老人家都是年轻小辈的奶奶或爷爷,不论有没有血缘关系。

她点点头。"来找我就对啦。我可能是阿苏瓦同胞中为数不多能猜出它含义的人了。又是一段差点消失的敝族历史。"她摇摇头,皱起眉,过了很久都没说下一句,我好不容易才忍住开口催促的冲动。"如果你这位……朋友一直在读挞-印黛,"她终于继续说道,"那我认为,这朵花很可能代表他一首歌,《山楂枝》。"

"请把这首歌念给我听。"

"你觉得,我脑子里能装下历史上所有诗歌和故事吗?"她轻轻拍我一巴掌,好像我是个调皮捣蛋的孩子,"我不是梦海之声,扈从,只是个想吃晚饭的瓦傲老妇。不过很久以前,我们每个族民都会唱他的歌,我也记得一些,应该就有你想知道的那几句。但你会说我族的语言吗?"

我的无知又一次在啃噬我。"不会。"

"那我试着翻译成支达亚语,虽然那只会糟蹋原文。"她往后一靠,闭上双眼,过了很久,以致我以为她睡着了。我坐立不安等了半天,她终于放开沙哑的嗓门唱起歌。

## 第五章　绿海

"永远飘浮在
我们共同的梦境中
我梦见一条路
梦见一位女子
当她离开时
我追不上她
因为她不愿被追上
除非她愿意
当她奔跑时
她轻盈而优雅地
在我前方的路上
丢下一根山楂枝
它长着星星般的蓓蕾
矛尖般的倒刺
她回头对我
喊出这番话
"若你绕开它
就不会被刺伤
不用承受痛苦
不会被尖刺
扎伤流血
但你也将感受不到
它甜美的香气……"

我以为还有更多，于是等了一阵儿，最后确定她唱完才开口问道："可……这是什么意思？"

纳笠-皮娜摇摇头。"芭蒙·氪斯，你心地善良，工作勤奋，但我怀疑你有点蠢。"

到了这个地步，我都懒得惭愧自己的各种失败举动了。"这评语我听过，而且不止一次。但这诗歌到底是什么意思？为何她要送来山楂树的花？"

"听我讲——你若仔细听，就能在歌词中找到答案。"她说，"山楂花代表爱恋与忠贞，连凡人都知道这一点啊。它的意思是，有人给你送来一份爱意。你若接受，就要冒所有情人都要冒的风险——身体与心灵的痛苦，因为爱情不会总是一帆风顺。若害怕倒刺，任由山楂枝躺在地上，你就不会受伤，却也闻不到它的芳香。"

可我并非在逃避痛苦，我心想，因为这份爱本身就很痛苦。老妇人的话又挖出了我拼命埋藏的心痛。无论我与韶丽之间有什么情愫，我们都被困在各自的责任之网中，因我们对他人——我的主君、她的夫人——的忠诚而天各一方。我本以为，我们第一次见面时，就对这悲伤的事实达成了一致。可现在，她似乎在告诉我，我理解错了，而她还在等待我的回应，想知道我的感受。我很绝望。我该如何回应她送来的山楂花？我能说什么？我宣誓效忠主君哈卡崔，此时他比任何时候都更需要我。韶丽为何如此无情，给我安排这么一个注定失败的任务？

我跌跌撞撞走出仆从宿舍，满脑子苦恼而混乱的思绪，都忘记向纳笠-皮娜道谢了。我在回忆，是不是曾给过韶丽小姐某种暗示，自己却忘记或者没意识到？我有没有在不知不觉间向她做出某种承诺？

如果有，那她可能是相信了。更重要且奇怪的是，她似乎很喜欢这误解的爱慕和无意的承诺。怎么会这样？她是位聪明秀丽的小姐，出身良好，养尊处优，与盎娜和仙尼篦那样的贵族为伴，为何会喜欢上芭蒙·氪斯这种普普通通、指甲缝里都是马厩泥巴的仆从？我甚至连受宠若惊的感觉都没有。别人的爱意——尤其是韶丽这么可爱的女

## 第五章  绿海

子——沉甸甸的,就像难以承受的重担,而我肩上已经扛了太多。

我立刻写了回信,必须承认,写信的手抖得厉害。我在信里感谢盎娜夫人,告诉她,哈卡崔和我经历了长途跋涉,最近才刚刚回到阿苏瓦。我稍微讲了下旅途中的所见所闻,也写了未能给主君的伤痛找到疗方的悲伤事实。我写到韶丽的赠礼,但只表达了感激之情,没敢根据纳笠-皮娜的解读多说什么,更别提表露我自己的感受了。

可写完信,我发现对韶丽提得太少,于是在末尾补充一句,说我十分敬重两位女士,请盎娜夫人替我向她朋友致以最美好的祝愿,感谢她送我礼物的善意。然后我把信送到马厩旁边的驿站,放在那里,好让下一位西去的信使带上它。

当晚主君睡着后,我又开始纠结自己写的信,担心写得太粗鲁,担心内容没有用处。有好几次,我差点起身去把它拿回来了。不论如何,我有什么权利考虑自己的幸福呢?阿苏瓦的医师已穷尽他们的知识与药物,而我主君也在打算再次上路寻找新的帮助。像韶丽那样的小姐,我怎能期望她跟我一起满世界跋山涉水、忍受凡人城市的污秽、承受沼泽森林的艰辛?就算哈卡崔大人决定留在阿苏瓦,如果我俩想在一起,韶丽就必须把闺蜜盎娜夫人丢在那孤苦的放逐城堡,让她独自陪伴满怀悲愤、身受烧伤的丈夫。

这一切,尽管我在许多个漫漫长夜为之痛苦纠结,仍觉得不可能实现。所以最后,我只能竭力把它们抛到脑后,集中精神帮助我的主君。

当然,季节轮转一直持续。月亮精灵你追我赶,每一个都把前一个吞下。栽培季结束,丰饶季也过去了。哈卡崔大人没有任何真正意义上的好转迹象,意志也更加消沉。我写给鸦栖堡的信早就送出去了,却如石沉大海。主君从岸韶桑羽回来后就没骑过马,所以我在马厩没多少工作,只能日复一日在他身边消磨时光,等待他偶尔清醒。可他醒来后几乎留意不到我。他的脑海里全是梦境和鬼魂,以致身边的真实世界在他眼中必定只是另一个充满迷雾和阴影的地方。他曾振作过一段日子，但现在好像又沉沦了。

至于我，我在等待，却不知自己在等什么。

※

自哈卡崔大人被虫血烧伤，季节已转过将近两轮完整的循环。由于见到他的机会实在太少，家人和阿苏瓦市民都在悼念他，仿佛他已过世。但大城市的日子仍在继续，此时此刻，不仅本轮季节循环接近尾声，华庭降生者的一个大年也行将结束。公鸡月的开始意味着不久后，纪年火炬星将会出现，点亮天空，宣布一个新的大年到来。每隔六十轮季节循环——就是凡人所说的"年"——这神圣的时刻才出现一次，阿苏瓦为岁舞庆典准备了很久，城中弥漫着期待的气氛。

尽管支达亚的寿命比我族长，比凡人更是长出好多好多，但大年交接仍是重要事件，尤其是在阿苏瓦。在城市下方深处一个用镜子照亮的洞窟里，用来举行庆典的巫木林被打扫得像王座厅一样整洁，古老的银灰色树干间种着特殊的花朵，树上按仪式要求装饰着白色的藤蔓，结着各种颜色的丝绸彩带，活像穿上最漂亮的衣服来参加盛宴的老亲戚。很快，森立之主将亲自启动迎接新大年的神圣仪式。

然而我享受不到太多庆典气氛。随着改变时刻朝我们逼近，哈卡崔的梦境再次溢出他煎熬的睡眠，涌入我的梦中。当初穿越轻语荒原期间漫过来的涓涓细流，如今增强了许多倍，几乎每个晚上，我都被困在强大且常常十分痛苦的他人的梦境中。有时我在异域天空下逃亡，身后有某种能听见、却看不见的东西追赶；有时则在无法挣脱的痛楚中抽搐；有时我虽然是自己，却在承受主君的苦难，我的皮肤着了火，骨头如炙热的煤炭般闷烧；另一些时候，我感觉自己就是哈卡崔，看到我族血脉的古老历史在身后延伸，前方却只有幻影，仿佛整个支达亚的传承会因我的软弱而失落。在这种时刻，我会被深切的恐

## 第五章 绿海

惧淹没，感觉不论怎么做都无法挽回局面：大错已然铸成——这些梦似乎都在暗示这一点——方向已经转错，我已经迷失，再也得不到拯救。

其中最诡异、也最恐怖的梦，是关于阿苏瓦本身的。我无法分辨它们是源自主君的想象，还是我自己越来越强烈的恐惧，但它们真的很恐怖。我梦见古老的家园陷入火海，黑暗、扭曲的身影在厅堂间跑来跑去，鲜血从大理石台阶上滴落。我听到可怕的惨叫和呼救声，全是支达亚语。在这一切当中，我一次又一次看到一个暗影，头戴阿苏瓦守护者古老的桦树王冠，上面的枝丫如牡鹿的角一样伸展。我梦见守护者的宝座上坐着个阴森森的有角暗影，但旁边森立之宝座是空的，高窗外的天空燃着红色的火光。

总有个声音在所有阿苏瓦的噩梦中回荡，如黑虫的吼声一样"嘶嘶"作响，我能勉强听出它在说什么：津锦尊——悲伤。

这些只是哈卡崔的梦吗？或者也是我的梦？有时在幻觉中，我能看到主君，他站在一艘船的船舷边，痛得弯了腰，或是正要跟随永不休止的海浪出发。这些时候，我认为幻觉肯定是我自己的梦，因为我这辈子曾多次跟主君一起乘船出行。但另一些时候，我看到模糊的披甲身影与比龙还奇异的怪兽战斗，我相信那是自己从没见过的情景，来自华庭本身早已失落的时光。

在这样的日子里，尽管我疲倦不堪，然而光是躺在床上，就已经是让我害怕的体验了。有几次，我喝酒喝到坐着睡着，可即使那样也挡不住幻觉入侵，更挡不住焚烧之梦。

※

许多个夜晚，我不想离开主君身旁，所以睡在他房间。但除了让他知道自己并非孤身一人，我也做不了什么。豺狼月的某个晚上，距离被称为"离别宴"的新大年第一场庆祝活动没几天，我醒来后听到主君在床上翻滚、呻吟。痛苦中,他踢掉了床上的被子。而我就在他床边的地板上打地铺,被子都落到我身上,所以我醒来时又瞎又怕,在被子下面挣扎了好一阵儿,这才明白是怎么回事,于是不再反抗。哈卡崔的呼吸短促而嘶哑:"哈、哈、哈、哈!"听得我十分焦心,正要去看他时,他又平静下来,呼吸平缓了些。我半撑着身子,突然停顿下来,发现房门口有道黑影。我从毛毯堆的缝隙间望出去,看到那不是一个影子,而是两个,一高一矮,正看着床上的哈卡崔。

我第一个念头是:有刺客!第二个念头又与恐惧同时出现:不,在阿苏瓦不可能。我保持沉默,随时准备大声唤醒主君家里所有人。但那两个身影并没跨进门槛。

"我的心都要撕碎了。"高影子说。虽然声音很轻,我仍认出是伊奈那岐的嗓音。我的恐惧消散了,取而代之的是困惑的好奇心。他来哥哥房间想做什么?和他一起的是谁?"他活着,然而每日都在受苦。"伊奈那岐说,"有时我会想,如果他在龙谷战死,可能还更好。"

他的伙伴不知有没有回应,反正我什么都没听见。过了一会儿,伊奈那岐又说:"我当然想。不论什么样的惩罚,都不足以补偿他受的苦难。就凭他们对他做的事,我很乐意把那些懦弱的害虫全都赶出我们的土地。"

从我所在的阴影间望出去,只见那矮身影紧紧靠着伊奈那岐,但我只能听到近乎无声的呢喃,如干枯的树叶被风吹过地面。那个身影戴着兜帽,但我能猜出它的名字,心里不由一沉。

"不行!"伊奈那岐的音量还是很低,但语气充满震惊和厌恶,"绝不!他是我最珍爱的人。然而他这情况,我看不到任何起色。他怎么可能在时机到来时当上守护者?"

我又听到一阵干巴巴的轻语声。

"鸥穆,你这话完全不合情理。"伊奈那岐回答,"那一天永远不

# 第五章　绿海

会到来。以前我就这么跟你说的，也跟你的女主人说过。他是我哥哥。他是我的血亲。"

兜帽身影又嘀咕几句，这次伊奈那岐没有回应。片刻后，他们转身消失在门口，留下我在地板上瑟瑟发抖。当我起身确认他俩真的离开时，看到主君的脸虽然藏在敞开的房门投下的影子里，双眼却是睁开的，刚才那番对话期间，他一直都是清醒的。然后，他闭上了双眼。

※

第二天，哈卡崔要我去阿苏瓦的花园长廊见他。那是千叶堂上方、桠司赖圆形穹顶下的一条环形走廊，大概二十步宽，种着花草树木，是片环形空中森林，里面摆着长凳，小径交错。

我一到那儿就看见了主君，却没立刻上前，因为他正跟妻子卑室吁夫人在一起。我站在合适的距离外等候，过了好长时间才发现，他们正在长谈，于是在茂密的花园绿植间找条长凳坐下。一阵小雨透过穹顶开口洒下，砸得蕨类植物的叶子轻轻跳动。我低头看着下面几层院子里的人们，那些小小的身影都没有留意到我的存在，正如他们不会在意站在高处枝头凝望他们的鸽子。现在已是凋零季，天气寒冷，我把束腰外衣裹紧些：与主君的族民相比，我对寒冷更加敏感。

哈卡崔与妻子聊得十分专注，而我当然选择了没法意外听到他们声音的距离等候，但我很快发现自己搞错了：他们没用声音交谈，而是用手语——那也是支达亚语言中十分重要的组成部分。我觉得莫名其妙，直到他们的女儿理津摩押从他俩旁边的灌木丛中钻出，顿了顿，偷看主君一眼，然后抢在被卑室吁逮住前加速逃走，我才明白他俩为何不用对话交流，不禁好奇他们在说什么不能被孩子听见的话题。

在我扭头望向别处之前，我已经看出他们在争论。哈卡崔的手势显得很疲倦，似乎他俩已经争论了一段时间。卑室吁的手势显得很痛苦，同小鸟受惊要飞走时一样突兀。

小理津摩押很快回到凳子上，选了个让母亲隔在自己和父亲之间的位子，每次望向哈卡崔的眼神都一闪而过，犹如小鹿吃草时总用一只眼睛警惕远处的狼。我不理解她的行为。没错，我主君被龙血烧得面目全非，但城中也有别的支达亚由于狩猎时的意外或其他霉运，身上带有几乎同样惨重的伤疤。哈卡崔的女儿却把父亲当成善恶不明的陌生人一样看待，好像他是潜在敌人派来的信使。

理津摩押坐到旁边时，主君夫妇连静默的手语对话都停了下来。不过女孩又很快跳起，回头钻进花园丛林消失了。

我本该移开目光。用眼睛偷看哈卡崔和卑室吁，跟用耳朵偷听一样卑鄙。可他俩显然正在商量什么大事，我很担心那是什么事，对我又意味着什么。

当你看着"银桦"卑室吁夫人时，心里会对她产生爱慕之情，哪怕是我这种与她不同种族的人也一样。她在族民中算是高个子，身高不亚于男子。而她一举一动，即使最温柔、最优雅的动作，也透出一种力量感。她来自星路家族，是我主君岁舞家族的古老盟友，对森立家和阿苏瓦的忠诚众所周知。我听说，主君娶她是因为爱，但我相信，他父母一定也赞同他的选择。

然而此时此刻，平时如雕塑般镇静而完美的卑室吁却在竭力保持冷静。她比画出一连串手语——迷途雏鸟、误读的星象、倒塌的墙壁——脸上是哀求的表情。主君却合起手掌，做了个表示必需的手势，然后摊开手掌，做了个表示同样意思但语气更强烈的动作——无法改变。

卑室吁瞪着那双手，好像从未见过它们似的。她用两根手指划过双眼，那是津锦尊——悲伤的意思。她的表情无比悲伤，让我的心如石头落井般猛然坠下。看那表情，哪怕卑室吁像凡人女子一样哭泣起

## 第五章  绿海

来，我也不会感到意外，但同时也会十分震惊。片刻后，我主君做了跟她一样的手势，用手指划过自己的双眼。悲伤。我转过脸去。眼见他们的悲痛袒露无遗，我既伤心，又羞愧。迷雾般的雨水从桠司赖敞开的屋顶飘下，淋湿了我的脸和双手。

脚边突然冒出个东西，吓了我一跳。小理津摩押从我凳子旁边的灌木丛下爬出，起身后朝我走来，应该是想跟我说话，但何时开口全凭她自己乐意。同大多数支达亚孩子一样，她的白发尚未用长辈喜欢的鲜花染料和矿物精髓染成彩色。她年纪还小，容貌更多继承了备受称赞的母亲。但我从未在小理津摩押的双亲身上见到她的躁动：即便跟我说话时，她的目光仍在郁郁葱葱的走廊间不停游荡。

"你好啊，扈从琶蒙。"她的语气完美模仿了女王纡尊降贵的风范，"很快就是岁舞庆典了。"

"是啊。"我回答。小理津摩押并不经常跟我聊天。每次我们谈话都是这个样子：她给我解释情况，仿佛我是个傻瓜。公平地说，她跟大多数长辈也是这样说话的。

"祖母说，我可以在光之游行里掌灯。那是相当重要的任务。"

"你一定很骄傲。"

她皱起眉头。"你为何不在马厩？"她问，"你应该照顾马匹。"

"因为哈卡崔大人要我来这儿见他。"

"啊。"她点点头，咬着下唇若有所思，"昨天我骑着'天鹅'在树林里走，它想把我甩出马鞍。真淘气。"

"天鹅"是理津摩押的坐骑，性格超级温柔，就算骑手穿着毛刺套装也不会被它甩出去。"你肯定吓坏了。"我说。

"才没有！"这话气得她做了个朝臣们用来表示不可信的闲话的手势，逗得我哈哈大笑，一时差点忘记不远处的主君夫妇脸上那伤心的表情。过了一会儿，小女孩忘记了自己的愤怒，好奇地打量我许久。"扈从，你为什么没跟我爸爸在一起？"

她只有心里烦恼时，才会称呼我的职位而非姓氏。"因为你父母在谈话，我不想打断他们。"

她脸上露出幼稚的厌恶表情，但也有种我不太能看懂的隐晦、掩藏的感情。"不，我是说，我真正的父亲。"说完，她突然转身，快步钻回绿树丛中，再次消失，留下我一边琢磨她的小脑瓜里到底装了什么稀奇古怪的想法，一边为事情发展到这个地步而感到难以言喻的悲伤。

我回过头去，正好看见卑室吁夫人从我主君身旁站起。她喊着理津摩押的名字，后者从一道山杨帘子后冒出。母女俩沿着走廊，朝通往下面千叶堂悠长的螺旋阶梯走去。我又恭敬地等了一会儿，然后起身走向主君。

看哈卡崔苍白的脸色和眼睛周围紧张的肌肉，他和卑室吁的谈话一定艰难至极。"岁舞庆典很快要开始了。"他说。

我点点头。"您女儿也这么告诉我。"我竭力做出逗趣的表情，"她要不说，我还不知道呢。"

我的小玩笑根本没起效果，主君的表情依然倦怠而遥远。"仪式之后，"他慢悠悠地说，"我们就离开阿苏瓦。"

我大吃一惊，脑袋嗡的一声，像被意料之外的一拳击中。言辞梗塞在我喉间，过了好一阵子才挤出来。"主君，离开？"

"我没别的办法。我们必须找艘船，琶蒙，这个重要任务就交给你了。找艘结实的小船，以及驾驶它的船员。一定要挑没有家室的水手，我们可能要去很久。"

我的五脏六腑都在抽搐，胆汁涌上喉头，但职责习惯的力量很强大。"很久？主君，有多久？"

"找到答案要多久，就是多久。"

"那么，我们要去哪儿？"

"不知道，琶蒙。往西去，横渡浩瀚的大海，我只能告诉你这

## 第五章 绿海

么多。"

纯粹的恐惧攥住了我。"往西横渡大海?可是哈卡崔大人,那边什么都没有,只有茫茫海水,只有风暴和无尽的海浪。"

他摇摇头,动作可谓暴躁。"很久以前,凡人就是从那边来的。我们的族民在海岸附近探索时,也发现在离岸很远的地方有岛屿。地平线外某处一定有另一块大陆,也许比这里,比我们被放逐的这片土地更辽阔。我在高烧的睡眠中见过它的影子。"

"可是,为什么啊,主君,为什么要去寻找……一个梦?回想一下吧,您找到上一个梦时有多失望。"我震惊得顾不上斟酌用辞。

"坐下,芭蒙。"他用颤抖的手指指长凳,"听我说。阿苏瓦没有值得我留恋的东西了。岁舞庆典只是空虚的伪装。在梦里,我已见过过去和未来——至少是一种可能性。在我面前延伸的大路、小路,不管在路上还是前方,等待我的除了折磨再无其他。"

我不太明白,只能绝望地摇头。

"是真的,我感觉到了,"他说,"只有一个方向有其他可能性在等我,那就是西方。我没预见到那边有我的救赎,但我感觉,假如有办法能终结我每日经历的恐怖,它就在落日的那一边。所以,芭蒙,给我们找艘船吧,确保它结实又快捷。虽然机会渺茫,但我要抓住它。如果我继续留在出生地,结局注定只有黑暗和毁灭。"

我哭了,但竭力掩饰,不想被他看到。哈卡崔即使看到了,也善意地假装没看见。"哦,主君,若是您下达的命令,我当然会遵从,但我为您的家人感到心碎。"

"如果我不去,碎掉的是我整个家族。"他说,"它会在我苦难和失败的重压下崩塌。"

"失败?"愤怒涌上心头,气得我站了起来,"主君,您要罚我顶撞就罚吧,但我不会闭嘴的。请不要在我面前使用'失败'这个词。您没有失败,您做了力所能及的一切。您独自迎战,杀死了黑虫!要怪就怪您的……"

"不准说!"哈卡崔抬起眼睛与我对视,表情突然悲痛万分,把我的话堵了回去,"不准说他的名字。我弟弟犯了个错误,但他不该为此受到永世的诅咒。他有机会弥补他的过错——但只有我离开才行。"

我突然醒悟,短暂的愤怒化作胸中的寒冰。"您要让位。您要让伊奈那岐成为阿苏瓦下一任守护者。"

"那是他的救赎所在,只要他能抓住机会。梦境已为我展现过。"主君的目光变得遥远,仿佛超越我俩之间的空间,望穿了仍未诞生的数百年时光。我打了个哆嗦,想起他当初向弟弟保证一切都会好起来的情景。他错得太离谱了。"可我的救赎,"他继续道,"如果存在,那就在别处——在未知的西方。"

※

当天夜里,我的思绪如军队交战般争斗了一整晚。我不想离开阿苏瓦,但也不能离弃哈卡崔。我开始渴望拥有一点点自己的生活,然而,不辜负主君的恩情就不可能实现。不论怎么做,我都会让某个我关心的人失望。争斗双方来来回回激烈拉锯,都是那么绝望,都是那么筋疲力竭,但都没占到上风。

最终,在无眠的黑夜独自挣扎数小时后,我决定,一如既往,我的首要任务是向主君哈卡崔负责。至于终有一日能走上自己选择之路的愿望,尽管不太可能实现,但我本来还抱有一点点希望,现在却只能放弃了。荣誉和责任是我这一生的基石,不能在这个时候放弃,即使它们有可能导致我死在某块未知的大陆,成为更恢宏的哈卡崔传奇的小小补充。我试着安慰自己,就算跟随主君一起流浪,我也会是靠自己永远实现不了的伟大功绩的一部分。虽然这念头没能带来多少安慰,但安慰一般也不是仆从生活的组成部分。

## 第五章　绿海

※

接下来的日子，直到岁舞庆典降临之前，我忙于完成主君派给我的所有任务。必须承认，履行职责时，我的心情异常沉重。

在寻找船员方面，面对我主君提出的航海之旅，尽管哈卡崔受到民众爱戴，但任何稍微关心家庭的水手都不愿参加。全靠最卓越、最可敬的阿苏瓦舰队司令"水手"鞠卓·伊雅图的帮助，我才完成这项任务。虽说伊雅图早已过了巅峰时期，但在航海领域的熟识程度仍然超越他任何一位同胞。他找到一艘名为"海燕之翼"的船，尺寸虽小但结实可靠，能满足我主君的需要。它船龄虽老，却保养得很好，船身修长、低矮而简洁，从头到尾共有两根船桅。桅杆和船身用捶打过的坚固巫木制成，其余部分是手工雕刻、精心打磨的银木，船首以陡峭的弧度昂然抬起，犹如展翅欲飞的海鸟。靠着伊雅图的协助，我在阿苏瓦码头找到足够勇敢或鲁莽的船员，组成一支人数适中的船员队伍，却怎么也找不到拥有合格技能的船长。眼看欢送旧大年的庆典即将到来，我无可奈何地又去找伊雅图。

"我们怎么办？"我问他，"没有支达亚能驾驭'海燕之翼号'。就算能在贺革达亚中找到能保护我主君哈卡崔的可靠船长，奈琦迦也太远了，他们的港口在黑崖，也太远了。"我心里空落落的。时间已用完，我辜负了主君，没能帮他实现仅剩的唯一愿望。

伊雅图的高龄已开始显露在消瘦的五官和缓慢的举止当中，但他的双眼仍炯炯有神，头脑依然思维敏锐。"那就我去，"他说，"我来当船长。"

我以为听错了。等我再问，他又重复一遍。"哈卡崔大人是森立之主的长子，是我族最有才干的成员之一。"他解释道，"即使他这趟航行是件蠢事，但航行到落日之外，也是件光荣的蠢事！"

我从未想过，这位年迈的英雄，事迹已如此传奇，竟然还能决定参与这场危险重重、凶多吉少的航海。我心中有个角落觉得该劝阻他,倘若厄运真的降临在船上,伊雅图的陨落对支达亚一族的打击几乎跟我主君的陨落一样沉重。但与此同时,我迫切需要为哈卡崔准备好船只,眼下已没有其他船长可选了。

我把"水手"的话转告给主君时,他既感激又担忧。"我想要没有家室的船员,"他说,"然而整个阿苏瓦都是伊雅图的家,大家都会想念他的。"

"那只能靠您去劝退他了,主君。"

他叹息一声。"妥协是极其缓慢的毒药。我已多次品尝过它的味道,再也没法继续留在这里了。"

"可是为什么呀,哈卡崔大人?为什么必须去?"我仿佛站在悬崖边缘,只有两个选择,要么回头,要么跳入未知的深渊,但我依然无法理解是什么把我们领到这个境地。"您现在跟家人在一起,身边是敬爱您的同胞。这里聚集了世上最出色的医师,如果连他们都无法治愈您的伤痛,其他人,不管凡人还是不朽者,也不会有办法的。为何您要丢弃这一切,走上艰难险阻、无人能猜出结局的旅程?"

哈卡崔凝视着我,伸手按住我的手臂。自从被龙血烧伤,主君碰我的次数屈指可数。我吃了一惊,屏住呼吸。"忠诚的琶蒙啊,我不知道能不能解释清楚。"他说,"最近以来,我清醒时看到、听到的一切都是阴影、噪音,而我的梦境愈发恶化,全是可怕的幻象。想到以后还要这样活下去,我就难以忍受。若不采取行动,任由一切维持原状,总有一天我会自行了断。真有那天的话,我不想身在心爱的家人和族民中间。现在离开阿苏瓦,要么我会找到救赎,要么我就静静地走进历史,成为任性而受伤的灵魂,而非害怕与怜悯的对象。"

我哭了。他把手收回去时,我不敢去抓——过去一年的教训让我学会了这一点——但我好不容易才忍住,没有双膝跪地求他改变心意。我的心变得冰凉,不是因为害怕出海,尽管我确实不想去、不想

## 第五章　绿海

放弃自己卑微的生命——跟随主君走上可怕的旅途，我不知自己会是什么结局——而是在为主君哀痛，为他日后可能的遭遇哀痛。然而，假如他未来能得到救赎，即使机会再怎么渺茫，我自己的幸福也无法与之相比。

当晚，我学着母亲在我很小时教导的那样，向华庭祷告。

*绿海，充满光*

*绿山，指向天*

*白色的星星，白色的沙粒*

*一颗一世界，一粒一幻梦*

*听我们说，来自您神圣海岸与浅滩的散尘*

*听我们说，飞舞在漫漫长夜的萤火虫们*

*请庇护我们吧，因我们永远忠诚*

*忠诚于您的回忆*

*哦，孕育我们的华庭，哦，接纳我们的大海*

*听我们说，因为我们是您的孩子*

直到这一刻，在这大年之末，日日祈祷了一辈子之后，我才终于停下来思考：为何我受的教育是用支达亚的语言祈祷，而非我本族的庭叩达亚语？我父母是曾经学会、然后忘却了自己的民族语言，还是从来就不会说？

除了名字，还有什么是属于且仅属于我的吗？

豺狼月最后一次日落，火红的纪年火炬星将出现在天空，宣告新大年的到来。

当晚，阿苏瓦的院子、阳台和屋顶将人山人海，森立家族和其他支达亚将聚在一起,迎接火红星星出现。我主君差不多是他族民中唯一一个没参加庆典的。哈卡崔独自度过火炬日,只有我一人陪伴。就连伊奈那岐和他那静默的贺革达亚影子都参加了欢庆。阿苏瓦市民仍对鸥穆感到困扰,但他们渴望看到阿苏瓦继承人出现,所以欢迎伊奈那岐回到他们中间。主君的弟弟灌了很多酒,但酒精没像从前那样让他喜怒无常,他反而向族民露出漫不经心的快乐面孔。虽然有些支达亚可能会对这样的伊奈那岐心存疑虑,但他们庆幸能有机会忘记悲剧,期待新的、更好的明天。

岁舞庆典将持续九天。第一天夜晚,阿茉那苏夫人主持华庭祷告,巫木林中歌声回荡,就连独自待在仆从宿舍的我都能听见。支达亚聚集起来举行庆典时,仆从和凡人访客都不能参与庆祝,但可以自由地以各自的方式过节。不过我没有过节的心情,满脑子只想着,再过九个晚上就要离开阿苏瓦了。不仅是阿苏瓦,还有我知道的所有地方和所有人。鸦栖堡的信再也没法送到我手里。虽然难过,我却觉得这样也许最好,不然她们恳求我去找她们该怎么办?如果美丽、聪慧的韶丽寄来新的爱情信物,让我无法礼貌地回避该怎么办?那将是对我的折磨。我决定给她们写信,解释我要跟哈卡崔离开,航向未知的西方,她们可能再也见不到我或听到我的消息了。可岁舞庆典期间没有驿使出城,所以我得找人在我离开后把信送去鸦栖堡。写完信,我把它折起来塞进束腰外衣,准备找个可靠的信使。

繁星王冠、光之游行、根枝之誓,每次日落都将开启岁舞庆典的不同仪式。在纪年火炬星那奇异、朦胧的闪光下,世界每一晚都悬在它的星网下。支达亚的声音从隐藏在阿苏瓦地底的巫木林中飘上来,仿佛大地在歌唱。而我则在悼念自己即将离开的家园。焦躁不安中,我来来回回奔走在王宫与"海燕之翼号"停靠的码头间,反反复复问着同样的问题,以致水手恳求我放过他们。

九个圣日的最后一晚,我主君的族人再次聚集起来,咏唱华庭赞

## 第五章　绿海

美诗和复活之歌，赞颂大司农嘉柯娅和第一代森立之主。我主君已做好所有准备。这一晚，他终于也加入族民的庆祝。事后我听说，大家既宽慰又开心地欢迎他加入，因为很多支达亚都担心他完全无法参与仪式。然而我无法承受那些歌声，不论我去哪儿，它们都如影随形地跟着。我在宫中走来走去，直到几乎听不见庆典的声音，只剩自己的脚步声在空荡荡的走廊中回响。

主君在鸣禽花园找到我时，时候已过了午夜。

"琶蒙！你在这儿啊。"哈卡崔的语气有些奇怪，声音很大，满是强装出来的欢乐。他有点瘸腿，除此并未流露他一直在承受的疼痛，手里还拿着个装饰华丽的大杯子。"我满王宫找你。"

"主君，您为何离开树林？不舒服吗？"

"更糟的日子我也经历过，"他说，"当然也有更好的日子。"他放声大笑，可我不喜欢他的笑声。

"主君啊，今晚是您与家人、同胞一起度过的最后一晚，您为何来找我？"这个问题异常生硬，但我正在悼念自己即将失去的一切，而我主君似乎醉得不轻。从那条龙死去之前到现在，我头一回见他这样。"告诉我吧，我会竭尽全力服侍您。"

"那就喝下这杯酒，忠心耿耿的琶蒙。"他递来杯子，"至少我能给你这个。"

我不太想用酒精麻痹自己的神志，但我心中有个角落突然觉得，在世界和自己之间拉上一道酒醉的窗帘是个不错的主意。我接过他手里的杯子，举到唇边，闻到里面飘出一股奇怪的味道，于是停住。像是潮湿的苔藓、过量的香料和炙热的金属怪味的混合。以前我闻过这味道，就是我们偷树那晚，在依拿扎希尊长的树林里。

"闻着有点像巫木树。"我说。

"哈！"这回我主君的语气更像狂热，而非喝醉，"琶蒙，你鼻子的敏锐比得上你内心的忠诚。这是分给我的凯祀，"他夸张地做着手势,"来,喝下去。给你的。"

我既震惊又害怕。喝凯祀——巫木之血——是岁舞庆典中最神圣的仪式。这种尊贵的液体用巫木树的花朵和果实制成——在如今的衰落时代,这两种材料比黄金和珠宝更珍稀。凯祀能延长饮用者的寿命、增强血液的力量。关于它的一切几乎都对敝族保密,但我知道这是支达亚独享之物,对我这样的庭叩达亚是禁品。据我所知,我的同胞从未有人喝过,而我也不想做第一个。

"我……主君,我不能喝。"我把杯子递过去,"这是给您和您的族民的,不是给我的。您怎么不喝?"

他没接杯子,而是转身背对我,摇摇晃晃走了一两步,抬头仰望天上渐渐黯淡的纪年火炬星。我终于明白,我主君醉的不是酒或其他饮料,而是疼痛,但他还是强迫自己从床上爬起来,参加了最后一晚的岁舞庆典。"我怎么不喝?"他继续凝望天空,"换做你,你愿意多受几年苦吗?若能在未知的西方找到医治我的疗方,那我以后还有更多大年、更多庆典,到时我可以再喝凯祀。可真如我预料的一样,外面除了更多失望,别无他物,那我为何要延长这荒废的生命?"他终于回过头来看我,"但你,琶蒙,我没法眼睁睁看着你在我身边老去,成为我苦难的牺牲品。你若喝下这杯巫木之血强壮起来,那么将来有一天,在我离去之后,你可以回到这里,继续过你的生活。"

我既感动又惊骇。我已经,或者以为我已经与自己和解,准备离开所有我知道或胆敢希冀过的一切,在主君身边陪伴数十年,余生都在神秘的海域航行,替他寻找疗方。但把那种日子拉长十倍?百倍?把寿命延伸到敝族只有极少数成员拥有过的长度,就像伟大的"航渡者"本人那么长吗?而且一辈子都侍奉他人,即使对方如我主君般亲善可敬?我明白,哈卡崔此举是出于善意,是宠爱和忠心的表示,但它看上去更像一个诅咒。

我没喝杯中液体,尽管我承认,在这一瞬间,我的想法并非完全

## 第五章　绿海

反对它。面对能获得与支达亚贵族一样长寿的机会，有谁能完全不为所动？我内心一个小小的角落甚至想过，在如此漫长的生命中，能获得怎样的权力和荣耀、能聚敛多少财富、能见识和成就多少功绩？这些念头一闪而逝，但也足够令我兴奋了。不过最终，再真实的诱惑也不足以说服我。

"琶蒙，你没喝。"我主君说。

"我必须仔细考虑您的赠礼。"我这么回答他，因为我不想直接拒绝。

他狂放的心情似乎平静下来。"琶蒙，你有事瞒我。"他说，"你我相互陪伴这么多年，你这样很奇怪。"

我也觉得奇怪，可他被龙血烧伤这么长时间以来，我几乎没跟他说过我自己的想法、担忧和恐惧，更别提拥有自己的生活这种微不足道的梦想了。我不想用这些事烦扰他，至今依然如此。正当我犹豫不决时，听到远处巫木林传来的歌声正在辞别旧大年、迎接新大年。"没事，主君。"我说。

哈卡崔已经失去了刚才来找我的兴奋劲儿，又一次疼得皱眉蹙额，如果可以，通常他不会露出这样的表情。"我忠心的仆从啊，告诉我你心中的烦扰。今夜非比寻常，是我们在阿苏瓦的最后一晚，你不能对我隐瞒任何事。"

可他已历经苦难，我当然不能告诉他，于是又向他撒了个小谎——这次不是安慰我自己，而是安慰他。"我心中没有烦扰，哈卡崔大人，我心满意足。"

说完，我们默默站了一会儿。"你该去睡觉了。"最后他说，"明天对你我都是艰难的一天。"

"主君，如果我离开，您自己留在这儿没问题吗？"

"没事。睡觉去吧，扈从琶蒙。你对我从来不止是个仆从。"

"主君，明天不远了。我什么时候再来？"

"'海燕之翼号'停在绿望塔下。黎明前最后的时刻,到那儿与我会合。"他伸出一只手,短暂又小心地摸了摸我的手臂。"我永远不会忘记,你在这段艰难的日子里对我的关怀。"

"我也不会忘记您对我的亲善,主君。"然而,仿佛有道无形的裂痕已经削弱了我俩之间的羁绊、我这一生最强烈的依恋。没有了它,我还剩下什么?我有点眩晕。若不能侍奉主君,那我甚至不会存在了吧?

我们就这样分手了。主君在花园里继续散了会儿步,向生活多年、可能永远不会再见的家园告别。我没做同样的事。力竭和沮丧如沉甸甸的斗篷般压在我身上,让我直不起腰。趁哈卡崔没看见,我把杯子放在草地上,里面的长生之酒仍然没动,然后回去睡觉。

我这一生在这一晚永远改变了,我心想。群星俯视着我,但我无法想象它们对我的结局有任何关心。我必须离开熟悉的家园,前往一个无法预料的地方,愿华庭等候我。

黎明前,我下到登陆湾水边,"海燕之翼号"漂浮在平静得异乎寻常的水面上。我走上踏板时,想起自己熬夜写给盎娜和韶丽的信——道别和道歉信——依然塞在束腰外衣里。最近发生的一切让我晕头转向,我忘记把它留在驿使的门房里了。事实上在这一刻,我的脑袋里有万千思绪在疯转,以致走进主君船舱放下自己的行李时,都没怎么跟水手打招呼。我惊讶地看到,哈卡崔躺在窄小的床铺上,似乎昨晚是在这里睡的。

"主君,您不舒服吗?"我问。

他睁开双眼,对我惨淡地笑了笑。"昨晚过得很糟,琶蒙。"

"因为您的伤吗?又在烧?"

他摇摇头。"因为要跟妻女道别。我的小女儿甚至不肯让我伸手

## 第五章 绿海

抱她。'不行,你会烧到我的。'这是理津摩押的原话,虽然她知道这不是事实。"

他已经够伤心了,所以我没告诉他,他的小女儿早前说他不是真正的父亲。"我很遗憾,主君。"

"没办法。"他闭上双眼,"我不能为她们做任何事。我承受不了她们那没有希望的爱意。我得去别处寻找帮助,也许是疗方,至少是能缓解这该受咒诅的无穷痛苦和疯狂梦境的办法。终有一日,我会回来补偿她们——补偿我的家人和所有被我辜负的族民。"这话听着更像渐渐消退的幻梦,而非他真心相信的未来。我心疼他,也心疼自己,但我不敢多想,除非等我们远远离开阿苏瓦之后。

※

汇入登陆湾的溪流有好几条,但流出去只有一条大河——庭叩泸,意思是"洋路"。这条河有的河段静如池水,另一些却奔腾而凶险,充满暗礁和意料之外的交叉激流。即使对经验丰富的水手,洋路也是个挑战。不过有伊雅图船长掌舵,我们迅速沿河而下,驶入海洋。

我站在船尾,看着阿苏瓦亮丽的高塔与城墙消失在早晨的迷雾中。驶近河口时,我望着碧玉般的大海在眼前展开、波浪在日落余晖下微光粼粼,再次想起母亲很久前说过的话:"总有一天,你会感应到梦海的心跳。"此时并非那一天,但我们将大河留在身后时,我确实有所感悟:我突然觉得,自己正处在某个重要转折的边缘。海洋之子——这是庭叩达亚这个名字的意思。海洋的孩子。

我们并没有立刻往西边航行,因为天黑前,伊雅图发现海平面上压着讨厌的云团,于是我们调转船头北上,沿海岸航行一小段,在一个浅湾里下锚过夜。船长的决定是对的,不到一个小时,风暴就携着骤雨扑向海岸,雨滴砸得人皮肤生疼,远方的雷声在空中震荡。即使停在避风港湾,"海燕之翼号"依然摇晃、倾斜,拉扯着缆绳,仿佛孩子的玩具。我在主君塞满稻草的船舱里左右翻滚,竭力不去想被我丢在身后和永远不可能到来的一切。我选择了责任,我提醒自己,我选择了荣誉,永恒的、高于单纯幸福的荣誉。

我很遗憾,这一晚是主君最难受的夜晚之一,他在睡梦中呻吟,甚至叫喊几次,只是我听不懂他的话。不论折磨他的是什么梦,肯定都很恐怖。我必须用斗篷裹住脑袋,阻隔他的喊声,但仍没怎么睡着。

黎明降临时,天空恢复晴朗。风很大,但不危险,船长下令展开船帆,我们开始往西航行。然而,即便是伊雅图也有可能上当:貌似已倾泻完怒火的风暴在日落前不久又回来了。海浪迅速升高,小船像块软木一样摇晃、起伏。伊雅图下令使用风暴帆,不久后,我们开始逆风前进,猎猎的帆布拍打声震得我耳朵生疼。伊雅图叫我离开甲板,所以水手们忙着展开风暴帆、绑起所有能移动的物品时,我走进了主君的船舱,进门就见他睁开双眼。

"我还在睡吗?"他问道,嗓音嘶哑而哀伤,"琶蒙,是你吗?我看不清你。"

他的话把我吓得够呛,毕竟主君的视力向来比我敏锐许多。"我来点灯。"我说。灯芯亮起后,我换掉鱼皮灯罩,看到哈卡崔已把毯子甩到一旁,脸和脖子上闪着汗水的微光。

"琶蒙,你必须离开了。"他说得直截了当,仿佛在宣判死刑。我从没听他用过这么严厉的口吻说话,一时哑口无言。"你不能参与这趟旅行。"

"我刚进船舱,主君。"我告诉他,"先让我帮您盖好被子。我担心您还在梦里。"

"不,"他说,"不是,琶蒙。我刚才又做梦了,没错——梦见我的上千个镜像过着上千种不同的生活——我看到让心脏凝滞的一幕。"

## 第五章 绿海

我依然觉得他在说胡话,有时他刚醒来就会这样。"我的主君,梦,就算是龙血导致的梦,仍然只是梦。我在这儿陪着您。您休息吧。"

然后我惊讶地看到,哈卡崔用手指使劲抠着床板,拼命从窄床上坐起,金瞳在船舱的憧憧阴影间睁得溜圆,如遭到猎杀转身垂死反扑的动物。"不!以失落华庭的名义,不是的!听我说!在梦中看到的所有不同版本的生命中,我都看到你死了,芭蒙。这是种折磨,跟可恨的虫血带给我的其他痛苦一样。我无助地躺着、看着——看着你死去,一次又一次,各种恐怖的死法,数也数不清。每一次生命中,你都在我身旁,我们一起驶向西方,然后我眼睁睁看着你死去。如果你陪我去,你的厄运就注定了。"

此时,"海燕之翼号"倾斜得越来越明显,以致哈卡崔没抓稳床板,倒回床上。狂风如狼群在舱外呼嚎。我抓住床铺边缘以免翻跟头,但即便是小船可怕的颠簸也没法分散我的注意力。"不行,主君,不行,"我说,"这只是做梦罢了,您知道的!就算是真的又如何?您的寿命比我长很多,我发誓向您效忠时就知道了。我将侍奉您,至死方休,不论今晚还是十年、百年后。我很久以前就想通这一点了。"

他使劲儿摇头,像要躲避带刺昆虫的蜇刺一样。"不行!我不允许,芭蒙,我知道可以阻止,就能不眼睁睁看你死去。我们明天返回大陆,让你上岸。"

"但我不会走的。"我从没违抗过他,连想都没想过,但也知道不能再保持沉默,"主君,您不知道我为您放弃了多少。您不能如此冷酷无情,现在赶我走……"

"够了!扈从芭蒙,我命令你离开。"他又一次挣扎着想坐起来,但船身的摇晃阻止了他。天上雷声滚滚,我几乎听不见他说话。"听到没有?作为你的主君,我命令你离开这艘船!"

我历经激烈的内心挣扎,忍受那么多痛苦,才下定决心选择这条路,所以他的话激起了我心中的某种疯狂。"不,绝对不行,哈卡崔大人。我不会服从这个命令。主君,其他任何事我都能做——我甚至乐意为您献出生命——只有这一件,我必须违抗。如果您要摆脱我,得先叫伊雅图船长把我锁起来,否则我无论如何都不会离开您身边。"

"出去!"哈卡崔喊道,我从未听出他发出如此悲痛欲绝的声音,"如果你只有戴着锁链才肯走,那你就戴吧。我不能放任你去送死,琶蒙——我对身边人的伤害已经够多了。我的错误都快把我的背压断了。"

"我来就是照顾您的……"我开口道。

"出去!"他全身都在颤抖,我能看出其中既有愤怒,也有害怕。"去叫伊雅图。你不听我的话,他会听的。你说你为我放弃了很多。如果苦难让我变得自私自利,令我忽视了你的痛苦,那就把它当作我必须背负的诅咒吧。"我真真切切看到他汗湿、痛苦的脸上露出羞愧至极的表情,"然而正因如此,你现在就该离开。我祈祷此时还不算太晚,还来得及弥补我造成的部分伤害,至少能弥补你,我最尽忠职守的仆从琶蒙。去吧。叫船长来,我会告诉他调头往海岸走。我没力气跟你争执了。"他像被箭矢穿心般倒回床上。

我既心碎又愤怒,刚爬起来,结果船身一歪,我摔倒再爬起来,跟跟跄跄走了几步,又撞在船舱门上,好不容易打开门,跌进外面狭窄的走道。想到主君如此关心我这微不足道的生命,我就感激涕零。然而与此同时,他对我的忠心,以及我为他牺牲的一切竟如此不理解,又气得我怒火烧心。

风暴愈吹愈烈,电闪雷鸣,像在呼应我近乎疯狂的心情。小船如受伤的野兽般翻滚、摇晃,我爬上通往甲板的晃动楼梯,打开门爬出去,雨水立刻像箭矢一样扑向我,我简直什么都看不见。雷声撼动整个天空,"海燕之翼号"在风暴的疯狂蹂躏下起伏、打转。

我为哈卡崔放弃了一切,我满脑子想道,如今他为保护我要赶我

## 第五章 绿海

走,好像我是个孩子——好像我不是老早就把性命交给他了一样。我扒着船舷,四处张望寻找船长,但只看见几个水手。他们都在拼命工作,与绳索搏斗,在从船身一侧扑到另一侧的巨浪中竭力站稳。我遭到雷声、暴雨和自身苦恼的不停打击,没心思停下来想想自己的安全问题。我倾斜身子,顶着狂风在甲板上跋涉,继续寻找伊雅图——即使在这狂乱的时刻,我仍在努力执行主君的命令。

一个支达亚水手注意到我。在一道劈开天空的闪电中,我看到他睁圆了眼睛。他用绳子把自己绑在桅杆上,以免被冲出船外。"换生灵笨蛋,你上来干什么?"他的喊声几乎被呼啸的风声吞没,"回甲板下面去!"

"船长在哪儿?"我大喊着回答,但尖啸的狂风把我的话刮走了。我抓紧船舷,喘着气准备再问一次,但"海燕之翼号"就在这一刻翻过一道浪尖,船首猛地往下一沉。一时间,我感觉双脚离开了甲板。然后我们撞到谷底,紧接着,又一道巨浪从黑暗中扑出,我刚看到它的边缘泛起白色泡沫,就被它砸中,旋转着飞了出去。片刻后,我又撞上什么东西,一切随即变得冰冷而漆黑,我的嘴里灌满咸水。

起初我以为,我只是被砸到我们的海浪灌了太多水,但船上疯狂摇晃的提灯突然跑到了我头上,海浪一道接一道敲打着我。我从甲板上被冲进海里了。

我试图喊叫,但一道海浪盖过来,我又吞了一大口水。等我好不容易把嘴里的盐水吐光,刚吸一口气,又一道更大的海浪轰鸣着砸到我头上,打得我翻着筋斗,沉入冰冷的黑暗,四肢缓慢地划动着,无力地抵抗海洋的强大碾压。大海淹没我时,我的第一个念头很奇怪。

我自由了——!

但心中占据主导的自我却在纯粹的惊恐中手脚乱挥,挣扎着想回到水面上。肺里的空气开始燃烧,但我被扔来扔去,分不清哪个方向是上。风暴中的海洋沉重而漆黑,从四面八方压迫着我。

我要淹死了,我心想。

片刻后,周围的黑暗渗进我体内,生命缓缓逸出,我悲伤却释怀地再次想到,我自由了。

※

黑暗终于褪去时,我震惊地意识到自己还活着,抱着一根必定是在风暴中吹断的桁端,漂在被狂风吹打的夜色海洋中。我看不到"海燕之翼号"的灯火,乌云遮蔽了天上的星光。事实上,我不太确定自己是否活着,得到其他证据之前,我决定先继续漂着。

当晚剩下的时间里,我在逐渐平息的海里漂啊漂。过了一阵子,我觉得自己疯掉了,因为我感觉主君来到身边对我说:"很抱歉,我从没用过你的名字叫你,氪斯。"

"您一直对我很好,哈卡崔大人。"

"该看清你时,我看不见你。该聆听你时,我听不到你。血液中喧闹的歌声把我变得又聋又瞎。如果可以,请原谅我。"

"我永远不会离开您。"我告诉他。但我已经离开他了:我只是在自言自语。

夜晚渐渐过去,我在朦朦胧胧的迷糊状态下时醒时睡。风暴发泄完怒火后,海浪的波动甚至有种安慰感。太阳再次升起,先把东边海岸线的波浪染成粉红色。随着它的爬升,我才看清自己被困在无边无际的海水荒漠中,穷尽目力看到的全是头顶白色泡沫的绿色沙丘。大部分海面覆盖着一层薄薄的雾气,我看不到抛下我的船,也看不到陆地。我心中有个角落想到,也许就这样放开断桁,放弃生命,沉入深渊,长饮一口,也许更好。然而我还不想死。母亲的话又一次在我脑海中响起。

"总有一天,在你最需要的时刻,你会感觉到体内的华庭——感应到梦海的心跳。"

## 第五章　绿海

当我悬在天空与深海之间,像个孤魂野鬼般漂浮时,我终于明白了她的意思。时间在流逝,却也在静止。海浪拍打着我,但它们每次都不一样吗?抑或是同一道海浪在反复拍打着我?为何我在溺水时却感觉自己得救了?因为不需要为遵从主君的命令而违背我对他的忠诚而得救?或仅仅是因为不再需要经受活着的迷惑与失望而得救?

我回答不了这些谜题,直到今天也答不出。但母亲很久以前的话安慰了我:在我体内,存在着某种超越我思维、呼吸和心跳的东西。我只知道这一点,但在失去时间感的此刻,这些就足够了。

※

庭叩达亚渔夫——与我同族的呢斯淇——发现我在海水里,像个密封的空罐子般浮浮沉沉。他们把我拖上船时,我也像个空罐子一样,没法告诉他们我是谁、为什么落水,只是反反复复地念叨:"我感应到心跳了。"之所以知道这些,是因为他们后来告诉我了。他们把我带回岸上,安置在海边的小渔村里,照顾我,直到我康复。可在获救时,我只记得有些手把我拉出水面,令我恍如重生,其他什么都不记得了。

不,我还记得一件事:大海不再拥抱我时,我很哀伤。

主君的故事就在这里结束了,因为我再没有关于他的事可说了——就算有也很少——而我自己后来的故事,对于研究大事的学者没什么意义。

被捞出海水以后,我在西海岸的呢斯淇同胞中间生活了很长时间,一直过完整个凋零季。"海燕之翼号"没回来接我。主君和伊雅图肯定以为我在海里淹死了。我跟渔民同住时,常到他们的渔船上帮忙,学了些艰苦的捕鱼技能,也听了些他们的古老传说。到了更新季，我感觉该走了。命运给了我自由：现在我要自行决定如何使用它。

我可以回阿苏瓦，但我虽受到主君一家的宠爱和尊重，但选中我、提拔我的是哈卡崔，没了他，我知道自己的生活绝对会变样。我知道，他们会允许我跟他们住在一起，甚至得到礼遇，但那宽容更像对待早已过了服役期的老马，所以我决定去鸦栖堡。我还带着本想在出发那天寄走的书信，海水泡得它无法阅读，但我很想把它直接送到收信人手中，于是我就去了。

自从大海差点将我吞没，至今已过去好多年，但我从未后悔追寻自己的新生活。这些文字，是我坐在灯塔峰城堡的房间里，一边闻着从绿油油的山坡飘到窗前的石楠和山楂香气一边写下的。在两层楼下，我妻子和盎娜夫人正在照顾宝宝学习爬行。

不论我现今的生活与从前的日子有多么天差地别，不论我能活多久，我的主君哈卡崔永远不会远离我的心。我知道，他还活着；只要他活着，我总能知道，因我时不时会与他共享梦境。哈卡崔看到的幻象可能很痛苦、很吓人，令人难以承受，但我希望通过共享梦境，我可以为他分担些许苦难。当然，我永远不可能知道这是不是真的，但我至少可以这么希望。他对我很好。就算我能活得像支达亚最高贵的贵族那么久，我也永远不会忘记，在那早已逝去的往日，哈卡崔和他弟弟伊奈那岐，一对像风暴般迅捷、俊俏、笑容满面的风之兄弟，肩并肩策马驱驰的欢乐场景。我希望我从前的主君只有快乐，不再受苦，希望他终有一日能回家，就像我——以我自己的方式——所做的一样。

尽管我们之间隔着未知的距离——当时与现在之间，梦境与清醒之间——我与哈卡崔大人的羁绊似乎一直都在，直到他或我死去，才能割断我们二人的联系。

为此，我心满意足。